Scandale à la plantation

MADRIS DUPREE

Scandale à la plantation

LES HISTORIQUES

éditions Harlequin

Cet ouvrage a été publié en langue anglaise
sous le titre :
MY LORD BEAUMONT

Traduction française de
LOUIS DE PIERREFEU

HARLEQUIN®

est une marque déposée du Groupe Harlequin
et Les Historiques® est une marque déposée d'Harlequin S.A.

Illustration de couverture :
© THOMAS SCHLÜCK / FRANCO ACCORNERO

83-85, boulevard Vincent-Auriol, 75013 PARIS — Tél. : 01 42 16 63 63
Service Lectrices — Tél. : 01 45 82 47 47
ISBN 978-2-2808-4133-7 — ISSN 1159-5981

À cette époque...

Une partie de ce roman situé dans l'Amérique de 1742 se déroule dans la région des Everglades, à la pointe sud de la Floride. Territoire marécageux de 10 000 km², les Everglades étaient autrefois un paradis pour la faune et la flore tropicales. Les tribus Miccosukee et Seminole, qui peuplaient la région, avaient baptisé leur terre *Pa-may-okee* , « fleuve d'herbe ». « Il n'existe rien d'équivalent aux Everglades dans le monde », affirmait Marjory Stoneman Douglas en 1947, année de l'inauguration du site en tant que parc national. En effet, le « fleuve d'herbe » est l'unique écosystème tropical d'Amérique du nord. Plus que d'un véritable fleuve, il s'agit d'un cours d'eau peu profond qui s'écoule, à la vitesse de trente mètres par jour, sur deux cents kilomètres entre le lac Okeechobee et la baie de Floride. Cette région est riche d'une végétation tropicale où, dans un enchevêtrement inextricable, poussent palmiers, pins, chênes, ainsi qu'un épais tapis de graminées pouvant atteindre cinq mètres de haut. En bordure des Everglades se trouvent également de vastes mangroves qui produisent de fantastiques masses de détritus à la base d'un nombre important de chaînes alimentaires. De fait, les Everglades abritent l'un des plus riches rassemblements d'animaux qui soient au monde, dont certaines espèces, extrêmement rares, sont endémiques à cette région. Le plus connu est le redoutable alligator du Mississippi qui, bien qu'il ait failli disparaître, reste le plus grand prédateur des Everglades. Mais on y trouve aussi des pumas, des lamantins, plus de trois cents espèces d'oiseaux et... quarante-trois espèces de moustiques !

1.

1742

— Ici !

Lorsque le cri retentit à l'avant, il y avait déjà plus d'une heure que l'équipage fouillait le navire à la recherche d'un passager clandestin. Tous s'immobilisèrent et levèrent la tête, les yeux brillant d'excitation. Une meute de loups en arrêt, prête à se jeter sur une proie.

— J'ai trouvé la petite crapule ! hurla le matelot, la mine triomphale.

Un hurlement à glacer le sang. Il arracha la toile goudronnée qui recouvrait la chaloupe, tira violemment le gamin hors de sa cachette et le jeta sur le pont.

Aussitôt, ses camarades convergèrent vers lui. Le malheureux tenta de se relever, mais le matelot qui l'avait découvert lui donna un coup de pied qui l'envoya contre le bastingage, pour la plus grande joie de ses compagnons. Un deuxième coup de pied ne rencontra que le vide. Roulant sur le côté, le gamin balaya le pied de son tourmenteur, le faisant tomber en arrière — ce qui déclencha un torrent d'éclats de rire.

Des éclats de rire hystériques. L'équipage avait trouvé une victime pour se distraire de son travail harassant et de la monotonie de la vie en mer. Il avait quitté la terre ferme depuis plus d'un mois et les duretés de la navigation par gros temps combinées à l'ennui des périodes de calme plat avaient mis les nerfs à vif.

Le gamin se releva avec souplesse, le visage blême de peur. Ses yeux parcoururent le cercle de ses tourmenteurs, en quête d'une trouée pour s'enfuir. Une quête désespérée, car il *savait* qu'il n'avait aucune chance de leur échapper, la mer s'étendant à perte de vue autour du navire.

— Tu vas me payer ça, sale petit avorton ! cria le matelot, rouge de fureur, en se redressant lourdement et en secouant la tête tel un taureau enragé. Je vais te briser les os !

— Je t'attends, gros poussah ! riposta le gamin, en levant le menton par défi.

A la dernière seconde, il plongea sur le côté, fit une roulade et se remit sur ses pieds. Les yeux écarquillés de stupeur, le matelot referma ses mains sur le vide et, dans son élan, percuta de plein fouet le mur de marins qui faisaient cercle autour d'eux, ouvrant un large passage et envoyant une demi-douzaine de ses camarades s'écraser sur le pont dans un mélange inextricable de jambes et de bras.

Rugissements, jurons, gloussements…

Profitant du chaos, le gamin se faufila dans le passage laissé libre avec l'agilité d'un gosse des rues qui, depuis son plus jeune âge, a été obligé de se battre pour survivre. Du vif argent. Sautant par-dessus les jambes, échappant d'un coup de reins aux mains qui cherchaient à l'attraper, il virevolta adroitement entre les rouleaux de cordages et les tonneaux qui encombraient le pont.

Derrière lui, l'équipage ne tarda pas à se remettre de

sa surprise et à lui donner la chasse. Une chasse brutale et sanguinaire, mais où les éclats de rire se mêlaient aux jurons, les matelots prenant un plaisir morbide à une poursuite qui leur faisait oublier, au moins momentanément, leur existence de forçats de la mer.

Un cri de victoire jaillit de la bouche édentée d'un gabier.

— Je te tiens, petit morveux ! Viens voir ton papa, mon petit.

— Va te faire voir toi-même, fils de p… ! répliqua le gamin en glissant comme une anguille entre ses bras.

Médusé, le gabier regarda ses mains vides et entra en collision, la tête la première, dans le mât de misaine. Sonné, il s'affala comiquement sur un ballot de toile. Autour de lui, l'hilarité de ses compagnons redoubla. A un point tel que plusieurs d'entre eux durent interrompre la chasse, tellement ils se tordaient de rire.

Cependant, le gamin ne pourrait pas leur échapper beaucoup plus longtemps. Des semaines de prostration au fond de la chaloupe n'avaient rien fait pour renforcer un organisme déjà amoindri par le manque de nourriture dont souffraient alors tous les enfants des rues. La terreur lui avait donné des ailes, mais il commençait à montrer des signes de faiblesse. Ayant fait le tour du gaillard d'avant, il courut droit devant lui vers le château arrière, du haut duquel passagers et officiers regardaient la scène avec des émotions mitigées.

Avisant la direction qu'il prenait, ses poursuivants se partagèrent en deux groupes, afin de l'empêcher de faire un deuxième tour du gaillard d'avant. Un coup d'œil derrière lui suffit au gamin pour lui faire comprendre qu'il n'avait aucune chance de trouver une autre cachette. Absolument aucune.

Un gentleman, vêtu impeccablement et légèrement plus grand que la moyenne, abandonna sa contemplation des vagues pour regarder distraitement la chasse, la main posée sur le pommeau de son épée. Ses larges épaules et sa taille bien prise trahissaient un habitué des salles d'armes et de sport.

Lorsque le gamin s'arrêta brusquement devant lui, hors d'haleine, il haussa les sourcils et jeta un bref coup d'œil à sa compagne qui, instinctivement, s'était recroquevillée, la mine effarouchée ; puis il jeta un autre coup d'œil, tout aussi bref, à la meute des poursuivants.

L'espace d'un instant, les yeux sombres du gamin croisèrent les yeux du jeune lord — des yeux aussi gris et aussi froids que la mer. Un éclair jaillit des prunelles du gamin — de reconnaissance ? Un éclair qui attira l'attention du gentleman et lui fit froncer les sourcils.

Le gamin marmonna un juron et, contournant le gentleman, sauta sur le bastingage et se balança au-dessus de l'eau, la main accrochée à un hauban. Son intention était si évidente que les matelots se figèrent et le contemplèrent, bouche bée.

Le gamin baissa les yeux et considéra les flots écumants. Ils semblaient presque accueillants. D'une façon trompeuse, fallacieuse. Il avala avec peine, ferma furtivement les yeux pour rassembler son courage, puis se tourna pour jeter un dernier regard à ses persécuteurs.

Toujours figés sur place, ils formaient un édifiant tableau de tous les vices et défauts de l'humanité. Nul d'entre eux ne manifestait la moindre compassion. Non sans une certaine réticence, le gamin tourna son regard vers le gentleman.

Apparemment, il ne trouva aucun espoir là non plus, car, au bout de quelques instants, une lueur cynique se mit à briller dans ses yeux d'animal traqué.

— Vous aussi, vous êtes curieux de voir le spectacle, n'est-ce pas, milord ? dit-il entre ses dents. Vous avez envie de me voir sauter. Vous vous demandez combien de temps il me faudra pour me noyer ou pour être dévoré par un requin.

Il s'interrompit et un sourire amer incurva ses lèvres.

— Dommage que vous n'ayez personne avec qui parier. Vous pourriez gagner.

Puis il songea à ce qu'il avait entendu dire du sort qui était réservé aux passagers clandestins et, après un dernier regard plein de défi aux visages avides qui l'entouraient, il fixa une nouvelle fois les flots écumants. Pourquoi avait-il tant de peine à renoncer à une existence qui lui avait donné aussi peu de joie ? se demanda-t-il avec un humour macabre.

Tout compte fait, il préférait choisir son propre destin. Mieux valait une mort relativement rapide, plutôt que d'être mis en pièce par cette meute déchaînée. Ou, encore plus horrible, de mourir à petit feu, dans la puanteur froide et humide de la cale, avec des rats pour seuls compagnons.

Il plia les genoux, mais, juste au moment où il allait sauter, deux mains solides l'arrachèrent au bastingage et le jetèrent sur le pont. Surpris, il leva les yeux vers le gentleman, qui le dominait de toute sa taille. Puis la surprise fit place à la rage. Il était à la fois furieux contre son sauveur et contre lui-même. Il n'avait pas eu le courage de saisir sa seule chance d'une mort rapide. Ce maudit gentleman avait achevé de l'en détourner. Il ne savait que trop ce qui maintenant l'attendait.

— Allez vous faire… !

Il se serait remis sur ses pieds et aurait fait une deuxième tentative, si la botte du gentleman ne l'en avait pas empêché.

— Surveille ta langue, espèce de malappris ! Sinon, je pourrais bien te la couper.

Une voix froide et neutre, totalement dénuée de sentiment.

Le silence qui avait suivi l'intervention inattendue du gentleman fut brisé par l'arrivée du capitaine Tyler. Jouant des épaules pour franchir le cercle des marins, le seul maître après Dieu de la *Lady Dorinda* s'avança et dévisagea le gamin, l'air dur et sans pitié.

— Sais-tu quelle peine tu encours pour être monté à bord clandestinement et avoir chapardé de la nourriture dans la cambuse ? Pour le premier crime, c'est la prison et la déportation dans une colonie pénitentiaire. Pour le second, la pendaison au bout d'une vergue, car un vol de nourriture peut mettre en danger la vie de tout l'équipage. Qu'as-tu à dire pour ta défense, petit salopiot ?

Le gamin frissonna et ferma les yeux. Il déglutit avec peine. Mentir ne servirait à rien et dire la vérité ne changerait pas grand-chose au sort qui lui était réservé.

— Rien ! répondit-il en essayant de mettre une pointe d'arrogance dans ses paroles et en échouant lamentablement. Si j'ai volé quelques morceaux de lard dans la cambuse, c'était pour ne pas mourir de faim.

A sa grande surprise, il ne fut pas redressé brutalement et traîné à fond de cale. Curieux, il rouvrit les yeux — et sursauta en voyant la lame d'une épée briller au-dessus de lui. Une épée qui était pointée sur la bedaine avantageuse du capitaine. Il tourna la tête. Le gentleman maniait son épée avec une feinte nonchalance, l'air parfaitement impassible.

Le capitaine avait pâli, mais, peu à peu, sous l'effet de la colère, son teint reprenait des couleurs.

— Veuillez me pardonner, milord, mais il est de mon devoir de traiter ce…

Il jeta un coup d'œil gêné à la compagne du gentleman.

— … passager clandestin comme il le mérite.

— Et, à votre avis, quel châtiment mérite-il exactement ? s'enquit le gentleman sur un ton presque badin, tout en abaissant lentement la lame de son épée.

En voyant qu'il ne la remettait pas au fourreau, le capitaine se mordit la lèvre, partagé entre prudence et indignation. Les yeux rivés sur la lame, il se gratta le menton pensivement.

— Je me débarrasserais volontiers de lui en l'abandonnant en mer, mais ce serait dommage de gaspiller une bonne chaloupe, dont nous aurons sûrement besoin à notre arrivée à Charleston.

Le gentleman fit la moue.

— Cette solution n'étant pas envisageable, avez-vous autre chose à proposer, capitaine ?

Une main gantée de noir se posa sur son bras. Il tourna la tête et jeta un regard agacé à sa compagne.

— Nous n'avons sûrement pas besoin de nous mêler de cette affaire, Adrian, suggéra-t-elle dans un battement de cils. Après tout, il ne s'agit que d'un petit chenapan, comme il en pullule dans les quartiers mal famés de Londres.

Une lueur amusée passa dans les yeux du gentleman.

— Ma chère Lavinia, vous n'imaginez pas, je suppose, que j'ai l'intention de vous impliquer, même indirectement, dans cette *affaire* ? Soyez sûre que si cela avait été en mon pouvoir, j'aurais tout fait pour vous épargner cette scène. Vous devriez demander à votre camériste de vous conduire à votre cabine…

Une rebuffade en bonne et due forme.

Elle fit un pas en arrière, les lèvres pincées, mais s'abstint de suivre son conseil.

Se rendant compte que son hésitation pourrait être taxée de mollesse ou de lâcheté, le capitaine reprit sur un ton belliqueux :

— Après dix coups de fouet demain matin à l'aube, ce salopiot sera enchaîné à fond de cale jusqu'à notre arrivée à Charleston, où nous le livrerons aux autorités compétentes.

Lord Nicholas Adrian Beaumont, troisième fils du duc de Remming, toisa le capitaine Tyler. Puis, d'un geste sec, il remit son épée au fourreau et obligea le gamin à se relever, en le tenant solidement par le coude.

— Je n'ai rien d'une âme sensible, mais, même si je suis un partisan de la fermeté à l'égard des criminels, je trouve que la peine de mort, en l'occurrence, est excessive. Allons, capitaine, les délits commis par ce gamin ne sont pas si graves ! Les morceaux de lard qu'il a chapardés n'ont sûrement pas entamé vos provisions au point de mettre en danger la vie de votre équipage. Oh, certes, il a pris un peu d'espace à bord — vous eussiez pu, peut-être, embarquer un rouleau de tissu de plus. Un manque à gagner considérable…

— Vous me faites dire ce que je n'ai pas dit, milord, protesta le capitaine, le visage écarlate.

Autour de lui, l'attitude de l'équipage était en train de

changer — en faveur de la clémence. Cela accrut encore son embarras et son indécision.

Lord Beaumont haussa les épaules.

— Vous ne l'avez peut-être pas dit, capitaine, mais vous savez aussi bien que moi que cet enfant ne survivrait pas à dix coups de fouet.

Le capitaine grimaça. Il savait qu'il s'était enferré. Mais comment pouvait-il reculer sans perdre la face devant ses hommes ?

Lâchant le coude du gamin, Adrian lui prit le menton, afin de l'examiner plus attentivement. Il était malaisé de déterminer son âge. S'il en jugeait à sa taille, il devait avoir une douzaine d'années, tout au plus. Néanmoins les traits de son visage n'avaient aucune de ces rondeurs qui sont la caractéristique de la pré-adolescence. En outre, il y avait dans ses grands yeux noisette une méfiance et une sagacité qui n'avaient rien d'enfantin. Des yeux qui avaient vu beaucoup trop de choses. Pour vêtements, des haillons crasseux laissant deviner un corps frêle et maigre, mais sans cette apparence dégingandée des garçons qui n'ont pas terminé leur croissance.

Une crinière de feu, ébouriffée, flottait autour d'un visage fin et délicat, en forme de cœur. Des sourcils noirs, légèrement incurvés. Des cils noirs d'une longueur presque ridicule. Une petite bouche, vulnérable et innocente. Un menton volontaire, l'ombre d'une fossette…

Rien dans cet enfant ne faisait penser à une origine populaire. Trop fin, trop gracile. Le bâtard d'un aristocrate riche et désœuvré ? Il n'en serait pas autrement surpris. Nombre de ses pairs se vantaient ouvertement de leurs conquêtes ancillaires et les rues de Londres fourmillaient de ces petits malheureux conçus lors d'une brève étreinte et abandonnés par leurs mères, trop pauvres pour pouvoir assurer leur subsistance.

Il y avait, en plus, quelque chose d'étrangement familier chez ce gamin… l'avait-il déjà rencontré quelque part ? Il n'aurait su le dire.

Cette petite mine effarée… Il avait du cran. Il essayait de faire bonne figure, mais la terreur se lisait dans son regard.

Adrian le considéra encore d'un air songeur pendant une seconde ou deux, puis, d'un seul coup, il prit sa décision.

— Je l'achète.

2.

Le capitaine sursauta.

— Milord ?

Adrian le toisa avec dédain.

— Il s'agit du paiement de sa traversée, n'est-ce pas ?

Le capitaine le regarda, bouche bée, une seconde ou deux.

— Oui, bien sûr, milord. Mais que voulez-vous faire d'une petite crapule de ce genre ?

— Ce n'est pas votre affaire.

Adrian défit une épingle en or incrustée de diamants qui ornait sa cravate et la lui tendit. Le capitaine la regarda fixement, comme hypnotisé, puis leva une main hésitante pour la prendre. Les doigts d'Adrian se refermèrent sur l'épingle. Le capitaine fronça les sourcils, l'air désorienté.

— En échange, il me faudra un papier, capitaine. Un contrat d'engagement liant ce garçon à mon service pour… — il jeta un coup d'œil à son protégé — disons cinq ans. Cela me semble correct. Tu es d'accord, mon garçon ?

Le gamin regarda avec méfiance Adrian, puis le capitaine et de nouveau Adrian, en se demandant, apparemment, s'il n'avait pas une autre solution. Finalement, il hocha la tête, la mine défaite. Un manque d'enthousiasme qui fit naître un sourire contraint sur les lèvres d'Adrian.

— Affaire conclue, déclara ce dernier en reportant son attention sur le capitaine. Quand vous aurez établi le contrat, vous me le ferez porter dans ma cabine.

Sur ces mots, il offrit son bras à sa compagne, qui y posa sa main non sans une brève hésitation, afin de lui faire sentir qu'elle n'avait pas oublié sa rebuffade. La camériste de Lavinia fermant la marche, ils se dirigèrent vers l'entrepont, tandis que l'équipage se dispersait, les gabiers grimpant dans la mâture et les hommes de pont rejoignant les postes auxquels ils étaient affectés.

Le gamin considéra la silhouette altière de lord Beaumont. Puis il lorgna le capitaine et reçut, en retour, un regard plein de haine. Il lui décocha un sourire impudent — en se retenant avec peine de lui tirer la langue — avant de suivre son protecteur en traînant ostensiblement les pieds.

Quand lord Beaumont eut disparu dans la coursive, il hésita brièvement en haut de l'escalier, puis descendit quelques marches et s'arrêta de nouveau pour habituer ses yeux à l'obscurité de l'entrepont. Un éclat de voix attira son attention. Il leva la tête et vit la compagne de son protecteur s'engouffrer dans sa cabine et claquer la porte derrière elle. Avant qu'il ait eu le temps de se demander quelle était la cause de sa colère, Adrian lui fit signe de le rejoindre d'un geste impérieux. Il se hâta de répondre à son appel, non sans une pointe d'irritation.

— J'ai besoin d'eau pour prendre un bain. Je suppose que tu connais le chemin de la cambuse ?

Son ton était ironique. Comment son protégé aurait-il pu ne pas le connaître, quand c'était ses chapardages dans la cambuse qui avaient provoqué sa perte ?

Le gamin opina, réprimant derechef son agacement. Il devait la vie à lord Beaumont et, même s'il répugnait à le servir, il n'avait pas d'autre moyen de lui payer la dette qu'il lui devait.

Quand il revint, un seau dans chaque main, lord Beaumont lisait, en chemise et sans cravate, assis confortablement dans un fauteuil à côté du hublot. Devant un gamin aussi petit et aussi frêle, le cuisinier avait eu pitié et ordonné à deux matelots de l'accompagner, l'un pour porter la lourde baignoire de bois et l'autre deux seaux supplémentaires. Une fois la baignoire déposée au milieu de la cabine et remplie — l'un des seaux d'eau de mer restant en réserve pour le rinçage — les deux matelots se retirèrent, laissant le gamin seul avec son nouveau maître.

Qu'allait-on lui demander maintenant ?

Il se déplaça d'un pied sur l'autre avec embarras, tout en étudiant le lord avec un mélange de crainte et d'admiration.

La nature avait été généreuse avec Nicholas Adrian Beaumont. Un beau visage, aux traits fins et aristocratiques. Trop beau pour son propre bien, à en croire ce que disaient certains. Trop beau, en tout cas, pour les demoiselles qui avaient le malheur de succomber à son charme. Une beauté qui aurait été trop classique, si elle n'avait été rehaussée par une mâchoire carrée, un nez aquilin et des yeux gris qui contemplaient le monde avec un amusement cynique.

Sa bouche, sensuelle et bien dessinée, avait perdu depuis longtemps toute trace de vulnérabilité, si elle en avait jamais eu.

Il était connu pour être d'une propreté méticuleuse et pour s'habiller avec recherche, mais, en dépit de sa fortune, il n'avait jamais montré le moindre intérêt pour la mode. Contrairement à ses pairs, il ne portait pas de perruque ; c'était ses propres cheveux, soigneusement taillés et coiffés, qui encadraient son visage. Des cheveux d'un noir de jais, brillants et légèrement bouclés.

Un homme dangereux. Très dangereux, conclut le gamin avec un frisson d'inquiétude. Car, maintenant qu'il l'avait examiné de près, il ne doutait pas un instant qu'il avait bien gagné la réputation qui avait été la sienne à Londres. Un séducteur, un don Juan…

Lord Beaumont posa brusquement son livre.

— Bien. Tu vas m'enlever mes bottes et m'aider à prendre mon bain.

Les yeux du gamin s'élargirent et une légère rougeur envahit ses joues, mais il n'émit aucune protestation. Faisant un pas en avant, il saisit l'une des bottes par le talon, la tira d'un coup sec, la posa sur le plancher fit de même avec la deuxième. Puis il recula et attendit les instructions suivantes. Adrian acheva de déboutonner sa chemise, l'ôta et la jeta sur son fauteuil. Le gamin s'empourpra encore, mais il ne détourna pas les yeux et contempla le torse de son nouveau maître avec fascination.

La musculature d'Adrian avait de quoi impressionner. A chacun de ses mouvements, ses biceps et les muscles de ses épaules se gonflaient, parcourus par des grosses veines qui zigzaguaient sous la peau. Le regard du gamin s'attarda sur les pectoraux, puis descendit, découvrant une taille mince, un ventre plat, des abdominaux aussi durs que du métal. Juste au moment où lord Beaumont s'apprêtait à déboutonner sa culotte de soie, le gamin leva la tête et croisa son regard — un regard où brillait une lueur amusée.

— Tu trouveras du savon, des serviettes et des gants de toilette dans ma malle, dit Adrian en lui indiquant un coffre de bois au fond de la cabine.

Le gamin obéit avec soulagement, traînant délibérément, jusqu'à ce qu'il entende un bruit d'éclaboussures indiquant que lord Beaumont était dans son bain.

Il se retourna lentement, un savon dans une main, un gant de toilette dans l'autre, une serviette sur le bras, et dut se mordre les lèvres pour ne pas pouffer de rire. Lord Beaumont n'était pas d'une taille très supérieure à la moyenne, mais, malgré cela, ses genoux poilus dépassaient du rebord de la baignoire. Un froncement de sourcils de son nouveau maître suffit à lui faire perdre immédiatement toute envie de rire. Il s'avança en hâte et lui tendit le savon et le gant.

— Je suppose que tu as un nom ? dit Adrian d'une voix neutre tout en frottant le savon sur le gant de toilette.

— Da… Danny, bredouilla le gamin, l'air soudain mal à l'aise.

Puis, il battit des cils et s'écarta de la baignoire pendant que lord Beaumont entreprenait de savonner son torse musculeux, ses bras et son cou.

Adrian le dévisagea pensivement.

— Tu dois bien avoir un nom de famille également ?

Danny se raidit, lui jeta un coup d'œil en biais et rougit.

— Cooper, répondit-il après une nouvelle hésitation. C'est le nom du tonnelier qui m'a trouvé. C'est ce qu'on m'a dit, du moins.

Adrian ne fit pas de commentaire et, pendant quelques instants, il resta silencieux, le temps de frotter ses cheveux et le reste de son corps. Quand il eut terminé, Danny saisit sans qu'il le lui ai demandé le seau réservé et en versa lentement le contenu sur sa tête. Puis il lui tendit la serviette. Adrian sortit de la baignoire et se mit à se frotter vigoureusement.

— Mon peignoir de bain est dans le coffre…

Danny courut le chercher et le lui présenta avec un soulagement évident. Adrian jeta sa serviette sur une chaise et enfila son peignoir.

— A ton tour, dit-il laconiquement en nouant la ceinture.

La stupeur et l'appréhension se lurent dans les yeux de Danny.

— Si… Sir ?

— Au bain, précisa Adrian sur un ton qui ne souffrait aucune réplique.

Danny fit un pas en arrière, et pointa le menton.

— Allez vous faire f… !

Lord Beaumont haussa brièvement les sourcils.

— Aurais-je mal entendu ? fit-il d'une voix glaciale. Je te préviens, mon garçon : je ne tolèrerai pas plus longtemps tes insultes. Et je n'ai pas l'intention non plus de supporter ta puanteur et la vermine qui, sans nul doute, infeste tes haillons. C'est compris ?

Danny fit en sorte de mettre la baignoire entre Adrian et lui.

— Personne ne vous a demandé de me prendre à votre service ! répliqua-t-il, les yeux étincelant de fureur.

Une fureur qui avait surtout pour but de dissimuler son angoisse.

Ne pas se laisser intimider. Résister au sentiment de panique qui était en train de monter en lui.

Adrian fit un pas en avant.

— Danny…

Un avertissement. Emis d'une voix trop douce.

Danny fit un nouveau pas en arrière et jeta un regard désespéré vers la porte. Lord Beaumont lui barrait le passage. Un obstacle difficile à franchir. Il n'était pas l'un de ces richards pleutres et flasques, habitués à être servis depuis leur plus tendre enfance. Le troisième fils de lord Remming était connu pour être un amateur de sport — tous les sports : boxe, escrime, tir, chasse à courre… Un homme capable de tenir tête à n'importe qui, aussi bien avec ses poings qu'avec une épée ou un pistolet.

Etait-il aussi souple et aussi rapide qu'il en avait l'air ? Une seule solution pour le savoir. Une feinte à gauche, un démarrage à droite… la porte.

Il n'eut pas le temps de soulever le loquet. Adrian le saisit par la taille et le déposa dans la baignoire, indifférent à ses coups de pied et à ses coups de poing.

Cris, jurons, insultes.

Sans la moindre cérémonie, Adrian lui enfonça la tête sous l'eau, ce qui eut pour effet de tarir le torrent d'insanités qui jaillissait de sa bouche.

A demi étouffé, Danny refit surface en toussant et en crachant, les yeux irrités par le savon. Adrian ne lui laissa pas le temps de reprendre ses esprits. Il lui arracha les haillons qui lui tenaient lieu de chemise et le remit debout en le saisissant par les épaules. La vieille ficelle qui lui servait de ceinture ne résista que le temps d'un soupir et son pantalon glissa le long de ses hanches. D'une main, Adrian le renfonça sous l'eau, tandis que de l'autre, il lui enlevait son pantalon et l'envoyait rejoindre sa chemise sur le plancher.

Quand il émergea, crachant et toussant de plus belle, Danny cligna des yeux, à moitié aveuglé.

— Danielle, je suppose ? murmura lord Beaumont d'un air impénétrable.

3.

Toute rougissante, elle s'enfonça dans l'eau jusqu'au menton et lui lança un regard noir.

— Foutu aristo de m…, dit-elle entre ses dents.

Avait-il su dès le début qu'elle était une fille ? Etait-ce la raison pour laquelle il l'avait achetée ?

Avant qu'elle ait eu le temps de comprendre ce qui lui arrivait, elle se retrouva de nouveau la tête sous l'eau.

Elle refit surface en toussant et en crachant.

— Cela vous amuse ? s'indigna-t-elle.

— Un simple rappel, répondit impassiblement Adrian.

— Fou…

Il lui posa de nouveau la main sur la tête, mais, cette fois, elle se débattit frénétiquement et réussit à lui échapper.

— Si vous avez l'intention de me noyer, je ne vois pas pourquoi vous ne m'avez pas laissée sauter dans la mer !

— Je n'aime pas me répéter, Danny. Ne t'ai-je pas dit clairement que je ne tolérerai pas tes impertinences ?

Elle hocha la tête.

— Vous saviez que je n'étais pas un garçon, n'est-ce pas ? l'accusa-t-elle.

Adrian s'accroupit, les bras posés sur les genoux.

— Oui, même si je ne l'ai pas deviné immédiatement. Maintenant que ce problème est réglé, j'attends que tu sois honnête avec moi, dorénavant. J'ai horreur des menteurs — presque autant que des voleurs. A ce propos, je préfère te prévenir : Ne t'avise pas de me voler. Sur ce point, je serai intraitable.

— Je ne suis pas une voleuse ! protesta Danny. Et je ne suis pas une menteuse non plus ! Je ne vous ai jamais dit que j'étais un garçon.

Ils se regardèrent un moment en silence. Danielle ne dissimulait qu'avec peine ses soupçons et ses craintes.

— Il y a eu ces chapardages dans la cambuse, mais je veux bien ne pas en tenir compte.

Danielle s'abstint de lui répondre. Si elle avait volé de la nourriture, c'était seulement pour ne pas mourir de faim. Elle n'en éprouvait aucun regret et elle n'avait pas l'intention de s'excuser.

— Qu'allez-vous faire de moi maintenant ?

Il haussa un sourcil interrogateur. Elle rougit et continua, sur la défensive.

— Je... je m'étais dit que vous étiez peut-être l'un de ces richards qui aiment les petits garçons, mais comme vous saviez que je n'en étais pas un...

Les yeux de lord Beaumont étincelèrent.

— Tu n'as pas à t'inquiéter, répliqua-t-il sèchement. Je n'ai aucune envie d'attraper la vérole. De plus, je n'ai pas l'habitude de violenter les enfants. Je ne te toucherais pas, même si tu me plaisais — ce qui n'est pas le cas.

Danielle lui jeta un regard incendiaire.

— Je ne suis pas et je ne serai jamais une putain ! Ne croyez pas que cela m'ennuie de savoir que je ne vous plais pas, mon Haut et Puissant Seigneur. Je veux garder ma virginité pour l'homme que j'aimerai et non la perdre avec un vieux c... un gentleman comme vous, corrigea-t-elle avec précipitation.

Adrian l'avait écoutée avec un scepticisme évident. Mais ce dernier trait fit naître un sourire sur ses lèvres.

— Quel âge as-tu, fillette ?

— Et vous ? repartit-elle, furieuse d'être traitée en gamine.

Elle saisit son gant de toilette et se retint juste à temps de le lui lancer à la figure.

— Danny, murmura-t-il d'une voix menaçante.

— Les gentlemen ne sont pas supposés demander son âge à une dame, dit-elle avec une raideur pleine de dignité.

— Tu n'es pas une dame !

— Il ne suffit pas d'être né pour être un gentleman ou une dame, si vous voyez ce que je veux dire. Et ce n'est pas comme si je ne savais pas qui vous êtes...

La lueur amusée qui avait brillé dans les yeux d'Adrian s'éteignit brusquement. Ses traits se durcirent, tandis qu'il l'examinait, les paupières mi-closes.

Danielle sentit un frisson courir le long de sa colonne vertébrale. Elle aurait eu mieux fait de tenir sa langue, se dit-elle intérieurement. En outre elle avait laissé échapper quelque chose sans le vouloir et si son insulte ne l'avait pas mis aussi en colère, il s'en serait rendu compte.

— Comme nous sommes en 42 et au milieu de l'été, je dois avoir dix-sept ou dix-huit ans, dit-elle, nullement gênée par ce petit mensonge car, de toute façon, elle ne voyait pas quelle différence cela pouvait faire pour lui.

D'ailleurs, elle ne savait pas exactement quel âge elle avait.

Adrian lui saisit le bras.

— Je t'ai prévenue, petite : j'ai horreur des mensonges, dit-il sèchement en la forçant à se mettre debout.

Les yeux de Danielle s'emplirent d'angoisse ; puis une vague de colère et de rébellion la submergea.

— Je vous ai dit mon âge ! s'écria-t-elle en dégageant vivement son bras. J'ai dix-sept ans. Que voulez-vous savoir de plus ? Si vous ne me croyez pas, c'est votre affaire !

Lord Beaumont haussa un sourcil incrédule.

— Ou environ, ajouta-t-elle par acquit de conscience.

Le regard de son nouveau maître était toujours aussi incrédule.

— Sacré bon Dieu, je ne suis pas une fille de bourgeois ou de noble ! Les cloches n'ont pas sonné à toute volée quand je suis née. J'ai été abandonnée comme un paquet de linge sale sur les marches du f… orphelinat où j'ai été recueillie.

Le visage impassible, Adrian détailla sa silhouette maigre et efflanquée.

— Ils ont peut-être fait une erreur, commenta-t-il, pensif. Je ne peux pas dire que j'ai connu beaucoup de filles de dix-sept ans, mais tu as l'air plutôt… chétive pour une fille de cet âge.

Les joues de Danielle s'empourprèrent. Elle baissa les yeux et en découvrant la petitesse de ses seins et les os saillants de son bassin, elle se rassit brusquement dans la baignoire. La colère qu'elle affichait dissimulait mal à quel point sa remarque l'avait blessée.

— Fou…

Elle se mordit la lèvre et détourna la tête.

— Sur ce point, au moins, vous vous trompez, mon Haut et Puissant Seigneur, répondit-elle finalement. J'ai eu mes premières règles il y a plusieurs années et je sais donc depuis longtemps que je ne suis plus une enfant. Et, d'après tout ce qu'on m'a dit, je devrais avoir dix-sept ans — ou à peu près.

Elle redressa le menton et soutint son regard avec toute la hauteur dont elle était capable.

— Vous ne seriez pas aussi bien bâti vous-même si vous aviez dû vous battre pendant toute votre enfance pour ne pas crever de faim. C'est facile de se moquer des autres quand on a tout reçu à sa naissance sur un plateau d'argent.

Adrian l'examina, partagé entre une compassion à laquelle il n'était pas habitué et une pointe d'irritation à l'idée que le « gamin » qu'il avait sauvé risquait de lui poser plus de problèmes qu'il ne l'avait imaginé.

— Lave-toi, dit-il finalement. Avant que l'eau ne soit froide.

— Elle l'est déjà, fit Danielle entre ses dents.

— Raison de plus pour te dépêcher, répliqua-t-il par-dessus son épaule, tout en cherchant des vêtements dans sa malle.

Danielle fit la moue.

— J'aimerais avoir un peu d'intimité.

Adrian soupira.

— J'aimerais bien en avoir également. Mais comme je ne vois pas d'autre solution que de partager cette cabine avec toi, nous devrons accepter un certain degré de promiscuité pendant la durée du voyage, que cela nous plaise ou non.

On frappa à la porte. Adrian ouvrit la bouche pour crier « Entrez ! », mais la vision de Danielle le fit se raviser, non sans un mouvement d'impatience. Il acheva de boutonner sa culotte, enfila à la hâte sa chemise et se dirigea vers la porte. Les hommes de l'équipage étaient contraints à l'abstinence depuis plusieurs semaines et s'ils venaient à apprendre qu'une femme de leur condition sociale était à bord, ils n'auraient aucun égard pour sa jeunesse, sans parler de se soucier d'obtenir son consentement.

C'était le second ; il apportait le contrat d'engagement que lord Beaumont avait exigé du capitaine. Adrian prit le papier et lui ferma la porte au nez. Puis il alla s'asseoir à une petite table, dans un coin de la cabine, et se plongea dans la lecture du document, sans un regard pour Danielle. En apparence seulement : à son grand dam, son esprit ne cessait pas de vagabonder vers la jeune fille assise dans la baignoire.

Ayant fini de se savonner — longuement et avec soin —, Danielle ne savait plus trop quoi faire, les seuls vêtements qu'elle possédait étant complètement détrempés. Elle voyait lord Beaumont de profil, son visage penché sur le contrat. Pendant un long moment, elle contempla sa silhouette mince et élancée, en se demandant quelle était la signification de l'étrange émoi qu'elle ressentait en le regardant. Finalement, elle se dit qu'elle était seulement nerveuse à l'idée d'être seule avec un homme. Une nervosité exacerbée par le fait qu'elle n'avait mangé qu'un quignon de pain et un morceau de fromage au cours des deux derniers jours.

Sa peau commençait à se friper. Elle ne pouvait pas rester indéfiniment dans son bain et, comme lord Beaumont était absorbé dans son document… Se levant, elle saisit la serviette qu'il avait utilisée et entreprit de s'essuyer, en commençant par les cheveux, puis en descendant le long de son corps. Un pied posé sur le rebord de la baignoire, elle finissait de sécher sa jambe, lorsqu'elle leva les yeux et surprit son regard fixé sur elle. Ses yeux s'écarquillèrent de stupeur. Son estomac se noua — de peur, mais pas seulement. Elle éprouvait de nouveau cette sensation curieuse... Comme si quelque chose vibrait en elle.

Le moment de stupeur passé, elle se reprit et s'enveloppa à la hâte dans sa serviette, en prenant une mine renfrognée, afin de cacher son embarras et son sentiment de vulnérabilité. S'il la trouvait aussi peu attirante, pourquoi la regardait-il de cette façon ?

D'un autre côté, il trouvait peut-être qu'elle abusait de sa générosité en se servant de sa belle serviette. Elle l'aurait volontiers laissée tomber, telle une voleuse prise en flagrant délit, mais l'idée de se retrouver toute nue devant lui l'en empêcha.

— Je n'avais rien d'autre pour me sécher, se défendit-elle.

Adrian la parcourut des yeux lentement, avant de s'arrêter sur son visage.

Une beauté en bourgeon qui ne demandait qu'à éclore, se dit-il, non sans un certain étonnement. Une silhouette spirituelle, des courbes pleines de promesses... Pour les remplir, il suffirait qu'elle mange à sa faim pendant quelques semaines.

Il fronça les sourcils. Le tour que prenaient ses pensées lui déplaisait.

Oh, certes, il ne regrettait pas l'impulsion qui l'avait poussé à la prendre sous sa protection. Il n'en restait pas moins qu'il s'était mis, il s'en rendait compte à présent, dans une situation fort embarrassante. La fiancée qui l'attendait à Charleston ne serait sûrement pas enchantée quand elle le verrait arriver avec une telle « protégée » accrochée à ses basques.

Il se leva sans répondre et se dirigea vers le coffre de bois dans lequel il serrait ses vêtements. Soulevant le couvercle, il fouilla à l'intérieur, en sortit une chemise de coton blanche et la jeta à Danielle. Sans réfléchir, celle-ci laissa tomber sa serviette et la saisit. Le visage écarlate, elle l'étala devant elle, mais Adrian avait déjà tourné la tête et revenait vers sa petite table où il reprit, incontinent, sa lecture du contrat d'engagement.

La jeune fille se demanda si elle devait se sentir soulagée ou blessée par son indifférence... Le soulagement l'emporta. Elle passa la chemise et chercha un endroit où s'asseoir — le manque de nourriture et la poursuite sur le pont l'avaient affaiblie et elle sentait ses jambes flageoler dangereusement.

Elle n'avait jamais été au service de personne, mais il lui semblait avoir entendu dire qu'un serviteur n'était pas autorisé à s'asseoir en présence de son maître. Il n'était pas question de s'installer dans son fauteuil, en tout cas — de cela, elle en était certaine. Par ailleurs, l'idée de s'asseoir sur le bord de sa couchette ne lui plaisait guère, même s'il devait n'y voir aucun inconvénient.

Rester debout ?

Non. Elle était trop lasse. Après une dernière hésitation, elle alla s'asseoir sur le plancher, à l'autre bout de la cabine, le dos appuyé contre la cloison. Les jambes remontées sous sa chemise, elle roula les manches sur ses bras et posa son menton sur ses genoux.

— Danny.

Elle redressa la tête brusquement et se remit sur ses pieds, la mine coupable.

— Fou... rupin, marmonna-t-elle. Il voudrait que je lui obéisse au doigt et à l'œil, comme un fou... laquais.

— Tu as dit quelque chose ? s'enquit-il avec froideur en se retournant vers elle.

Elle se mordit la lèvre et secoua la tête.

— Je… je me parlais à moi-même.

Il lui fit signe d'approcher. Elle obéit en traînant les pieds. Qu'allait-il encore lui demander ?

— Viens, il faut que tu mettes ta signature au bas de ce papier, dit-il en lui tendant sa plume trempée d'encre. Je vais te montrer où.

— Vous… vous avez l'intention de me garder ? s'étonna-t-elle.

— Pour le moment, du moins.

4.

— Petite gourde !

Accoudée au bastingage, Danielle contemplait la mer d'un œil noir, comme si celle-ci l'avait offensée.

Le gris du ciel était en harmonie avec son humeur. Mais il y avait loin de l'harmonie à la paix ; et les pensées que roulait la jeune fille étaient aussi sombres et agitées que les flots.

— Comment peux-tu être aussi stupide ? demanda-t-elle à son image qui bondissait d'une vague à l'autre, au gré de la course du navire.

La réponse continuait à lui échapper, alors qu'elle n'avait pas cessé d'y penser depuis le premier jour.

« Pour le moment… » Les mots résonnaient encore dans ses oreilles. Elle avait été déçue — légèrement — par sa réponse. Après tout, peu lui importait que ce fou… lord n'ait pas envie d'elle. Elle avait toujours su se débrouiller toute seule. Elle n'avait besoin de personne. Et elle n'avait aucune envie que quiconque se mêle de ses affaires.

Ce qui l'ulcérait, c'était le désir qu'elle avait eu de l'impressionner, quand n'importe quelle idiote se serait rendu compte que c'était impossible. Pas avec un homme comme lord Beaumont. Par vanité, elle avait voulu lui montrer la belle instruction qu'elle avait reçue du pasteur qui, pendant un temps, l'avait recueillie, comme s'il pouvait être émerveillé en apprenant qu'elle savait lire et écrire. Il ne l'aurait pas été, même si elle avait pu calligraphier son nom aussi bien que n'importe quelle princesse. Jamais elle n'avait été aussi humiliée que lorsqu'elle avait comparé son gribouillis à son écriture fière et aristocratique.

— Est-ce une conversation privée, mon *petit ?*

Danny sentit ses joues s'enflammer. Sans s'en apercevoir, elle avait parlé à voix haute. Elle jeta un bref coup d'œil par-dessus son épaule à la jeune camériste française de Mme Johnson. Toute prudence mise à part, elle préférait ne pas avoir de relation de quelque nature que ce soit avec Mme Johnson ou avec sa femme de chambre.

— F… moi la paix ! répondit-elle d'une voix revêche.

Yvette posa les mains sur le bastingage à côté d'elle.

— Je te trouve bien grossier, dit-elle sur le ton de quelqu'un qui n'a pas l'intention de se laisser rabrouer.

— Apparemment, il en faut plus pour te décourager, répliqua Danny en lui jetant un regard sombre, avant de détourner la tête délibérément.

Yvette s'esclaffa.

— *Non*. J'ai l'habitude. Madame est souvent très grossière avec moi également.

Danny la considéra avec une pointe de curiosité. Il n'était jamais inutile de connaître ses ennemis… Dès le début, elle avait senti confusément que Mme Johnson n'avait pas la moindre sympathie à son égard.

— Tu as signé un contrat d'engagement, également ? s'enquit-elle d'une voix plus aimable.

Yvette la regarda d'un air intrigué, puis son visage s'éclaira d'une lueur de pitié. Danny n'avait rien à faire de sa pitié ; si elle s'était écoutée, elle l'aurait volontiers envoyée rouler sur le pont.

— *Non…*

— Alors, pourquoi restes-tu avec cette vieille truie ?

Yvette pouffa de rire. Une hilarité qui donna de nouveau envie à Danny de la frapper.

— Comment peux-tu traiter ma maîtresse de vieille truie ? Elle n'a pas trente ans et elle a encore beaucoup de charme, tu sais… Du moins, c'est ce que disent les hommes. Quant à la raison pour laquelle je reste avec elle…

Elle haussa les épaules, le visage redevenu sérieux.

— Ce n'est pas désagréable de pouvoir manger tous les jours à sa faim.

— Oui, mais tu n'as pas signé de contrat d'engagement, objecta Danny. Tu es libre de partir où et quand tu veux.

Yvette haussa de nouveau les épaules.

— Ce n'est pas aussi facile que tu sembles le penser, *mon petit*. Il faut avoir des références et *madame* ne m'en donnerait pas si je partais. D'ailleurs, même si elle acceptait de m'en donner, cela ne changerait pas grand-chose. Une maîtresse ou une autre, la différence n'est pas grande. Il faut prendre la vie comme elle vient, tu ne crois pas ?

— Il faut vraiment être une gourde pour ne pas chercher à avoir mieux ! rétorqua Danny d'une voix pleine de mépris.

Sur ces mots, elle s'éloigna, laissant la cameriste la suivre des yeux, l'air à la fois surprise et indignée.

— Tu as eu une conversation agréable avec la caméristе de Mme Johnson ?

Danielle arrêta de mettre de l'ordre dans la malle de lord

Beaumont et tourna vers lui un regard étonné. Ce n'était pas tellement sa curiosité qui l'étonnait, mais plutôt l'objet même de sa question.

Elle s'était aperçue très vite qu'elle était une source de curiosité presque inépuisable pour lord Beaumont, car l'une de ses fonctions principales semblait être de le distraire de son ennui.

D'un côté, elle ne pouvait s'empêcher d'être flattée de l'intérêt qu'il lui portait. De l'autre, elle le soupçonnait de la considérer un peu comme un animal exotique — ce qui n'était ni flatteur ni plaisant.

Un autre sujet d'étonnement : Il avait l'air de toujours savoir où elle était et ce qu'elle faisait.

Pour toute réponse, elle haussa les épaules.

Adrian la regarda à la dérobée pendant quelques instants, puis renonça à faire semblant de lire et posa son livre.

— Etant donné les circonstances, il serait plus sage que tu évites de te lier d'amitié avec elle, ou avec quiconque d'autre à bord, d'ailleurs. Ton déguisement est ta seule protection et il n'est pas absolument impénétrable.

Danielle serra les dents.

Hormis lord Beaumont, personne, jusqu'à présent, ne l'avait percée à jour. Probablement parce qu'elle n'avait laissé personne l'approcher d'assez près, mais elle ne l'aurait jamais admis, même sous la torture.

— Cela fait longtemps que je me déguise ainsi. Il n'y a pas de risque.

— Tu as l'air un peu trop sûre de toi. Un faux pas est toujours possible. Depuis combien de temps exactement réussis-tu à faire croire que tu es un garçon ?

Danielle haussa derechef les épaules, bien qu'elle commençât à être mal à l'aise.

— C'était peu après mes premières règles. Il y a de cela trois ans, je suppose.

Adrian la considéra avec une pointe d'exaspération.

— Ma chère enfant, tu dois savoir, je suppose, qu'il est malséant pour une jeune fille de parler de détails aussi intimes avec un gentleman. Il en est de même de ta virginité, du reste, ajouta-t-il en repensant à une conversation qu'ils avaient eue précédemment.

Elle prit un air dubitatif.

— A vrai dire, je n'ai guère l'habitude de parler avec des gentlemen. Ne sont-ils pas au courant de ces choses ?

— Avec tous les hommes en général, corrigea-t-il sèchement. Ils sont au courant, mais ils n'en parlent pas. Et sûrement pas avec une personne du sexe opposé.

— Vous m'aviez posé une question. Je vous ai répondu.

— Ma question concernait seulement ton déguisement.

Danny feignit l'indignation afin de dissimuler sa gêne.

— Je ne suis pas une lady. Ce n'est pas comme si je pouvais aller dans mon boudoir et feuilleter mon carnet. Je n'ai pas beaucoup de points de repère pour déterminer la date à laquelle il m'est arrivé telle ou telle chose. Quant à mon pucelage, je n'ai pas l'habitude d'en parler avec qui que ce soit. Je ne suis pas idiote et je sais que les trois quarts des hommes d'équipage de ce f… bateau ne seraient que trop heureux de me le faire perdre. Si je vous en ai parlé, c'est parce que vous m'aviez insultée !

Il soupira, mi-agacé, mi-vaincu.

— *Touché,* murmura-t-il. Enfin, si tu tiens autant à

ta… vertu, je te suggère de garder tes distances avec les matelots et avec les passagers.

Danielle l'examina, la tête penchée sur le côté. Sur ce point, elle était pleinement d'accord avec lui. Elle n'avait aucune envie de devoir défendre sa vertu contre une meute de marins enragés. Mais, devant son insistance, elle se demanda s'il n'avait pas une autre raison pour garder son sexe secret. Elle doutait fort que ce soit seulement parce qu'il se souciait de sa sécurité.

— J'imagine que votre fiancée ne serait pas très contente si elle venait à apprendre que je ne suis pas un garçon ?

Adrian fronça les sourcils.

— Tu m'as l'air étonnamment bien informée de mes affaires personnelles…

Si Danielle ne put s'empêcher de rougir, elle parvint à prendre un ton nonchalant.

— On apprend toute sorte de choses dans la rue. Ce n'est donc pas vrai ?

Elle secoua la tête.

— J'aurais dû le savoir. J'ai toujours été persuadée que vous n'étiez pas le genre d'homme à se plier de bonne grâce devant un diktat. Comment ai-je pu être assez stupide pour croire que le beau Nick Beaumont allait se laisser passer la corde autour du cou par une femme choisie par le vieux duc ?

— Ah bon ?

— Oh, vous n'avez pas besoin de me regarder ainsi ! Je vous ai dit que j'avais eu de la peine à le croire.

— Comment se fait-il que tu me connaisses aussi bien ? s'enquit Adrian, une lueur dangereuse au fond des yeux.

Danielle sentit de nouveau ses joues s'enflammer.

— Je n'ai pas dit que je vous connaissais, protesta-t-elle

avec véhémence. J'ai seulement dit avoir entendu des choses sur vous, çà et là. Les commérages vont bon train dans la rue, surtout quand il s'agit de gens huppés qui…

Elle s'interrompit brusquement. Elle avait remarqué qu'il était excessivement susceptible pour tout ce qui touchait à ses affaires personnelles.

— Oui ? insista-t-il.

Elle se tortilla avec embarras.

— Oh, rien.

Il haussa un sourcil faussement étonné.

— Rien ? Je suis certain que tu allais dire quelque chose. Continue, s'il te plaît. Tu t'apprêtais à me rapporter d'autres rumeurs intéressantes au sujet de Nick Beaumont, n'est-ce pas ?

— Non, pas du tout ! se défendit Danielle avec force. Vous m'avez demandé comment j'avais su qui vous étiez et je vous l'ai dit, voilà tout.

Adrian scruta son visage, les yeux étincelant de colère. Il ne s'était jamais beaucoup préoccupé de préserver sa vie privée, même au temps où son père lui avait acheté un brevet de capitaine dans l'un des régiments de la Garde. Ensuite, après sa démission de l'armée, il s'en était préoccupé encore moins et, de retour à la vie civile, il avait laissé ses frustrations l'entraîner dans plusieurs mauvaises affaires qui avaient fini par avoir raison de la patience de son père. Le duc de Remming lui avait alors suggéré que son énergie trouverait mieux à s'employer aux colonies. Ne pouvant pas faire autrement, il y avait consenti, et son père s'était évertué à lui trouver une plantation et — accessoirement — une fiancée, car il estimait qu'un jeune homme, pour se stabiliser, avait avant tout besoin d'une femme et d'un foyer. S'il n'avait rien fait pour éviter les ragots, cela rendait Adrian furieux de savoir que chacun de ses actes avait été espionné et commenté dans la rue et dans les tavernes.

Il s'assit en arrière et fit un effort pour se détendre.

Non, il n'arrivait pas à y croire. Le fils cadet d'un duc n'était pas un personnage aussi important. Danielle aurait-elle eu un intérêt particulier à son égard ?

Il retourna l'idée dans sa tête. Dès le premier regard, il avait eu l'impression qu'il y avait quelque chose de familier chez elle. N'ayant pas su déterminer de quoi il s'agissait, il n'y avait plus pensé. Jusqu'à maintenant.

Il scruta son visage et éprouva une nouvelle fois cette impression de « déjà vu ».

— Tu sembles avoir éprouvé un intérêt particulier pour mes affaires, dit-il lentement, en pesant chacun de ses mots. Cet intérêt aurait-il été, par hasard, l'une des raisons pour lesquelles tu t'es embarquée clandestinement à bord de la *Lady Dorinda* ?

Danielle le regarda fixement pendant un long moment, puis elle haussa les épaules.

— Ne soyez pas stupide.

Il lui saisit les poignets et, avant qu'elle ait eu le temps de comprendre ce qui lui arrivait, elle se retrouva à genoux entre ses jambes écartées. Elle leva la tête vers lui, surprise et un peu inquiète — d'autant plus qu'elle n'ignorait pas la réputation de Nick Beaumont. Un homme irritable, prêt à tirer l'épée au moindre prétexte.

— Ma patience a des limites, Danny, murmura-t-il, les dents serrées. Réponds à ma question, s'il te plaît. Et abstiens-toi de tout commentaire personnel, si tu n'as pas envie de recevoir une raclée. Je me moque de ton opinion à mon sujet, mais je n'ai pas l'habitude de me laisser injurier — par quiconque.

Malgré sa peur, Danielle n'entendait pas se laisser intimider. Elle renifla.

— Vous n'avez pas une très bonne opinion de vous-même, n'est-ce pas ?

Les doigts d'Adrian se crispèrent sur ses poignets.

— Attention, Danny…

Elle grimaça.

— Si vous imaginez que ce que j'ai entendu à votre sujet m'a donné l'envie ardente de mieux vous connaître, vous…

En voyant la fureur qui s'était mise à animer ses yeux, elle n'eut pas le courage de terminer sa phrase.

— D'ailleurs, dit-elle en avalant avec peine, je ne voulais pas m'embarquer clandestinement sur ce f… bateau.

— Vraiment ? ironisa-t-il. Je ne vois guère comment on peut monter sur un bateau sans le vouloir.

Danielle lui décocha un regard noir.

— Je me suis cachée dans la chaloupe, c'est vrai. Mais c'était seulement pour échapper aux gens qui me cherchaient. J'étais épuisée et je me suis endormie. Quand je me suis réveillée, le bateau avait largué les amarres et se trouvait déjà à l'embouchure de la Tamise. Il était trop tard pour que je puisse redescendre à terre.

— Qui te poursuivait ? fit Adrian en lui lâchant les poignets et en la regardant d'un air sceptique. Le guet ?

Il ne croyait pas un mot de son histoire, mais il était curieux de savoir jusqu'où elle irait pour essayer de le convaincre que sa présence à bord n'avait été qu'une série de circonstances malheureuses.

Danielle s'assit en arrière sur les talons et se massa les poignets.

— Vous m'avez fait mal... Les types qui fournissent Mme Gertrude en jeunes garçons pour les richards qui ont ce genre de penchant, répondit-elle, la mine renfrognée.

Adrian sentit son visage s'empourprer — pas seulement de colère. Il ne pouvait se garder d'être mortifié à la pensée que des hommes de sa caste se livraient à des pratiques aussi odieuses.

— Ainsi, ton déguisement ne t'a pas protégée autant que tu l'espérais ? dit-il finalement.

— On n'est jamais complètement en sécurité dans les rues de Londres, répondit-elle. Sans lui, cela aurait été pire. Au moins je ne me suis pas retrouvée sur le dos et les jupes retroussées chaque fois que je m'aventurais dans un bouge ou dans une arrière-cour un peu sombre.

Une lueur de compassion brilla dans les yeux d'Adrian, suivie presque aussitôt par un éclat de rire moqueur.

— Tu en fais un peu trop, Danny. Ma virginité par ci, ma vertu par là... Chercherais-tu à me mettre l'eau à la bouche ? Cela ne marchera pas, tu sais. J'ai peut-être eu un passé agité — comme, apparemment, tu ne l'ignores pas — mais même moi je me suis toujours tenu à l'écart des porteuses de vérole potentielles.

Danielle serra les poings. Seule la peur de sa réaction l'empêcha de le gifler. Le visage fermé, elle se leva et alla s'accroupir au fond de la cabine, le menton sur les genoux.

— Quoi ? Tu n'as plus rien à dire ? persifla Adrian. Voilà qui est pour le moins inhabituel.

— Je connais les hommes, marmonna-t-elle. Quand ils sont soûls rien ne les arrête. Jeunes, vieilles, belles, laides… Ils ne pensent qu'à une chose : la satisfaction de leurs bas instincts. Des brutes. Je suis contente que vous n'ayez pas envie de moi. Je préfère me garder…

— Oui, je sais, l'interrompit-il. Pour l'homme que tu aimeras.

Il se leva et se dirigea vers la porte. La main sur la poignée, il se retourna brièvement vers elle.

— Si tu en as vraiment l'intention, je te conseille d'être plus prudente à l'avenir. Sinon, ta mascarade ne durera pas longtemps. Tu peux me croire.

5.

Adrian s'arrêta sur le seuil, le temps de s'habituer à l'obscurité. Puis il s'avança au milieu de la cabine, battit le briquet et alluma la lampe à huile qui était suspendue au-dessus de la table. Il fureta autour de lui et émit un grognement agacé en constatant que Danny n'était pas là. Sa manie de disparaître sans crier gare commençait à avoir raison de sa patience.

Non pas qu'il puisse l'accuser de vouloir échapper à ses devoirs. Mais, même quand elle n'avait plus rien à faire, elle était censée rester à sa disposition, au cas où il aurait besoin de ses services.

Il s'apprêtait à faire demi-tour pour partir à sa recherche, lorsque ses yeux aperçurent une masse sombre sous la table. Un sourire incurva ses lèvres. Il avait oublié que Danny avait l'habitude, pour dormir, de se recroqueviller dans un coin où il lui semblait être en sécurité.

Il la poussa de la pointe de sa botte. Elle lui donna une tape sur le pied. Le sourire d'Adrian s'élargit, mais quand, l'instant d'après, elle marmonna dans son sommeil, son visage recouvra toute sa sévérité.

— Va-t'en, Jimmy.

Il la poussa de nouveau de la pointe de sa botte.

— Non, fit-elle dans son sommeil d'une voix plaintive. C'est ma place. Trouve-toi une place ailleurs.

Adrian s'accroupit à côté d'elle, les sourcils froncés.

— Qui est Jimmy ?

Les yeux de Danny s'ouvrirent et, pendant quelques instants, ils exprimèrent une peur panique. Puis elle le reconnut et lui jeta un regard noir.

— Avez-vous besoin de venir me déranger dans mon sommeil de cette façon ? marmonna-t-elle, indignée. J'ai cru, pendant un instant, que vous étiez ce f… gardien.

— Qui est Jimmy ? répéta-t-il sèchement.

Elle écarquilla les yeux, visiblement surprise par sa question. Mais en voyant son visage fermé et accusateur, elle redressa le menton et soutint son regard.

— Mon maquereau, répliqua-t-elle sur un ton plein de défi.

Les yeux gris d'Adrian s'étrécirent dangereusement.

— Je n'aime pas les menteuses, dit-il d'une voix glaciale. Tu le sais. Je t'ai suffisamment prévenue.

Puis, avec la rapidité de l'éclair, il lui saisit le poignet et la tira brutalement de dessous la table. Elle grimaça de douleur et tâcha de dégager son poignet en se servant de sa main libre. Il immobilisa son autre poignet ; elle se débattit frénétiquement. L'attirant contre lui, il plaqua ses bras le long de son corps, mais elle continua de se débattre et dans la violence de leur lutte, ils perdirent l'équilibre et s'affalèrent sur la couchette, Adrian tombant sur elle de tout son poids et lui coupant momentanément la respiration. Cessant de lutter, elle s'efforça d'aspirer un peu d'air dans ses poumons.

Adrian la sentit devenir toute molle, mais il ne réagit pas immédiatement, car il crut d'abord à une ruse. Cependant, un coup d'œil lui suffit pour comprendre que ce n'était pas de la simulation. Roulant sur le côté, il lui frotta le plexus avec une telle énergie qu'elle en ressentit presque une brûlure.

Elle n'était pas en état de protester. Elle réussit à reprendre son souffle, mais son corps était moulu et elle tremblait nerveusement. Un long moment, elle se contenta de le regarder d'un œil noir, puis elle détourna la tête.

— Sale c…

Les yeux d'Adrian s'étrécirent encore.

— J'hésite entre te battre pour m'avoir menti ou te laver la bouche avec du savon, dit-il d'une voix très calme. Les deux peut-être. Je t'ai prévenue que je ne tolèrerais ni tes mensonges ni tes insultes et je n'aime pas me répéter.

Malgré sa peur, elle se rebella, le menton pointé.

— Je ne vois pas quel intérêt j'aurais eu à vous dire la vérité, alors que votre opinion était faite.

Il haussa un sourcil ironique.

— Prétendrais-tu être capable de lire dans mes pensées ?

— Je n'en ai pas eu besoin, répliqua-t-elle. Vous m'aviez traitée de putain. Et, à la façon dont vous me regardiez, vous aviez déjà décidé que Jimmy était soit mon amant, soit mon maquereau. Quoi que je dise, vous ne m'auriez pas cru.

Il l'examina en silence, surpris et un peu mal à l'aise à l'idée qu'elle avait réellement lu dans ses pensées. Il lui lâcha les poignets. Puis, s'avisant que son corps avait réagi d'une manière pour le moins embarrassante au contact du sien, il s'écarta et s'appuya sur un coude.

— Et si tu me disais la vérité, maintenant ? suggéra-t-il d'une voix radoucie.

— Je vais avoir des bleus partout demain, marmonna-t-elle en reniflant et en se massant les poignets.

Il ne dit rien et, au bout d'un moment, elle le regarda par en dessous avec prudence et s'assit.

— Vous n'êtes pas un poids plume non plus, ajouta-t-elle en se déplaçant petit à petit vers le pied de la couchette.

Il la retint en posant la main sur son épaule. Elle jeta un coup d'œil vers lui et soupira, vaincue.

— Jimmy était un ami.

— Etait ? Tu t'es fâchée avec lui ?

— Non. Ils l'ont tué, répondit-elle simplement.

— Qui ?

Elle cligna des yeux et un sourire plein d'amertume et de dérision incurva ses lèvres.

— Les jeunes lords, répondit-elle en se levant.

Il la retint par le bras.

— Pourquoi ?

Elle regarda la main qui l'entravait, puis haussa les épaules.

— Pourquoi pas ? Il n'était rien. Un gamin des rues inculte et crasseux dont nul ne se souciait et qui ne manquerait à personne. Sauf à moi…

Elle leva de nouveau les yeux vers lui, l'air pensive.

— Pour s'amuser, peut-être ? dit-elle en faisant la moue. A moins qu'il n'ait essayé de voler quelque chose à manger — un morceau de pain ou de lard.

Une lueur dure et cynique brilla dans les yeux d'Adrian.

— Ne serait-ce pas plutôt une montre ou une bourse ?

Elle inclina la tête sur le côté et le considéra en silence quelques instants, avant d'avoir un rire amer.

— Bien sûr. C'était cela, à n'en pas douter. Lui et moi,

nous faisions ripailles pendant plusieurs jours quand il avait réussi à délester un gentleman de sa bourse. Beuveries interminables avec les putes dans les tavernes — les autres putes, corrigea-t-elle. Nous nous conduisions comme des lords et des ladies, en jetant nos pennies par les fenêtres et en protégeant nos précieuses narines, avec des mouchoirs en dentelle, de la puanteur des rues.

Adrian lui lâcha le bras, honteux et vexé.

— Avec ton déguisement, cela n'a pas dû être facile de te faire passer pour une lady, commenta-t-il d'une voix neutre.

Un commentaire qui fit naître un sourire espiègle sur les lèvres de Danny.

Elle s'inclina profondément en pliant un genou, comme si elle faisait la révérence, puis elle se redressa, la tête haute.

— Pas du tout, milord, répondit-elle, imitant à la perfection la diction et les mimiques des dames de l'aristocratie. J'ai mes atours pour cela... robe de soie, dentelles, bijoux...

Adrian, partagé entre la colère, la surprise et la spéculation, ne savait trop si elle jouait la comédie ou si elle se moquait de lui. Il ne put s'empêcher d'être amusé également, tandis qu'elle allait et venait dans la cabine en singeant une dame du monde, ni d'être intrigué par l'aisance avec laquelle elle adoptait les manières de ses pairs. Il était sur le point de la questionner à ce sujet quand on frappa à la porte. Elle se retourna brusquement, redevenant incontinent Danny, le gamin des rues.

Agacé par cette interruption, Adrian se leva et marcha vers la porte. C'était un mousse, portant le plateau de son dîner.

— Merci, mon garçon.

Il prit le plateau et, après avoir refermé la porte, alla le poser sur la table. Puis, prenant un siège, il enleva le torchon qui recouvrait son repas, tout en pensant distraitement à Danny.

C'était une créature étrange. Il y avait un air d'innocence en elle qui le fascinait — d'autant plus que tout dans son attitude et dans sa façon de parler laissait entendre qu'elle n'ignorait rien des choses de la vie. Certes, cette connaissance n'avait rien de surprenant, étant donné l'existence qu'elle avait menée…

Une petite fille espiègle et impudente, mais, en même temps, aussi ingénue qu'une demoiselle lors de sa première sortie dans le monde. C'était cela qui le captivait en elle — sans parler de son incontestable beauté. Il y avait à peine une semaine qu'il la connaissait et elle remplissait déjà toutes ses pensées. A un degré qui le surprenait et le contrariait tout à la fois.

Par ailleurs, il serait stupide de ne pas profiter de la distraction qu'elle lui apportait dans ce voyage long et fastidieux. Elle constituait une énigme stimulante, amusante et souvent exaspérante. En particulier parce qu'elle osait le défier comme personne ne l'avait fait auparavant.

Il prit son couteau pour découper un morceau de poulet. Ce faisant, il se dit qu'il ne s'était pas préoccupé de savoir si Danny était convenablement nourrie. Sentant son propre appétit s'évanouir, il reposa le morceau de poulet sur l'assiette et fronça les sourcils pensivement. Pourquoi cette brusque inquiétude, alors qu'il ne s'était jamais soucié du bien-être de ses domestiques ? Il ne trouva pas la réponse et essaya de penser à autre chose. Sans y parvenir.

Avait-elle faim ? Probablement beaucoup plus que lui-même.

Au bout d'un moment, il se tourna vers elle dans l'intention de l'envoyer chercher son propre dîner.

Elle était recroquevillée dans un coin, les yeux fixés sur lui avec une intensité presque tangible. La réaction de son corps fut instantanée et totalement déconcertante, comme si son regard avait été la caresse d'une amante. Cela l'irrita. Il appela Danny d'un geste impérieux, puis se retourna vers la table, tandis qu'elle se levait et s'approchait de lui avec circonspection.

Elle resta debout à côté de lui, en se déplaçant d'un pied sur l'autre, tout en s'efforçant d'ignorer la profusion de nourriture exposée devant elle.

— Assieds-toi, ordonna-t-il.

Elle obéit, mais en grimaçant. Pour qui la prenait-il ? Pour une bête de cirque ? Cependant, elle oublia sa colère quand elle le vit découper une patte du poulet et la lui tendre, sans un mot. L'eau à la bouche, elle regarda successivement son visage impénétrable et le morceau de viande.

— Prends-la, c'est pour toi, dit-il brièvement.

Elle tendit la main en hésitant, craignant à demi qu'il ne la remette dans son assiette, son offre n'ayant été que l'un de ces jeux cruels dont certains maîtres se délectaient. En voyant qu'il ne retirait pas sa main, elle prit la patte et le regarda d'un air encore incertain, comme si elle n'arrivait toujours pas à croire à sa bonne fortune. Il rompit un morceau de pain et le lui tendit également.

— Mange, dit-il en reportant son attention sur son repas.

Elle le regarda pendant encore un instant, puis revint s'accroupir dans son coin. Le dos appuyé contre la cloison, elle mordit à belles dents dans la patte de poulet. Les yeux fermés, elle savoura avec délice le goût et la texture de la viande. Cela faisait bien longtemps qu'elle n'avait pas fait un pareil festin. Quand elle rouvrit les yeux, Adrian avait les yeux fixés sur elle. Embarrassée, elle rougit et battit des cils.

Il détourna la tête presque aussitôt, et elle put savourer son festin à son aise, séparant soigneusement le pilon et l'avant de la cuisse, partageant son morceau de pain en deux. Quand elle eut rongé le pilon jusqu'à l'os et mangé la moitié du pain, elle sortit un morceau de chiffon propre de sa poche et en enveloppa les restes. Lorsqu'elle redressa la tête, elle trouva de nouveau les yeux du lord fixés sur elle.

— Que fais-tu ?

— J'en garde une partie pour plus tard…

Il secoua la tête.

— Si tu n'as plus faim, rends-le moi.

Elle serra le petit paquet contre elle.

— Vous m'avez dit que c'était pour moi ! s'indigna-t-elle.

Il soupira.

— Je t'en donnerai un autre morceau quand tu auras de nouveau faim. Je ne veux pas que tu gardes des provisions dans la cabine. Il n'y a rien de mieux pour attirer les cafards et les rats. Mange-le ou rends-le moi.

Elle avala avec peine et le regarda, l'air déconfit. L'idée de lui rendre les restes de son festin lui était insupportable ; elle n'était pas du tout certaine qu'il se souviendrait de sa promesse lorsque la faim reviendrait la tourmenter.

— Je le cacherai ailleurs sur le bateau, dit-elle d'une voix pleine de détermination.

Il secoua de nouveau la tête, la main tendue.

Elle lui décocha un regard plein de ressentiment et,

ouvrant son paquet, elle se remit lentement à manger. S'il venait à se montrer désagréable, se dit-elle, elle aurait au moins l'estomac plein.

Ils finirent leur repas en silence.

Elle déglutit péniblement la dernière bouchée. Verrait-il un inconvénient à ce qu'elle aille chercher de l'eau pour faire descendre son repas ?

Posant les os sur le plancher à côté d'elle, elle s'essuya la bouche et les mains avec son chiffon. Quand elle leva les yeux, elle vit qu'il lui tendait sa chope.

Elle la prit et renifla son contenu avec méfiance avant de la porter à ses lèvres.

De la bière brune. Tiède. Son amertume la fit frissonner et grimacer. Mais elle avait déjà bu de l'eau qui avait encore plus mauvais goût et elle avala courageusement une autre gorgée avant de lui rendre la chope. Il la regarda d'un air amusé puis, après avoir rempli derechef sa chope, s'assit en arrière et l'observa par-dessus le rebord, tout en sirotant.

— Parle-moi de toi, dit-il brusquement.

Elle le dévisagea d'un air surpris, en se demandant s'il était sérieux.

— Que voulez-vous savoir ? s'enquit-elle finalement.

Il fronça les sourcils, contemplant pensivement le liquide ambré de sa chope, puis tourna vers elle son regard perçant.

— Commence par me dire d'où tu viens exactement. Et ne te fatigue pas à me raconter que tu n'as jamais connu que les rues de Londres, car je mettrai ma main au feu que tu as connu autre chose. Il t'arrive trop souvent de perdre ton accent.

6.

Danielle se mordit la lèvre. Elle avait eu peur d'en avoir trop dit, mais elle n'avait même pas imaginé que ce n'était pas ce qu'elle disait, mais la façon dont elle le disait qui éveillerait les soupçons d'Adrian. Finalement, elle choisit de feindre l'indifférence, comme si sa question n'avait pas de sens.

— Il n'y a pas grand-chose à dire. Je suis passée d'un orphelinat à un autre, à Londres et hors de Londres…

Adrian la regarda d'un air sceptique, mais elle ne s'en avisa pas, car elle s'était penchée en arrière, les yeux au plafond.

L'histoire qu'elle lui raconta n'avait rien d'exceptionnel, si ce n'est quant à l'éducation — au moins rudimentaire — que lui avait donnée le pasteur Pugh. Celui-ci avait dirigé le premier orphelinat où elle avait été recueillie et elle l'avait considéré, apparemment, presque comme un père. Après la mort de ce saint homme, la situation de Danielle s'était dégradée et était devenue rapidement insupportable. Ce récit ne surprit pas Adrian — il s'y attendait plus ou moins — mais le rendit étrangement mal à l'aise, alors qu'auparavant il ne s'était jamais beaucoup préoccupé du sort qui était réservé aux gamins des rues.

Ce récit, par ailleurs, ne lui donna aucun indice quant à son origine, contrairement à ce qu'il avait espéré. Rien pour expliquer sa sensation de « déjà vu ». Pourtant, il était intimement convaincu de l'avoir rencontrée quelque part. Oui, mais où ?

Se torturer l'esprit ne servait à rien. Les sourcils froncés, il concentra son attention sur la suite de son histoire — une histoire qui tirait à sa fin.

— ... après s'être occupé de Daisy, le vieux Thornby a essayé de me violer. Je me suis défendue et je l'ai assommé avec un tisonnier. Ensuite, sachant qu'il ne serait pas sain de rester à l'orphelinat, Jimmy et moi, nous avons pris le parti de nous enfuir.

Elle inspira profondément et leva les yeux vers Adrian.

Ses yeux gris étaient indéchiffrables, mais un muscle de sa mâchoire frémit. Danielle scruta son visage pendant un long moment, y décelant une pointe de scepticisme — ce qui l'irrita — et une pointe de compassion — ce qui l'embarrassa.

Elle eut un sourire sans joie.

— Ce dernier passage ne vous a pas plu, on dirait ?

Elle enlaça ses jambes avec ses bras et posa son menton sur ses genoux.

— Pas assez romantique, murmura-t-elle, en prenant cette fois-ci une diction parfaite. En réalité, Jimmy et Daisy étaient mon frère et ma sœur. Nous appartenions à la noblesse. Quand nos parents se sont noyés au cours d'une promenade en barque — ni l'un ni l'autre ne savait nager —, notre tuteur a pris en mains la gestion de nos propriétés...

La mine faussement affligée, elle le surveillait du coin de l'œil, à l'affût de ses moindres réactions.

En voyant un sourire errer sur ses lèvres, elle continua son histoire sur un ton monocorde.

— C'était un méchant tuteur, naturellement. Un duc…

Le sourire d'Adrian disparut. Elle écarquilla les yeux comiquement et laissa échapper un éclat de rire.

— En y réfléchissant, je crois que c'était plutôt un marquis. Un méchant marquis.

Elle soupira tragiquement.

— Comme il convoitait nos propriétés, il nous a abandonnés devant la porte d'un orphelinat, en laissant croire dans son entourage que nous étions morts à la suite d'une épidémie. Au bout de quelques années, cependant, nous avons réussi à nous échapper et, depuis lors, grâce à la générosité des londoniens, nous avons mené grand train dans les rues de la capitale, en espérant recouvrer un jour la place qui aurait dû être la nôtre dans la haute société du royaume.

Adrian se pencha vers elle, lui prit le menton et l'examina pensivement.

— Comment peut-on être aussi stupide ? dit-il en souriant. Je veux parler de ton tuteur, ajouta-t-il en la voyant hausser un sourcil intrigué. Enfermer la belle princesse dans un orphelinat, alors qu'il aurait pu l'épouser. A sa place, jamais je n'aurais laissé échapper un pareil trésor.

Danielle rougit, mais se reprit rapidement. Ses yeux pétillèrent.

— Il a essayé, mais la princesse n'a pas voulu de lui.

Adrian lui lâcha le menton et se remit à siroter sa bière. Prenant cela comme un congé, Danielle se leva, prit le plateau du dîner et sortit pour aller le rapporter aux cuisines. A son retour, elle trouva Adrian occupé à lire, assis sur sa couchette. Après avoir remis de l'ordre dans la cabine, elle se réfugia dans son endroit favori, sous la table, la tête sur le bras. Tout en regardant son nouveau maître elle se demanda pourquoi elle se sentait toute drôle quand il la touchait ou la regardait dans les yeux.

Et pourquoi se montrait-il aussi prévenant avec elle ? Après tout, elle lui appartenait, corps et âme — pas comme une esclave, mais presque. Il n'avait pas besoin d'être gentil.

— Il y a une autre couverture dans le coffre au pied de la couchette, dit-il sans lever les yeux de son livre.

Danny le regarda d'un air incertain, puis, au bout d'un moment, elle décida qu'il lui avait suggéré de l'utiliser pour son usage personnel. Elle sortit de son recoin et alla la prendre dans le coffre. Au moment où elle allait retourner s'accroupir sous la table, la voix d'Adrian résonna de nouveau. Elle s'arrêta et l'interrogea du regard.

— Comment as-tu réussi à survivre aussi longtemps dans la rue ?

Elle l'examina, un sourire espiègle aux lèvres.

— Ne l'avez-vous pas déjà deviné, milord ? J'ai vendu mes charmes. Jimmy était mon maquereau. Mais attention, j'ai toujours été très difficile dans le choix de mes clients. Uniquement des lords et des bourgeois fortunés…

Les yeux d'Adrian s'étrécirent et une lueur de colère brilla dans ses pupilles, mais il ne fit aucun commentaire.

— Eteins la lampe et couche-toi, Danny, dit-il au bout d'un moment en refermant son livre. Il est temps de dormir.

*
* *

Quand il se réveilla, le lendemain matin, elle n'était plus là, mais elle ne devait pas être partie depuis longtemps, car l'eau de la cuvette qu'elle lui avait apportée pour sa toilette était encore chaude. Le plateau de son petit déjeuner était posé sur la table. Il enfila sa robe de chambre et se servit une tasse de thé, en se disant qu'elle savait remarquablement anticiper ses besoins pour quelqu'un qui n'avait jamais appris le métier de domestique. Mais, comme il s'en était déjà rendu compte, elle était très douée pour imiter les gens autour d'elle.

Il réfléchit à l'histoire qu'elle lui avait racontée la veille au soir et essaya de remettre en place les pièces du puzzle. En vain. Il y avait trop de lacunes, sans parler du manque de fiabilité de la plupart des faits qu'elle avait énoncés.

Il finit sa tasse de thé, se rasa, s'habilla et sortit dans la coursive.

Lavinia Johnson avait dû mettre sa caméristе en faction pour l'espionner, car lorsqu'il passa devant sa cabine, sa porte s'ouvrit — comme par hasard.

— Oh, Adrian ! s'exclama-t-elle en feignant de sursauter. Vous m'avez fait peur. Pendant une fraction de seconde, j'ai cru que vous étiez l'un de ces horribles matelots !

Elle lui tendit la main et lui sourit timidement — une timidité immédiatement démentie par l'œillade enflammée qu'elle lui décocha, derrière ses paupières mi-closes.

Il porta le bout de ses doigts à ses lèvres, tout en détaillant sa toilette avec une pointe d'amusement et d'agacement. Parfaite pour une salle de bal, elle était totalement déplacée sur le pont d'un navire.

— Votre beauté fait de l'ombre au soleil levant, ce matin, dit-il sur un ton ironique.

Il lui offrit son bras en se demandant quel événement

extraordinaire avait bien pu l'inciter à sortir de son lit avant midi. Après réflexion, il en conclut que ce devait être le désaccord qu'ils avaient eu au sujet de Danny et la froideur qu'il lui avait montré depuis lors. Il aurait dû être flatté d'être la cause d'un tel miracle. Au lieu de cela, il était seulement agacé. Apparemment, il s'était trompé quand il avait pensé qu'ils avaient décidé d'un commun accord — quoique tacite — de mettre un terme à leur liaison.

Lavinia rougit de plaisir. Son intonation ironique lui avait échappé. Elle était trop persuadée de son charme et de sa beauté pour ne pas prendre un compliment, d'où qu'il vienne, pour argent comptant. Elle se félicita intérieurement de l'habileté de sa manœuvre, mais elle déchanta quelque peu lorsque, en arrivant sur le pont, Adrian s'arrêta brusquement. Elle suivit la direction de son regard et fronça les sourcils en constatant que son attention avait été attirée par le petit va-nu-pieds qu'il avait pris à son service.

Ce n'était pas supportable. Sa main lui serra le bras involontairement.

— Si nous allions à l'arrière du bateau ? suggéra-t-elle, un sourire enjôleur aux lèvres. Le côté droit est encore un peu à l'ombre et le soleil est affreusement dangereux pour le teint à cette heure de la journée.

— Tribord, corrigea Adrian distraitement.

Il tourna de nouveau son regard vers Danny qui était assise avec nonchalance entre deux matelots. La tête baissée, elle s'appliquait à entrelacer les brins d'un filin afin de faire l'une de ces épissures dont les marins ont le secret.

Lavinia grinça des dents et ne réussit qu'à grand-peine à garder le sourire.

— Je n'ai jamais compris pourquoi les marins s'ingénient à employer des mots différents pour tous les objets dont on se sert à bord d'un bateau. Ce serait tellement plus simple s'ils utilisaient les mêmes que tout le monde.

Adrian sourit poliment et se laissa entraîner sans résister vers l'arrière de la *Lady Dorinda*.

Soit Danny n'était pas consciente du fait que son maître était levé et habillé, soit elle estimait qu'ayant accompli les tâches qui lui étaient dévolues, elle était libre d'occuper son temps comme bon lui entendait.

Il avait remarqué également, non sans un certain mécontentement, que les matelots momentanément désœuvrés recherchaient volontiers sa compagnie. Et, s'il en jugeait par leurs éclats de rire, ils trouvaient cette compagnie fort distrayante — ce qui le mécontentait fort.

Si Adrian n'était pas content, Lavinia l'était encore moins. Son humeur n'était jamais des plus joyeuses à une heure aussi matinale et les réponses distraites d'Adrian aux remarques spirituelles qu'elle s'évertuait à imaginer n'étaient pas de nature à l'améliorer. Elle avait jeté son dévolu sur lui et elle avait vu ce voyage aux colonies comme un véritable don du ciel. Si elle n'avait pas eu la bonne fortune d'être la seule femme de sa condition sociale à bord de la *Lady Dorinda*, elle n'aurait même pas envisagé, malgré son immense vanité, de pouvoir un jour mettre le grappin sur un parti aussi prestigieux. Et, après avoir cru un moment toucher au but, elle avait beaucoup de peine à renoncer à son projet.

Naturellement, Adrian n'avait pas une grande fortune personnelle — même s'il possédait une confortable aisance — et il n'était que le troisième dans la ligne de succession aux titres et aux charges de son père. Mais cela ne lui importait guère, car il était, malgré tout, le fils d'un duc. Elle pouvait toujours espérer que le destin se chargerait d'éliminer les obstacles qui l'empêchaient de devenir un jour une duchesse. Les épidémies, la guerre…

Dommage qu'elle soit plus âgée que lui. Mais elle était certaine que ce n'était pas d'une grande conséquence. Il était notoire que le troisième fils du duc de Remming n'avait jamais éprouvé qu'un mépris amusé pour les oies blanches que son père avait essayé de lui mettre dans les bras. Il avait toujours préféré les femmes un peu mûres — veuves, de préférence. Et même si, jusqu'à présent, il s'était toujours montré très réticent quand il était question de mariage, elle ne désespérait pas de le convaincre un jour qu'elle était la femme de sa vie, la femme dont il avait besoin pour fonder un foyer heureux et solide.

Malheureusement, elle ne pouvait pas se flatter d'avoir fait le moindre progrès et elle était jalouse de tout ce qui pouvait distraire Adrian. Ainsi, alors que dans d'autres circonstances, elle n'aurait même pas accordé un regard à Danny, elle considérait le gamin des rues qu'il avait sauvé avec une amertume qui, peu à peu, était en train de se transformer en véritable haine.

Si elle venait à échouer dans sa tentative de séduction, la vie qui l'attendait aux colonies perdrait tout intérêt et, hélas pour elle, plus elle sentait qu'elle s'éloignait de son but, plus elle avait tendance à montrer les traits de caractère qui déplaisaient le plus à Adrian. Néanmoins, elle était loin de s'avouer vaincue. Au prix d'un gros effort sur elle-même, elle réussit à ne pas montrer son irritation et fit semblant de ne pas avoir remarqué son manque d'intérêt à l'égard de ce qu'elle disait. Quand il la raccompagna à sa cabine, elle le retint un instant par le bras, afin de l'inviter à dîner.

— Vous savez combien votre compagnie m'a manqué

ces derniers temps, murmura-t-elle en minaudant et en battant des cils. Je m'ennuie à mourir… A part lire et se promener sur le pont, il n'y a aucune distraction sur ce maudit bateau. Nous dînerons ensemble et, ensuite, nous nous creuserons la tête afin de chercher quelque chose à faire pour nous divertir…

Il la regarda avec exaspération. Jamais encore il n'avait rencontré une femme aussi collante. Un crampon. Il allait être obligé de mettre les choses au point, sans prendre de gants. Une perspective qui lui déplaisait presque autant que d'être poursuivi par ses assiduités…

Après une brève hésitation, il accepta son invitation du bout des lèvres.

— Ce sera un plaisir pour moi, madame, répondit-il poliment, mais avec la mine de quelqu'un qui vient de se voir imposer une corvée.

7.

Adrian n'était pas d'une humeur particulièrement joyeuse lorsque Danny entra dans la cabine, le plateau de son déjeuner en main. Il l'ignora délibérément, mais elle ne s'en aperçut pas ou feignit de ne pas s'en apercevoir. Elle posa le plateau sur la table et lui souhaita bon appétit d'une voix enjouée. En voyant qu'elle s'apprêtait à repartir, il posa son livre et lui décocha un regard agacé.

— Je ne voudrais pas te déranger Danny, mais pourrais-tu, pour une fois, accepter de me consacrer un peu de ton précieux temps ?

Elle haussa un sourcil inquisiteur.

— Bien sûr. Vous avez besoin de quelque chose ?

— As-tu mangé ? s'enquit-il de but en blanc.

Il sentit son visage s'empourprer avant même que cette question stupide ait franchi le seuil de ses lèvres. Il ne fut donc pas surpris de voir Danny le regarder comme si elle s'interrogeait sur sa santé mentale.

La tête penchée sur le côté, elle l'examina avec curiosité, puis un large sourire illumina son visage.

— Je m'apprêtais à aller prendre mon repas dans le gaillard d'avant avec Morgan, Nat et le vieux Tom.

— Je crois que tu serais mal avisée d'aller déjeuner avec eux, dit-il d'une voix sévère.

Les yeux de Danny s'élargirent.

— Pourquoi ?

Il la regarda avec exaspération, mais renonça à le lui interdire. Il n'avait aucune envie de s'engager dans un conflit de volontés avec une fille dont le tempérament lui garantissait qu'il se transformerait presque à coup sûr en affrontement majeur — même s'il était certain d'en sortir victorieux. Sa fougue et son esprit de répartie étaient souvent agaçants, mais il les trouvait également très divertissants et il ne voulait pas les briser.

— Ce sont, après tout, les mêmes hommes que ceux qui t'ont donné la chasse le jour où tu as été découverte. S'ils t'avaient rattrapée, ton sort n'aurait rien eu de plaisant — sans même songer à ce qu'ils auraient pu te faire en découvrant que tu es une fille.

Elle haussa les épaules avec nonchalance.

— C'est du passé.

— Tu le crois vraiment ? insista-t-il avec une pointe d'irritation.

— Il ne sert à rien de me demander ce qu'ils auraient pu me faire alors. De toute façon, ils faisaient seulement ce qu'on leur avait dit de faire et, maintenant, ils sont tous très gentils avec moi.

Les yeux d'Adrian s'étrécirent.

— En somme, tu as une nature fort peu rancunière, commenta-t-il sur un ton sarcastique.

— Je ne dirais pas cela. Il n'y a rien à pardonner et ma situation n'est plus la même maintenant. A quoi bon pleurer sur du lait renversé ? comme disait ma bonne vieille Aggie. Autant oublier et aller de l'avant.

Elle rit. Un rire dépourvu de joie.

— Si je m'étais apitoyée sur mon sort chaque fois qu'un type m'a poursuivie, les yeux injectés de sang, je serais une véritable loque, maintenant. Vous ne pensez pas, je suppose, que c'est la danse qui m'a rendue aussi vive et aussi souple ?

Adrian la regarda en silence pendant une seconde ou deux.

— Je ne sais pas si tu t'en rends compte, Danny, mais, normalement, je ne devrais même pas tolérer que tu contestes mes décisions — des décisions prises dans le seul but de te protéger. Je ne vois pas quel plaisir tu peux trouver dans la compagnie de ces hommes incultes et grossiers. Aurais-tu envie de te faire violer ? Je sais bien qu'il y a des femmes qui aiment les étreintes brèves et brutales...

Danny rougit jusqu'à la racine de ses cheveux. Elle ouvrit la bouche pour lui répondre, mais, finalement, elle la referma et détourna les yeux.

— Tu n'appartiens pas à cette catégorie de femmes. J'en suis persuadé. Cependant, cela pourrait bien t'arriver si tu persistes à enfreindre mes ordres en ne gardant pas tes distances avec ces brutes. En outre, les dangers mis à part, continua-t-il d'une voix plus douce, leur compagnie n'est guère convenable pour une jeune femme impressionnable.

Elle tourna de nouveau la tête vers lui, le menton pointé. Il était vraiment trop mal placé pour lui faire la morale et lui prêcher la bonne conduite !

— Vous l'avez peut-être oublié, mais je ne suis pas une oie blanche ! De là où je viens, on entend toutes sortes de choses, tout le temps. Avec le spectacle en plus, si vous voyez ce que je veux dire.

Adrian la regarda avec un mélange de compassion et de révolte contre la société. Il imaginait facilement le genre de choses qu'elle avait pu voir. Les bas quartiers de Londres constituaient une ville à part où même les sergents de ville ne se hasardaient qu'en nombre et bien armés. Les putains offraient leurs charmes à tous les coins de rues et « soulageaient » leurs clients dans les venelles ou dans les coins sombres des portes cochères. Bagarres entre ivrognes, coups de couteaux… Dans cette cohue bruyante et vulgaire, les mendiants côtoyaient les souteneurs, les bourgeois amateurs de sensations fortes et les voleurs à la tire. Le seul fait de l'imaginer dans cette cour des miracles suffisait à le rendre malade.

Pourquoi ? Il n'aurait su le dire. En général, à l'instar de tous les membres de la classe privilégiée à laquelle il appartenait, il ne se souciait guère de la condition des classes inférieures. Mais, en l'occurrence, c'était un fait et il ne pouvait pas l'ignorer.

— Je le sais, ma petite, dit-il d'une voix pleine de douceur. Cela ne signifie pas que tu dois descendre à leur niveau. Tu as eu des expériences très douloureuses et tu as assisté à des scènes auxquelles aucun enfant ne devrait être exposé, mais, comme tu l'as dit toi-même, il y a des choses qu'il vaut mieux laisser derrière soi. Dans le passé, là où elles ne peuvent plus t'atteindre.

Danny le regarda fixement un long moment, désarmée par sa gentillesse. S'il avait tenté de lui forcer la main, elle se serait rebellée et n'aurait pas hésité à le défier. Au lieu de cela, il avait utilisé la raison pour essayer de la persuader. Elle avait honte. Honte de ne pas lui avoir obéi dans le seul but de l'ennuyer. Elle avait envie de lui plaire, de trouver un moyen de rentrer de nouveau en grâce auprès de lui.

Elle plissa le front, visiblement embarrassée.

— Vous voulez dire que je devrais faire comme si je n'avais rien vu, comme si je n'avais jamais quitté l'orphelinat ? murmura-t-elle, dubitative.

— En quelque sorte, acquiesça Adrian en souriant.

Elle se mordit la lèvre.

— Je le voudrais bien, mais je ne vois pas comment je pourrais maintenant tourner le dos à mes nouveaux amis, alors qu'ils ne m'ont rien fait. Ce serait vraiment trop cruel. Vous comprenez, ils se sont montrés tellement gentils avec moi…

Adrian lui prit le menton et la regarda au fond des yeux. Des yeux sombres, confiants et ingénus… Qu'il serait facile de se perdre dans leurs profondeurs ! Il avala avec peine et s'efforça de lutter contre les émotions étranges qui faisaient battre son cœur.

— Il n'est pas nécessaire de les ignorer complètement, dit-il enfin.

De toute façon, c'était impossible, à moins de la garder enfermée nuit et jour dans sa cabine.

— Il te suffit d'écourter tes rencontres avec eux. Et s'ils commencent à parler de choses que tu ne devrais pas entendre, de te rappeler que tu as une corvée à faire pour moi, ajouta-t-il en lui lâchant le menton.

Les lèvres de Danny s'étaient mises à trembler légèrement et il éprouva une envie aussi violente qu'inattendue d'apaiser sa détresse en les embrassant.

Elle fronça les sourcils.

— Vous pensez que je ne devrais plus prendre mes repas avec eux, non plus ? demanda-t-elle d'une voix anxieuse.

Elle voulait bien se conformer à ses désirs, mais elle

craignait de ne plus rien avoir à manger si elle attendait que les matelots aient fini leur repas.

Le sourire d'Adrian s'élargit. Il lui donna une pichenette sur le nez et lui ébouriffa les cheveux.

— Non, ma petite. Tu pourras toujours prendre tes repas avec eux. Va maintenant. Je t'ai retenue assez longtemps et je ne voudrais pas que tu sois contrainte de jeûner une fois de plus par ma faute.

Elle sortit, manifestement soulagée. Adrian regarda pensivement la porte qui s'était refermée derrière elle. Il avait atteint son objectif ; pourtant, il était toujours aussi insatisfait. Au bout d'un moment, il s'avisa que c'était parce qu'il savait parfaitement que la raison n'entrait pas en ligne de compte dans sa décision d'obliger Danny à restreindre ses relations avec les hommes de l'équipage. En fait, il avait été profondément troublé par sa familiarité avec eux. Cependant, comme il n'avait aucune envie de chercher à découvrir quelle était la cause de ce trouble, il le chassa de son esprit et reporta ses pensées sur la façon dont Danny avait réussi à conserver son ingénuité, malgré toutes les épreuves auxquelles elle avait été confrontée.

Elle devait vraiment avoir une force de caractère exceptionnelle pour ne pas avoir été pervertie par le monde dans lequel elle avait vécu. Et une capacité tout aussi exceptionnelle à tirer un trait sur le passé. Néanmoins, son passé avait laissé des cicatrices. Il le savait et c'était l'une des raisons de son insatisfaction. Il aurait aimé qu'elle puisse effacer totalement ces expériences malheureuses. Un désir aussi violent qu'irrationnel.

Cette pensée lui fit froncer les sourcils. Mais, pour une raison ou pour une autre, il ne parvint pas à s'en débarrasser et, les jours suivants, il se surprit à corriger la jeune fille chaque fois qu'elle se remettait à parler cockney, ce langage vulgaire et grossier qu'elle avait appris dans les rues de Londres. A défaut de pouvoir effacer son passé, il souhaitait en éradiquer les manifestations les plus choquantes.

Peu à peu, une relation informelle s'établit entre eux — une relation qui aurait horrifié la plupart des amis aristocrates d'Adrian. Une relation tantôt maître-serviteur, tantôt élève-professeur et même, plus surprenant, pour Adrian du moins, une relation de franche amitié.

En général, il la traitait comme une gamine — ou comme un gamin —, ébouriffant ses cheveux affectueusement quand elle répondait avec impertinence à l'une de ses remarques ; la tançant avec sévérité quand elle faisait ou disait quelque chose qui lui déplaisait ; corrigeant ses manières et son langage ; et, parfois, la taquinant gaiement sans autre but que de provoquer sa colère. Mais, parfois, il se surprenait à lui répondre d'une façon qui le troublait profondément.

Il savait que les minauderies dont elle usait pour le charmer étaient complètement inconscientes, et cela augmentait encore leur attrait. Mais c'était le jeu de ses yeux noirs qui le fascinait le plus. Ses longs regards en biais, les paupières mi-closes, un sourire mystérieux incurvant ses lèvres, quand elle proférait une remarque volontairement provocante...

Naturellement, les moments les plus difficiles pour lui, c'était quand elle prenait son bain. Il ne lui était plus possible alors de ne voir en elle qu'une enfant. Il faisait de son mieux pour l'ignorer, mais lors de l'un de ces bains, il ne put s'empêcher de l'interpeller sèchement, après avoir acquis la conviction qu'elle le prolongeait pour le tourmenter.

— Pour l'amour du ciel, arrête ! s'exclama-t-il.

Danny sursauta et regarda son dos droit et rigide.

— Que dois-je arrêter ? s'enquit-elle ingénument.

— Es-tu obligée de faire tous ces petits bruits chaque fois que tu montes dans cette f… baignoire ? grommela-t-il, sans pouvoir penser à un reproche plus raisonnable, dans l'état où il se trouvait. J'ai l'impression d'entendre une chatte en chaleur !

Il n'osa pas se retourner. C'était trop tentant.

— Une chatte en chaleur ? se récria-t-elle, indignée.

— Une chatte en chaleur ! répéta-t-il en grinçant des dents.

Avant même qu'il eût refermé la bouche, un gant de toilette plein d'eau savonneuse atterrit sur la table à côté de lui, éclaboussant sa veste et le livre qu'il était en train de lire. Il bondit de sa chaise et se retourna vers elle sans réfléchir.

Il le regretta immédiatement. Le spectacle qui s'offrait à ses yeux ressemblait par trop aux images qui le hantaient. Il s'arrêta, pétrifié. Plusieurs secondes s'écoulèrent, puis, lentement, la peur et la surprise qu'il lut sur le visage de Danny le firent revenir à la réalité. Il se retourna de nouveau, plein de honte et de remords, car il savait, au vu de ses précédentes expériences, que sa conduite était plus un signe de confiance que de provocation.

Après cela, il prit soin de s'absenter chaque fois que c'était possible quand elle prenait un bain. Même ainsi, il devait endurer encore des moments difficiles, car, lorsqu'elle s'amusait à jouer à la dame pour le distraire, il ne pouvait se garder de réagir comme si elle s'était métamorphosée en une véritable lady. Un jour, pris au jeu, il s'inclina pour lui demander de lui accorder une danse.

Danny le regarda, une lueur espiègle au fond des yeux.

— Je suis prodigieusement flattée, milord, mais je crains de devoir refuser. Mon carnet de bal est déjà plein…

— Ah, mais j'insiste, madame, répondit-il en la prenant dans ses bras et en la faisant virevolter autour de la cabine, tout en fredonnant un air à la mode.

Danny se laissa entraîner, un sourire malicieux aux lèvres.

— Dans ce cas, je cède à vos désirs, milord. Vous dansez divinement, mais, si vous le permettez, je vais fredonner la musique à votre place, car vous n'êtes pas exactement dans le bon ton !

Ils continuèrent de danser en riant, jusqu'à être tous deux hors d'haleine.

— Merci milord, murmura-t-elle quand ils se furent arrêtés. Cette danse m'a procuré le plus grand des plaisirs.

Adrian plongea son regard dans ses yeux rieurs et se rendit compte qu'il avait envie de la garder dans ses bras. Il secoua la tête lentement et un sourire erra sur ses lèvres.

— Tu as brisé le charme, ma petite. Une femme du monde n'admettrait jamais avoir éprouvé du plaisir après une simple danse.

Sa remarque gâcha toute la joie de Danny. Elle baissa la tête et se recroquevilla dans sa coquille.

— Alors, je ne dois pas être une femme du monde, dit-elle d'une voix contrainte.

Elle sentit ses bras se contracter autour d'elle et leva derechef les yeux vers lui. Son expression était redevenue indéchiffrable.

— Il ne s'agissait pas d'une rebuffade… au contraire, dit-il, une chaleur étrange au fond des yeux. J'ai toujours eu horreur de ces femmes du monde prétentieuses et blasées. Je vois, ajouta-t-il avec un sourire, que je vais devoir, à l'avenir, prendre garde à ne pas blesser tes sentiments. Tu es susceptible…

Elle s'esclaffa.

— Moi ? répliqua-t-elle en reprenant son accent cockney. Vous n'avez pas à vous inquiéter, milord. J'ai la peau dure.

— Aussi dure que du cuir, je suppose ? dit-il en imitant son accent et en lui caressant la joue.

Les yeux de Danny s'élargirent de surprise. La douceur de sa caresse, ce feu qui brûlait dans ses yeux… Malgré elle, elle se sentit fondre dans ses bras.

Elle avala avec peine. Craignant que sa voix ne se brise, elle se contenta de hocher la tête en silence.

Ils restèrent ainsi quelques instants, face à face, puis, brusquement, il la lâcha. En lui tournant le dos, il lui jeta une remarque moqueuse par-dessus son épaule, remarque dont il ne conserva aucun souvenir.

Malheureusement, il ne parvint pas aussi facilement à oublier sa nouvelle conscience de sa féminité, même si, après cela, il se garda de participer à ses jeux. Quoi qu'il fasse, elle ne cessait de hanter ses pensées et, même s'il ne l'aurait jamais avoué, il était obligé d'admettre, dans le secret de sa conscience, qu'il était tombé sous le charme de ses grands yeux noirs et de ses sourires enjôleurs.

Les sentiments de Danny à l'égard d'Adrian étaient beaucoup plus confus. Le plus souvent, elle le considérait comme un ami, un camarade. Ses craintes et sa prudence à son égard avaient disparu dès l'instant où elle s'était rendu compte qu'il n'avait pas l'intention d'abuser d'elle. Mais, même si elle faisait semblant de ne pas s'en apercevoir, elle sentait instinctivement que quelque chose avait changé dans son attitude à son égard. Il n'était pas insensible à sa féminité. Si cela la rendait mal à l'aise, en même temps, elle en éprouvait une sorte d'excitation — la fascination d'une enfant qui joue avec le feu.

Malgré sa volonté de résister, elle cédait chaque jour un peu plus à la force quasi magnétique qui l'attirait vers lui. Elle essayait de se convaincre qu'elle voulait lui plaire seulement parce que c'était plus raisonnable — il est stupide de mordre la main qui vous nourrit — et parce qu'elle espérait, plus ou moins consciemment, qu'il la garderait à son service et assurerait ainsi son avenir. Sans y parvenir totalement.

Son obstination à vouloir lui apprendre les bonnes manières et à lui faire perdre son accent cockney l'avait surprise — au moins au début. En y réfléchissant, elle s'était dit que c'était naturel de la part d'un homme qui avait toujours vécu dans les hautes sphères de la société. Après tout, si cela pouvait lui faire plaisir... La sécurité qu'elle trouvait auprès de lui valait bien qu'elle se conforme à ses désirs.

Dans la même optique, elle observait Yvette chaque fois qu'elle en avait l'occasion, dans l'idée de devenir la domestique dont lord Beaumont ne pourrait plus se passer. Même si elle savait que, une fois à terre, les convenances lui interdiraient de rester à son service personnel — tout simplement parce qu'elle était une femme.

A ce propos, elle commençait à se rendre compte qu'il ne lui serait bientôt plus possible de dissimuler sa féminité. Elle mangeait tous les jours à sa faim, maintenant, et son corps se transformait avec une rapidité confondante

— transformation qu'elle regardait avec un mélange de fierté et d'inquiétude.

Si elle continuait ainsi, il deviendrait très vite évident qu'elle n'était pas un garçon. Or, il n'y avait que deux solutions à ce problème et elle n'éprouvait pas plus d'attrait pour l'une que pour l'autre. Soit elle arrêtait de manger, soit elle torturait son corps avec des bandages pour dissimuler ses nouvelles rondeurs.

Las, si elle ne faisait rien, la tranquillité dont elle jouissait depuis que Adrian l'avait prise sous sa protection pourrait bien disparaître très rapidement…

8.

Danny détourna les yeux de la table et déglutit, sans parvenir à contrôler les gargouillis de son estomac. Jamais elle n'avait ressenti à ce point les affres de la faim. Pourtant, toutes ces dernières semaines, elle avait mangé à satiété, ce qui ne lui était pas arrivé souvent au cours de sa brève existence. Auparavant, elle avait été capable de se passer de nourriture pendant plusieurs jours sans en être trop incommodée.

Heureusement, le gargouillis avait été assez discret et était passé inaperçu, Mme Johnson ayant eu la bonne idée d'émettre au même moment l'un de ces rires de gorge dont elle avait la spécialité. Du moins, elle le crut jusqu'au moment où elle croisa le regard plein de compassion d'Yvette. Elle lui décocha en retour un regard dédaigneux, puis elle rougit involontairement en la voyant se mordre la lèvre pour dissimuler un sourire.

Détournant la tête, elle vit Adrian hausser un sourcil inquisiteur. Se rendant compte que son verre était vide, elle se précipita pour le remplir. Comme Mme Johnson venait de finir le sien, elle le remplit également. Naturellement, Mme Johnson l'ignora superbement. Quand on appartenait à la haute société, il n'était pas de bon ton de se soucier des domestiques et encore moins de remercier leurs services. Ils faisaient parti du décor, à l'instar du mobilier et de la vaisselle.

Danny eut envie de lui faire une grimace, juste pour voir si elle la remarquerait. Peut-être pas, mais elle n'échapperait pas à lord Beaumont, même s'il affectait de l'ignorer, suivant en ce point l'exemple de son hôtesse. Elle réprima son envie et s'écarta de nouveau de la table, en s'efforçant de ne pas penser aux protestations de son estomac.

Elle recroisa le regard d'Yvette. La jeune Française lui sourit timidement et Danny se demanda si cette petite dinde ne s'était pas entichée d'elle. Elle haussa les épaules et reporta son attention sur Lavinia Johnson.

Une belle femme, en dépit de sa petite taille. Des cheveux blonds, très clairs, des yeux bleus… une poupée de porcelaine, fragile et délicate.

Néanmoins, il y avait un éclat d'acier dans ses yeux et l'incurvation de ses lèvres laissait entrevoir un caractère facilement irritable. En outre, pendant le temps où elle était restée cachée, Danny avait eu maintes fois l'occasion d'observer d'autres défauts encore plus détestables… ce qui lui faisait se demander ce que lord Beaumont pouvait bien lui trouver.

Bah ! Un sourire cynique erra sur ses lèvres. Elle savait très bien ce qu'il voyait en elle. Elle était disponible, ouvertement, malgré tous ses efforts pour apparaître comme une veuve vertueuse et respectable. Elle était la maîtresse de lord Beaumont depuis le début du voyage — ou presque.

C'était un secret de polichinelle. Elle avait entendu les hommes d'équipage en parler avant même de l'avoir rencontrée. Des récits qui avaient seulement confirmé les bruits par trop éloquents qu'elle avait surpris dans la coursive, la nuit, quand elle était en quête de nourriture ou d'un nouvel endroit pour se cacher.

Ce souvenir fit naître un nouveau sourire sur ses lèvres. Lavinia Johnson manifestait son plaisir d'une façon particulièrement sonore. Les miaulements d'une chatte qui s'est fait marcher sur la queue. Danny se demanda comment un homme pouvait supporter des cris aussi stridents. A la place d'Adrian, elle aurait eu envie de l'étrangler.

Cette pensée lui fit tourner la tête vers Adrian. Elle sentait la même étrange chaleur monter en elle, chaque fois qu'elle laissait ses yeux s'attarder sur son torse large et viril.

En fin d'après midi, elle l'avait surpris dans son bain. Il avait été irrité contre elle parce qu'elle n'avait pas repassé les vêtements qu'il désirait porter. Elle s'était précipitée pour le faire et, à son retour, elle avait ouvert la porte de la cabine juste au moment où il sortait de sa baignoire. Pendant une seconde ou deux, elle était restée sur le seuil de la porte, comme pétrifiée.

A son grand dam, quand elle le regardait maintenant, elle le revoyait en train de sortir de son bain, l'eau ruisselant le long des muscles de son torse et de son ventre plat et dur. Ses yeux descendirent vers ses jambes musculeuses, avant de remonter et de s'arrêter à l'enfourchure de sa culotte. Si elle en croyait ses souvenirs, il était plutôt bien équipé de ce côté-là…

En voyant la bosse enfler sous son regard, elle releva brusquement la tête. Les yeux gris d'Adrian étaient fixés sur elle. Une lueur étrange brillait dans ses prunelles. Elle sentit une légère rougeur envahir ses joues, tandis qu'une vague de chaleur montait dans ses reins. Pendant quelques instants, ils restèrent ainsi, les yeux dans les yeux, puis, brusquement, elle s'avisa que Yvette avait entrepris de débarrasser la table. Elle se précipita pour l'aider, les mains tremblantes.

— Je dois dire que vous avez fait des miracles avec ce garçon, fit observer Lavinia.

Non sans mal, Adrian reporta son attention sur son hôtesse.

— Une aussi horrible petite crapule, puante et déguenillée… Jamais je n'aurais cru que vous réussiriez à le rendre à peu près présentable, poursuivit Lavinia d'une voix suave.

Surprise par une attaque aussi soudaine, Danny se figea, puis ses joues s'empourprèrent de colère. Les poings serrés, elle décida finalement qu'il valait mieux l'ignorer, ce qui ne l'empêcha pas de l'abreuver mentalement d'injures et d'épithètes choisies dans un répertoire assez riche pour rendre jaloux un charretier.

En sentant de nouveau les yeux d'Adrian sur elle, un frisson d'appréhension lui parcourut le dos. Etait-il en colère contre elle ? La trouvait-il trop inattentive ? Elle avait fait de son mieux jusqu'à présent, mais elle n'avait pas l'expérience d'Yvette…

Lavinia continua, ignorant la lueur meurtrière qui brillait dans les yeux de Danny.

— Cependant, j'ai toujours de la peine à imaginer ce que vous comptez faire avec cet avorton…

— Vraiment ? s'enquit Adrian d'une voix faussement aimable. Mais, ma chère amie, cela ne vous concerne en aucune manière, pour autant que je sache…

Une rebuffade à peine voilée. Mais Lavinia n'était pas du genre à se laisser arrêter aussi facilement.

— Naturellement, je peux voir qu'il vous est déjà dévoué

corps et âme. Je dois admettre que cela m'a serré le cœur quand je l'ai vu vous implorer avec ses grands yeux noirs le jour où il a été découvert. Vous n'avez pas pu résister... Ce petit mendiant était tellement touchant !

Un éclat de rire s'échappa de ses lèvres. Un rire grinçant qui fit grimacer Danny et Adrian.

— Il me rappelle un épagneul que j'ai perdu. Les mêmes yeux attendrissants... J'étais incapable de leur résister. Bien sûr, les origines de Prince étaient impeccables, alors qu'il doit y avoir beaucoup de corniauds et de bâtards dans la lignée de votre protégé, ajouta-t-elle avec un rire de gorge vulgaire, comme éraillé.

Danny sentit ses joues s'enflammer. Le visage d'Adrian s'était durci et elle éprouva de nouveau une pointe d'appréhension. Allait-il prendre le parti de sa maîtresse ? Colère et ressentiment se mirent à bouillir dans son cœur, pendant que Lavinia poursuivait avec obstination son entreprise de dénigrement en se demandant à voix haute de qui *ce petit misérable* avait bien pu hériter des cheveux d'une couleur aussi bizarre.

Des sourcils noirs et une toison poil de carotte ! Elle avait vu une seule fois une combinaison aussi étrange, mais chez quelqu'un dont elle avait oublié le nom. Cela n'avait aucune importance d'ailleurs, car il ne pouvait y avoir aucun lien de parenté entre ladite personne et un gamin des rues sale et pouilleux...

Les lèvres pincées, Danny fit un effort surhumain pour se contenir.

Rester calme, faire semblant de ne pas avoir entendu. Un domestique n'est pas censé avoir des oreilles.

Elle se pencha pour finir de débarrasser la table, mais ses mains tremblaient si fort qu'en prenant la saucière, elle éclaboussa de jus de viande le corsage et la robe de Lavinia. Elle se figea, la bouche ouverte. Dans son émoi, la saucière lui échappa des mains et se brisa en tombant sur la table. Elle voulut prendre une serviette pour réparer sa maladresse, mais, au passage, elle renversa un verre et un ruisseau de champagne alla se mêler à la sauce dans le creux de la robe de Lavinia.

Trop stupéfaite pour réagir lors du premier incident, Lavinia se leva d'un bond, le visage rouge de fureur, et la gifla avec une telle violence que le bruit résonna dans toute la cabine.

Des larmes jaillirent dans les yeux de Danny. Elle porta machinalement la main à sa joue. La soudaineté de l'attaque l'avait trop surprise pour réagir ou pour essayer de s'excuser.

— Sale petit morveux ! s'écria Lavinia en lui arrachant la serviette et en tâchant, tant bien que mal, d'essuyer sa jupe. Jamais ces taches ne s'en iront ! Ma robe est fichue ! Par ta faute !

Elle leva de nouveau la main, mais, au même moment, Adrian s'interposa entre elle et Danny. La gifle partit… et atteignit Adrian, laissant cinq marques rouges sur sa joue.

Lavinia recula, horrifiée.

— Oh, Adrian ! Je ne voulais pas… Je suis navrée… Je… j'ai perdu la tête…

Elle se couvrit le visage avec les mains et se mit à renifler en larmoyant. Des larmes qui tracèrent des sillons gris dans la poudre de riz dont elle avait l'habitude d'enduire copieusement ses joues…

— Vous l'avez perdue en effet, madame, répondit Adrian d'une voix froide. Autrement, vous vous seriez avisée que, lorsqu'il y a un incident de ce genre, je préfère corriger moi-même mes domestiques. A ma manière.

Lavinia le regarda sombrement. Il lui faisait des remontrances, alors qu'il n'avait même pas levé le petit doigt pour châtier cet horrible gamin ! Et, comme si cela ne suffisait pas, il ne montrait pas la moindre compassion à son égard. Sa robe était toute maculée de gras et il ne faisait rien pour la consoler ! Ce qui, en y réfléchissant, ne devrait pas la surprendre... Son caractère était devenu de plus en plus irascible à partir du jour où il avait arraché ce morveux au sort qui aurait dû être le sien.

Elle aurait volontiers feint une crise de nerfs, mais un coup d'œil au visage impassible et glacial de lord Beaumont l'en dissuada. Comme il se tournait vers la porte, elle ravala son humiliation et leva vers lui un regard indécis.

— Vous viendrez me chercher pour faire une promenade tout à l'heure, n'est-ce pas, Adrian ? s'enquit-elle d'une voix plaintive. Cette cabine deviendrait vite intolérable si je ne pouvais pas aller me promener chaque soir sur le pont et j'ai peur de sortir toute seule au milieu des matelots... Ils sont tellement sales et grossiers !

Adrian s'arrêta sur le seuil de la porte et la considéra en silence. Finalement sa bonne éducation et sa courtoisie prirent le dessus et il hocha la tête, à contrecœur.

— J'ai d'abord un problème à régler, répondit-il par-dessus son épaule, tout en sortant dans la coursive pour rejoindre sa cabine.

Danny le suivit en traînant les pieds, tandis que Lavinia recouvrait un peu d'espoir. Il n'était peut-être pas aussi insensible à son malheur, s'il avait l'intention de punir ce sale morveux qui avait eu le front de renverser de la sauce sur sa belle robe. Intentionnellement. Elle en était sûre.

9.

Malgré ses efforts pour avoir l'air indifférente, Danny sursauta quand la porte se referma derrière elle avec plus de force qu'il n'aurait été nécessaire. Visiblement, lord Beaumont était en colère et elle se demanda avec inquiétude quel genre de punition il lui réservait. Une inquiétude à laquelle se mêlait un profond sentiment d'injustice.

Allait-il la battre ?

A cette pensée elle ne put s'empêcher de frissonner. S'il devait la battre, que cela soit vite terminé. Ce n'était pas comme si elle n'avait jamais été battue.

L'expression d'Adrian était indéchiffrable, mais elle ne fut pas dupe. Redressant fièrement le menton, elle lui fit face, en luttant contre la peur qui lui nouait le ventre.

Il la considéra en silence, sans faire un geste. Brusquement, elle eut envie de pleurer, de lui crier de la frapper, d'en finir avec cette attente insupportable.

Comme s'il avait lu dans ses pensées, il leva la main. Elle recula instinctivement. Mais, au lieu de la frapper, la main d'Adrian lui caressa la joue. Une caresse pleine de douceur et de gentillesse.

Elle écarquilla les yeux.

— Pauvre petite, murmura-t-il.

— Je... je ne l'ai pas fait exprès, bredouilla-t-elle misérablement.

Un sourire amusé erra sur les lèvres d'Adrian.

— Mais tu en as eu envie, n'est-ce pas ?

Elle se mordit la lèvre, en hochant la tête d'une façon presque imperceptible, et il éprouva une envie aussi soudaine que violente de mordre lui aussi cette lèvre pulpeuse et frémissante. Il la regarda un long moment. La tentation était trop grande. Juste un petit baiser... Afin d'apaiser ses blessures et la libérer de son angoisse.

Il se pencha vers elle et effleura doucement ses lèvres des siennes. A sa grande surprise, un plaisir ineffable l'envahit et le submergea. Il redressa brièvement la tête et plongea son regard dans les profondeurs insondables de ses yeux noirs. Un plongeon sans retour...

Se penchant de nouveau, il titilla ses lèvres avec le bout de la langue... Oh ! à peine, afin de ne pas l'effaroucher. Elle ne réagit pas, mais ne le repoussa pas non plus. Un encouragement suffisant pour qu'il s'enhardisse. Enivré par la douceur et le goût de ses lèvres, il abandonna toute pensée rationnelle.

Un grognement sourd jaillit de sa gorge. D'un geste brusque, il l'attira dans ses bras. Sentir son corps féminin contre le sien... Tous ses muscles se tendirent et une vague de chaleur monta dans ses reins. Plongeant sa langue entre ses lèvres entrouvertes, il savoura avec délice la moiteur de sa bouche — ineffable avant-goût d'autres plaisirs, auxquels il aspirait sans vouloir se l'avouer. Ses mains glissèrent le long de son dos, caressant les courbes, ô combien féminines, de ses hanches et de ses seins.

Soudain, il sentit une saveur salée sur sa langue. Des larmes... D'un seul coup, il reprit contact avec la réalité. Il la repoussa presque brutalement, en s'efforçant de maîtriser les désirs qui embrasaient ses veines.

Danny le regardait avec des grands yeux terrifiés. Des larmes roulaient sur ses joues. Elle croyait qu'il allait la violer !

Il était furieux. Furieux contre lui-même, mais elle ne pouvait pas le savoir et encore moins le comprendre. Elle fit un pas de plus en arrière, ce qui accrut encore son sentiment de culpabilité. Comment avait-il pu perdre la tête à ce point ? Il la connaissait assez maintenant pour savoir que sa liberté de langage et ses manières provocatrices étaient une façade destinée à cacher sa vulnérabilité.

Elle avait peut-être subi involontairement les assauts d'autres hommes — en ayant vécu plusieurs années dans la rue, cela ne serait guère étonnant — mais, même si elle n'était plus vierge, elle n'était pas une putain. Il en était certain. Aussi certain qu'il l'était de lui avoir menti quand il avait prétendu n'éprouver aucune attirance à son égard.

— Je suis désolé, Danny, murmura-t-il d'une voix encore rauque de désir.

Elle ne dit rien, mais il vit qu'elle tremblait et qu'elle le regardait avec appréhension, comme si elle s'attendait à ce qu'il se jette sur elle et la viole avec la sauvagerie qu'elle croyait, apparemment, être innée chez la plupart des hommes.

Jamais il ne s'était autant détesté. Le visage fermé, il lui tourna le dos et se dirigea vers la porte.

— Cela ne se reproduira pas, dit-il en se retournant brièvement, juste avant de sortir.

Quand la porte se fut refermée derrière lui, Danny regarda fixement devant elle, en proie à un tourbillon de pensées et d'émotions contradictoires. Elle aurait dû être soulagée. Il ne l'avait pas battue et il ne lui avait infligé aucune punition, de quelque nature que ce soit. Mais, étrangement, elle était au bord des larmes.

Les lèvres tremblantes, elle céda à ce luxe presque oublié. Se jetant à genoux, elle enfouit son visage dans le coussin du fauteuil et laissa libre cours au flot de ses pleurs. Elle ne comprenait rien aux sensations de peur et d'envie que son baiser et ses caresses avaient fait naître en elle. Mieux valait oublier, ne plus penser à rien. Pourvu seulement qu'il tienne sa promesse… S'il venait à l'embrasser derechef, elle n'était pas du tout sûre d'avoir la force, ou, seulement l'envie, de lui résister.

Quand elle eut épuisé ses larmes, elle sécha ses yeux et quitta la cabine pour aller se réfugier dans un recoin du pont, entre deux rouleaux de cordages, où elle passa une nuit à la fois inconfortable et agitée.

Elle avait presque pris l'habitude de dormir sur le pont quand, trois jours plus tard, lord Beaumont vint la tirer de son sommeil et lui enjoindre de revenir dans la cabine. Elle le suivit sans discuter, en se disant qu'il avait pu tirer, de sa conduite fantasque, des conclusions erronées. Elle n'avait aucune envie de lui donner l'impression qu'elle cherchait à l'éviter.

Après y avoir beaucoup réfléchi, elle avait acquis la conviction que son baiser n'avait eu aucune signification pour lui et qu'il ne devait donc pas en avoir pour elle. Il avait voulu seulement apaiser ses angoisses et elle ne devait attacher aucune importance au fait qu'il avait eu un effet radicalement opposé.

De son côté, lord Beaumont l'avait tout aussi soigneusement

évitée, jusqu'au moment où il avait découvert qu'ils avaient tous les deux abandonné la cabine pour aller dormir sur le pont. C'était vraiment trop stupide ! Il lui avait immédiatement ordonné de regagner la cabine, sans prendre le temps de réfléchir aux conséquences éventuelles.

Des conséquences qui, cependant, ne tardèrent pas à monopoliser ses pensées, car, il s'avisa bien vite qu'il n'entendait aucunement éviter les tentations. D'ailleurs, il ne voyait pas pour quelle raison il devrait se condamner à la chasteté.

Certes, Danny était plus jeune que toutes les femmes qu'il avait connues — au sens biblique du terme. Mais il n'y avait aucun interdit à une relation entre eux, hormis ses préjugés personnels qui, en l'occurrence, n'avaient pas de raison d'être. Toute fille assez âgée pour être considérée comme une femme était de bonne prise pour un homme et pour la société en général. Auparavant, il avait évité d'avoir des relations avec des jeunes filles fraîchement émoulues de leur pensionnat, mais seulement parce qu'elles l'ennuyaient à mourir et parce qu'il n'avait aucune envie de se laisser passer la corde autour du cou.

Avec Danny, ce n'était pas un problème. Un lord ne se mariait pas avec une fille des rues. Il se contentait de lui demander son prix, ou il lui proposait une liaison dans laquelle ils pourraient l'un et l'autre trouver leur avantage.

Hélas, l'âge de Danny et les expériences malheureuses qu'elle avait eues laissaient supposer qu'une telle proposition serait mal reçue. Il faudrait qu'il manœuvre habilement avec elle. De la douceur, du charme, de la séduction…

L'idée était pleine d'attraits, mais, très vite, il se rendit compte qu'elle n'avait pas envie de s'y laisser prendre. En aucune manière.

Au début, il en fut irrité et frustré au point d'envisager d'abandonner son plan. Mais un soir, après avoir longuement médité tout en savourant un verre d'excellent bourbon, il fut convaincu d'avoir trouvé la solution parfaite à son dilemme. Il commencerait simplement par lui proposer une relation moins formelle, plus intime. Amicale. Elle refuserait ou accepterait, mais, au moins, cela devrait lui permettre de deviner le cours de ses pensées. Ensuite, lorsqu'elle se serait habituée à cette idée, il pourrait manœuvrer avec tact et lui faire dire son prix.

Oui, c'était encore la meilleure façon de procéder. Tout en finesse et, surtout, sans la brusquer.

Sa décision prise, il s'excusa auprès de Lavinia, chez qui il était venu dîner, et quitta la table pour retourner dans sa cabine, laissant son hôtesse bouche bée.

10.

Malgré tous ses efforts, Danny n'avait pas réussi à trouver le sommeil. Elle savait qu'il était allé dîner avec Lavinia Johnson et, chaque fois qu'elle fermait les yeux, des images par trop explicites de ce qui était en train de se passer dans la cabine au bout de la coursive se formaient dans son esprit.

Elle entendit la porte s'ouvrir. Il était de retour. Elle fit semblant de dormir, tout en l'observant derrière ses paupières mi-closes tandis qu'il allait et venait dans la pénombre de la cabine.

Elle venait de se dire qu'elle allait peut-être, finalement, réussir à s'endormir quand, alors qu'il passait à côté de sa cachette, elle sentit une bouffée du parfum favori de Lavinia. Son cœur se serra et elle sentit une étrange vague de colère monter en elle. Comment pouvait-elle réagir d'une façon aussi violente ? C'était absurde ! Elle n'avait aucune raison d'être jalouse. Elle savait depuis longtemps que lord Beaumont était comme ces papillons qui butinent de fleur en fleur sans jamais se poser.

Il sentait le whisky également. Une découverte qui lui noua l'estomac. Elle ferma les yeux résolument et se recroquevilla tout au fond de sa cachette. Même si Adrian ne s'était jamais comporté différemment après avoir bu, elle n'avait aucun désir de savoir si l'alcool lui faisait le même effet qu'à certains hommes qu'elle avait trop bien connus dans les rues de Londres.

Quand il s'allongea sur sa couchette, elle sentit ses yeux sur elle et elle retint sa respiration. Elle éprouvait un étrange mélange de peur et d'anticipation à l'idée qu'il pourrait décider de finir ce qu'il avait commencé quelques jours plus tôt quand il l'avait embrassée. Elle entrouvrit brièvement les paupières et vit qu'il était couché, le bras replié et la tête posée sur son coude. Elle se détendit, mais en même temps, elle ne put s'empêcher d'être vaguement déçue.

Adrian bâilla longuement, les yeux fixés sur le plafond. En entendant Danny bouger derechef, il sourit.

— Bonne nuit, Danny, murmura-t-il d'une voix amusée.

Elle sursauta, rouvrit grand les yeux, puis se recroquevilla de plus belle dans sa cachette.

— Foutu…, marmonna-t-elle entre ses dents. Il doit avoir des yeux derrière la tête.

— Non, répondit-il calmement. Mais quand quelqu'un dort, il n'a pas les traits du visage aussi tendus.

Elle jura.

— Je ne vois pas comment vous avez pu le voir ! Il fait aussi noir que dans le… ! s'exclama-t-elle, partagée entre la surprise et l'indignation.

— Une lady ne jure pas et n'emploie pas des expressions aussi grossières.

Danny s'esclaffa.

— Je ne suis pas une lady. Vous me l'avez fait remarquer assez souvent. Si…

— Arrête, l'interrompit-il. Je ne suis pas d'humeur à ergoter.

Il ne dit rien de plus et, au bout d'un moment, elle se détendit de nouveau et se réinstalla plus confortablement. Elle venait juste de décider qu'il s'était endormi et qu'elle pouvait donc s'endormir elle aussi, quand il se remit à parler.

— Je viens de me dire que tu serais mieux si tu venais te coucher à côté de moi… Tu ne crois pas ?

Danny se redressa brusquement et heurta sa tête contre le dessous de la table.

— Aïe ! Foutu… Mieux pour vous, peut-être, mais je ne vois pas comment cela pourrait être mieux pour moi. Je n'ai aucune envie d'être tripotée et, comme je vous l'ai déjà dit, je me garde pour l'homme de ma vie, ce que vous n'êtes pas. De toute façon, vous avez déjà eu une femme ce soir, aussi je ne vois pas pourquoi vous avez besoin de moi pour calmer vos ardeurs. Si cela vous démange tellement, vous n'avez qu'à aller la retrouver. Elle se fera un plaisir de vous faire une petite faveur supplémentaire.

— Je t'ai parlé de dormir, rien de plus, rétorqua-t-il avec froideur. Si j'avais eu l'intention de te « tripoter », j'aurais pu le faire tout à mon aise au cours des dernières semaines. Autre chose également, d'ailleurs, si tu vois ce que je veux dire.

Elle digéra sa réponse en silence. C'était vrai, naturellement. S'il ne lui avait pas dit qu'il n'éprouvait aucun attrait pour elle, elle se serait demandé pourquoi il n'avait pas profité de la situation. Sur ce point, apparemment, elle s'était trompée. A moins qu'il l'ait embrassée seulement par compassion… Une idée qui lui déplaisait souverainement.

— Si je ne suis pas votre genre et si vous n'avez pas envie de moi, pourquoi avez-vous le désir que je dorme à côté de vous ?

Elle avait réussi à prendre un ton raisonnable et nonchalant, ce dont elle se réjouit intérieurement.

Il émit un grognement, puis resta silencieux pendant si longtemps qu'elle crut qu'il ne répondrait jamais à sa question.

— Je ne nie pas que j'ai envie de toi, dit-il finalement avec une feinte indifférence. J'y pense depuis un certain temps. Mais le viol n'a aucun attrait pour moi. Je préfère faire l'amour avec une femme consentante et je sais que tu ne l'es pas — pas encore, du moins. Quant à la raison pour laquelle j'ai besoin que tu viennes dormir à côté de moi, sans, pour autant, te « tripoter »...

Il fit une courte pause.

— Ce serait agréable de te sentir près de moi, acheva-t-il. Et puis, je peux toujours espérer un changement de tes sentiments à mon égard...

Danny lui jeta un regard noir, tout en ignorant résolument l'étrange mélange de bonheur et de crainte qui avait envahi son cœur.

— Vous ne voulez pas que je sois une putain, mais vous ne seriez pas mécontent si j'acceptais de faire la putain pour vous, n'est-ce pas ? lança-t-elle d'une voix acerbe, en se souvenant combien elle avait été blessée quand il avait suggéré qu'elle n'était rien d'autre qu'une fille vénale, prête à vendre son corps au plus offrant.

Il s'assit et posa les pieds par terre, les yeux étincelant de fureur.

— Ne dis plus jamais cela, fit-il d'une voix glaciale.

Elle haussa les épaules avec indifférence, mais son cœur

s'était mis à battre la chamade. Instinctivement, elle se recroquevilla un peu plus sous la table, jusqu'à sentir le bois de la cloison dans son dos.

— Appelez cela autrement, si cela vous chante. Pour ma part, c'est blanc bonnet et bonnet blanc. De toute façon, votre lit finirait par être un peu encombré, vous ne croyez pas ? ajouta-t-elle sur un ton sarcastique. J'ai ma fierté, après tout, même si vous pensez que je ne suis qu'une sale petite putain. Je n'ai aucun désir de me glisser entre les draps avec un homme qui sort des bras d'une autre femme et qui empeste encore son foutu parfum !

Adrian jura entre ses dents.

— Ce n'est pas de ma faute si le parfum de Mme Johnson est tellement violent qu'il suffit de passer à dix pas d'elle pour en être imprégné. Et, si tu veux le savoir, je ne sors pas de son lit. J'ai seulement dîné avec elle. Rien de plus.

— Vraiment ?

Danny sentit son cœur bondir dans sa poitrine, mais sa joie retomba presque aussitôt. Qu'il ait ou non couché avec Lavinia, cela ne changeait rien pour elle. Un gouffre continuait toujours à les séparer. Il avait envie de l'avoir près d'elle, mais elle serait stupide de croire, pour autant, qu'il s'intéressait réellement à elle.

Ne pas s'emballer. Elle n'était pas assez naïve pour le croire capable d'éprouver un sentiment sincère pour une vulgaire fille des rues.

Néanmoins, l'idée que l'homme qui avait hanté ses rêves pendant si longtemps puisse la toucher et la prendre dans ses bras ne manquait pas d'attraits, même s'il s'y mêlait une certaine appréhension.

— Oui, vraiment, répondit Adrian.

— Je veux bien vous croire, mais je n'ai toujours pas le besoin d'être tripotée.

— Cependant, tu vas venir te coucher près de moi, n'est-ce pas ? dit-il d'une voix cajoleuse.

— Je pourrais y songer, mais seulement si vous remettez votre culotte, répliqua-t-elle en se demandant si elle n'avait pas perdu la tête.

— Si je remets la mienne, tu enlèveras la tienne ?

Danny rougit et lui jeta un regard noir, sentant de nouveau un étrange mélange d'anticipation et de crainte courir dans ses veines.

— Je ne suis pas une cruche ! s'indigna-t-elle. Il est hors de question que je me couche à côté de vous toute nue et je crains d'avoir égaré ma chemise de nuit.

Adrian se leva, remit sa culotte et, allant à son coffre, en tira une chemise de soie.

— Votre chemise de nuit, madame, dit-il en la lui lançant.

Elle l'attrapa et le regarda d'un air incertain. L'obscurité n'était pas totale dans la cabine et elle hésitait à se déshabiller devant lui.

— Je dormirai très bien dans la tenue où je suis, répondit-elle finalement. Merci.

— Mais tu seras plus à l'aise dans une chemise, insista-t-il d'une voix raisonnable. Tes vêtements sont d'une étoffe beaucoup trop grossière. Comme je t'ai fait une concession, il me semble normal que tu m'en fasses une à ton tour.

— Je vous ai déjà fait une concession quand j'ai accepté, comme une cruche, de venir me coucher avec vous. Ce n'était pas une bonne idée du tout et je n'ai pas l'intention de vous faciliter la tâche si jamais il vous prenait la fantaisie de me tripoter.

Adrian l'examina en silence un long moment.

— Tu n'as donc aucune confiance dans ma parole ? questionna-t-il doucement. A moins que tu n'aies peur que je perde la tête quand je te sentirai aussi près ?

— Vous n'avez pas besoin d'être aussi sarcastique, marmonna Danny. Je sais parfaitement que je ne suis pas irrésistible. Mais je ne suis pas sûre qu'un homme soit capable de se contenir quand il a envie de quelque chose.

— Je ne connais qu'un seul moyen de te prouver que j'en suis capable, repartit Adrian en souriant.

Elle haussa les épaules. Il avait raison, bien sûr. Et, jusqu'à un certain point, elle avait confiance en lui. Beaucoup plus que dans tous les autres hommes qu'elle avait rencontrés. De plus, elle avait envie de savoir s'il serait vraiment aussi agréable qu'elle se l'imaginait de dormir à côté de lui. Et dormir dans ses vêtements n'était réellement pas confortable. Son pantalon et sa chemise — empruntés à un mousse — la démangeaient horriblement quand elle était couchée. La soie de la chemise d'Adrian était si douce, si tentante... Finalement, elle capitula.

— Bon, d'accord, murmura-t-elle en haussant de nouveau les épaules. Vous ne regarderez pas, n'est-ce pas ?

— Bien sûr que non, répondit-il sans hésiter, mais avec une trace d'amusement dans la voix.

Danny le regarda d'un air dubitatif, en regrettant qu'il n'y ait pas assez de lumière pour voir l'expression de son visage. Puis, comme il s'était rallongé sur sa couchette, elle se retira dans le coin le plus sombre de la cabine et enleva sa chemise en se disant qu'elle pourrait se dissimuler derrière la chemise de soie qu'il lui avait donnée pour retirer son pantalon.

— Que diable as-tu enroulé autour de ta poitrine ?

demanda Adrian si brusquement qu'elle sursauta et laissa échapper la chemise.

Elle jura, la ramassa et l'enfila avec précipitation.

— Vous aviez dit que vous ne regarderiez pas !

— J'ai menti, répondit calmement Adrian en reportant ses yeux au plafond. Si tu continues à jurer comme un charretier, je me verrai obliger de fesser ton adorable petit derrière. D'autre part, ajouta-t-il, tu risques un arrêt de croissance en te comprimant le corps de cette façon.

Danny rougit. Jamais personne auparavant ne s'était préoccupé de sa santé et encore moins de sa croissance.

— Vous croyez ? dit-elle d'une voix anxieuse.

— J'en suis sûr. Tu devrais au moins enlever cette bande pendant la nuit.

Elle hésita un long moment. Son bandage était une véritable torture. Surtout la nuit. Mais serait-elle en sécurité si elle enlevait autant de barrières ?

— Vous garderez vos mains à l'écart ? fit-elle sur un ton soupçonneux.

Il reprit incontinent toute sa gravité.

— Je t'ai donné ma parole, Danny. Je n'ai pas l'intention de te « tripoter » sans ton consentement. Cependant, si tu venais à changer d'avis, je ne serais que trop heureux de te prodiguer toutes les caresses dont tu pourrais avoir le caprice.

— Ce n'est pas la peine de vous exciter. Je n'en ai pas l'intention.

Elle dégrafa la bande qui lui comprimait les seins, puis se glissa hors de son pantalon. Quand elle redressa la tête, elle vit qu'il la regardait et elle sentit son cœur bondir dans sa poitrine. Elle s'avança vers lui d'un pas incertain. Qu'est-ce qui lui avait pris de céder à ses cajoleries ? C'était de la folie ! De la folie pure. Elle s'arrêta au bord de la couchette et le regarda, les yeux écarquillés. Il soulevait les couvertures et l'invitait à venir se coucher du côté de la cloison.

— Vous ne pourriez pas vous pousser, plutôt ? suggéra-t-elle avec une pointe d'irritation.

— Non, je ne peux pas dormir sur le côté droit.

— Comment suis-je supposée passer de l'autre côté ?

— Tu peux toujours ramper au-dessus de moi, répondit-il, une lueur provocatrice dans les yeux. Je t'assure que cela ne me gênera aucunement.

Elle avala avec peine.

— Moi si…

Elle fit mine de faire demi-tour pour aller se réfugier sous la table, mais avant qu'elle ait eu le temps de comprendre ses intentions, il la saisit par la taille et la fit basculer au-dessus de lui.

— Tu vois, ce n'est pas difficile, murmura-t-il avec un éclat de rire étouffé.

Prise au piège. Comme une idiote, elle s'était livrée à lui, victime consentante, promise au sacrifice. Les poings serrés sur sa poitrine, elle se mordit la lèvre, trop terrorisée pour pouvoir parler ou penser.

Pendant un long moment, il ne se passa rien. Absolument rien. Puis, elle vit son sourire s'effacer et son visage prendre une expression détachée, presque indifférente. Elle l'entendit déglutir, comme s'il avait eu une boule au fond de la gorge. Lentement, très lentement, il pencha la tête vers elle et effleura ses lèvres avec les siennes. Un baiser si léger qu'elle se demanda si elle ne l'avait pas imaginé.

— A… Adrian, vous m'aviez promis…

Brusquement, il enfouit son visage dans le creux de son

cou et la serra si violemment qu'elle laissa échapper un petit cri de douleur.

Immédiatement, il relâcha son étreinte et prit son visage dans ses mains.

— Pardonne-moi, Danny, murmura-t-il d'une voix rauque. Je ne voulais pas te faire mal…

Il déposa un autre petit baiser sur ses lèvres.

— N'aies pas peur… Je ne suis pas une brute. Tu ne risques rien avec moi… C'était seulement pour te taquiner.

Un sanglot s'échappa des lèvres de Danny, puis un autre et un autre encore… Le visage dans le creux de son épaule, elle s'abandonna à ses larmes et à son désespoir.

— Ne pleure pas, petite Danny. Je voulais seulement te tenir dans mes bras, te toucher. Je ne te ferai rien d'autre, je te le jure…

Ses sanglots redoublèrent, puis, lentement, la terreur céda la place au soulagement et il la sentit fondre dans ses bras.

— Là, c'est fini… Tu peux dormir maintenant.

11.

Quand Adrian se réveilla, Danny n'était plus là. Sur le moment, il n'y attacha pas d'importance. Elle avait apporté son petit déjeuner et l'eau pour sa toilette et, tout naturellement, une fois ses corvées du matin terminées, elle était montée sur le pont. Comme d'habitude. Cependant, lorsque, à midi, elle disparut également, il commença à se poser des questions. Un peu plus tard, sur le pont, il la vit plusieurs fois au milieu des matelots, mais elle ne parut même pas s'apercevoir de sa présence. Une indifférence qui ne manqua pas de le piquer au vif.

Il fit de son mieux pour penser à autre chose. Dans cette entreprise, Lavinia l'aida considérablement. Le rameau d'olivier qu'il lui avait tendu par courtoisie avait fait renaître ses espoirs matrimoniaux et, pendant tout l'après-midi, il eut toutes les peines du monde à la maintenir à distance, tellement elle était déterminée à reprendre une liaison qu'il considérait comme appartenant définitivement au passé.

Quand Lavinia lui laissait un peu de répit, il ne pouvait s'empêcher de penser à l'étrange attitude de Danny.

Il avait eu peur que sa jeunesse et son inexpérience l'amènent à se conduire d'une façon inconsidérée, surtout après la nuit qu'ils avaient passée ensemble. Mais, même s'il était soulagé qu'elle ait, apparemment, compris les règles, il était ennuyé de voir qu'elle ne recherchait pas sa présence, même lorsque cela aurait été parfaitement naturel de la part d'une domestique. Elle semblait, en fait, être contente de suivre son propre chemin, comme elle l'avait toujours fait auparavant.

Elle était dans la cabine quand il y descendit afin de se changer pour le dîner, mais à peine fut-il entré qu'elle fit mine de s'en aller. Malgré toutes ses belles résolutions, Adrian l'arrêta au moment où elle s'apprêtait à sortir.

— Un instant, s'il te plaît, Danny, dit-il en la retenant par le bras. Tu as sans doute des tâches urgentes à accomplir, mais je ne te retiendrai pas longtemps, ajouta-t-il sur un ton un peu sec.

Elle s'arrêta et le considéra d'un air inquisiteur.

Il la regarda en silence une seconde ou deux, en se demandant comment il allait formuler la question qu'il voulait lui poser.

— Es-tu toujours… fâchée ? murmura-t-il finalement.

Jamais il ne s'était senti aussi stupide. Que lui importaient ses sentiments ? Ses amis riraient aux éclats s'ils venaient à apprendre que le haut et puissant lord Beaumont se préoccupait des états d'âme d'une fille des rues.

Danny eut l'air un peu surprise, mais, très vite, elle se reprit et soutint son regard avec toute la franchise dont elle était capable.

— A cause de votre baiser ?

— Oui.

Elle haussa les épaules.

— Pas particulièrement. Je veux dire…

Elle lui sourit. Un sourire espiègle, mais un peu forcé.

— Vous savez, vous n'êtes pas le premier jeune lord qui me vole un baiser et je suppose que vous ne serez pas le dernier. Je ne vois pas pourquoi je vous en tiendrais rigueur. Après tout, un baiser n'a jamais tué personne…

— Je vois. Et pour le reste ?

Cette fois-ci, elle ne fit pas semblant de ne pas l'avoir compris.

— Oh, c'était plutôt confortable au début bien sûr, mais je n'ai pas l'habitude de dormir sur quelque chose d'aussi doux. Ma condition étant ce qu'elle est, il ne servirait à rien de m'y habituer.

Elle sourit et ses yeux pétillèrent malicieusement.

— En outre, il y avait cette chose pointue qui me rentrait tout le temps dans les côtes. Il n'est pas facile de dormir quand on craint de s'y empaler malencontreusement…

Adrian se sentit rougir jusqu'aux oreilles, ce qui ne laissa pas de le vexer. Ses yeux s'étrécirent dangereusement ; l'instant d'après, cependant, il se rendit compte que c'était justement ce qu'elle cherchait — le mettre en colère.

Il haussa les épaules avec une feinte indifférence.

— Tu as raison, bien sûr. Ce n'était pas confortable. Il devait y avoir d'autres objets pointus également, car je me souviens avoir reçu des coups dans les côtes, moi aussi.

Cette fois-ci, ce fut au tour de Danny de rougir et il éprouva un mélange de satisfaction et de remords en voyant qu'il avait marqué un point. Mais, de nouveau, très vite elle se reprit et sourit.

— Vous voyez ! Ni l'un ni l'autre, nous n'avons trouvé cet arrangement confortable. Il n'est donc pas utile de recommencer.

Là-dessus, elle ouvrit la porte et s'esquiva, laissant Adrian encore plus furieux et frustré.

S'il l'avait pu, il aurait volontiers tordu son adorable petit cou.

Au bout d'un moment, toutefois, il se dit qu'elle avait raison. Dorénavant, il ne lui proposerait plus de partager son lit. La tentation était trop grande et, à un moment où à un autre, il finirait par y céder — ce qui les rendrait aussi malheureux l'un que l'autre.

Malgré toutes ses belles résolutions, il n'était pas aisé de l'ignorer, car elle continuait de partager sa cabine. Dans la journée, cela passait encore, elle était presque toujours sur le pont — sauf quand elle avait une corvée à accomplir et il ne pouvait donc guère l'accuser de chercher à le provoquer. Mais, en fait, ce qui le blessait le plus, c'était qu'elle semblait avoir chassé l'incident de ses pensées avec une facilité déconcertante, alors qu'il ne parvenait pas à l'oublier.

12.

— Navire en vue !

Le cri jaillit de la hune peu avant le crépuscule, à cinq jours de mer environ du port de Charleston, dans la colonie de Caroline du Sud. Comme un seul homme, tous les matelots levèrent les yeux vers la vigie. Abandonnant le bastingage et sa contemplation des vagues, Adrian rejoignit le château arrière de la *Lady Dorinda.*

Après avoir rendu la barre à un quartier-maître, le capitaine Tyler mit sa main en visière et héla la vigie.

— Dans quelle direction ?

— Tribord arrière !

Prenant sa longue-vue, le capitaine la pointa dans la direction indiquée.

Au bout de quelques instants, il jura entre ses dents.

— Trois voiles ! Non… quatre.

— Amies ou ennemies ? s'enquit Adrian.

Tyler abaissa sa longue-vue.

— Je pense que ce sont des Espagnols, mais ils sont encore trop loin pour en être certain.

Il scruta de nouveau l'horizon.

— Si j'en juge par leur mâture et leur façon de prendre le vent, ce sont des vaisseaux de ligne. Trois ponts, au moins. Je pense que nous n'avons pas trop à nous inquiéter. Nous n'avons pas le dixième de leurs canons, bien sûr, mais nous sommes beaucoup plus rapides. Normalement, nous devrions parvenir au port avant qu'ils ne constituent une menace. Aussi bien, d'ailleurs, ils ne nous donneront même pas la chasse.

— Nous sommes en guerre avec l'Espagne, fit observer Adrian. Un bateau de commerce de la compagnie des Indes Occidentales est toujours une proie intéressante.

Le capitaine haussa les épaules.

— Vous avez raison milord, mais cela n'est pas d'une grande conséquence. Nous avons une bonne avance sur eux et j'ai l'intention de la conserver. Croyez-moi, je n'ai aucune envie d'engager le combat avec une aussi forte partie.

A l'aube, le lendemain matin, il n'y avait plus aucun doute sur la nationalité des navires et sur leurs intentions. Le capitaine Tyler s'était trompé au moins sur un point : leur capacité à donner la chasse à la *Lady Dorinda*. Au cours de la nuit, ils s'étaient rapprochés considérablement. Pendant toute la journée, ils continuèrent à gagner du terrain, malgré les efforts du capitaine et de l'équipage, tandis que les passagers regardaient leur approche avec une sourde inquiétude.

Lavinia était la plus angoissée — ou, du moins, celle qui montrait le plus son angoisse. Elle en était presque hystérique. Elle n'arrêtait pas de tarabuster le capitaine Tyler, de le supplier de mettre encore plus de toile sur des mâts qui étaient déjà tellement chargés qu'ils risquaient de se briser à la moindre rafale. A la fin, excédé, il lui intima de se taire si elle ne voulait pas être confinée de force dans l'entrepont.

Après cela, elle préféra se retirer dans sa cabine, en marmonnant contre le capitaine et contre Adrian qui n'avait rien fait pour la défendre. Comme ils étaient restés sur le pont, ni l'un ni l'autre ne furent affectés par ses insultes et par ses récriminations ; ce fut la pauvre Yvette qui dut subir de plein fouet les effets de sa mauvaise humeur, alors qu'elle était déjà aussi terrifiée que sa maîtresse à l'idée qu'elle pourrait tomber entre les mains des Espagnols.

Danny resta la plupart du temps sur le pont, les yeux fixés pensivement sur les voiles qui grandissaient au fur et à mesure qu'elles se rapprochaient. De temps à autre, Adrian lui jetait un regard réprobateur car il aurait préféré qu'elle descende, elle aussi, dans l'entrepont, mais chaque fois elle détournait la tête ou affectait de ne pas en comprendre le sens. Elle avait trop besoin de savoir où se trouvaient les navires ennemis et à quelle vitesse ils progressaient. Demeurer dans l'ignorance lui aurait été insupportable.

Non sans mal, Adrian réussit à contenir son envie de lui ordonner d'aller se réfugier dans leur cabine. Il n'y avait encore aucun danger véritable et une telle exigence aurait pu paraître étrange — d'autant plus qu'elle ne montrait aucun signe d'affolement. Néanmoins, il s'arrangeait pour n'être jamais trop loin d'elle et il la surveillait du coin de l'œil.

Danny le surveillait également. A la dérobée. Ses peurs à son égard avaient complètement disparu. Elle savait maintenant avec une certitude absolue qu'il n'avait pas l'intention d'abuser d'elle ou de la battre. Cela dit, elle avait peur d'elle-même, peur de la violence des sentiments qu'il faisait naître en elle.

Elle se surprenait un peu trop fréquemment à rêver à la

douceur de ses caresses et de ses baisers. Elle s'en faisait le reproche. Se traitait de petite idiote. Ses baisers et ses caresses n'avaient eu aucune signification pour lui. Elle savait qu'il était un séducteur et qu'il avait sans doute prodigué les mêmes caresses à toutes les femmes qui avaient partagé son lit. Y compris à Lavinia. Mais, malgré tous ses efforts, elle ne parvenait pas à les oublier aussi facilement qu'ils avaient été donnés.

Elle livrait une bataille continuelle contre elle-même. Tantôt elle espérait que Adrian respecterait ses désirs et se tiendrait à distance. Tantôt elle avait envie qu'il ne tienne pas compte de ses objections, l'emporte dans son lit et lui apprenne toutes les choses merveilleuses auxquelles elle aspirait secrètement sans les avoir jamais connues.

La peur, également, se mêlait à ses désirs. Ses expériences malheureuses lui avaient appris à avoir peur des hommes. Des brutes, le plus souvent avinés, qui traitaient les femmes comme des objets et les battaient après les avoir violées. Il n'en restait pas moins qu'elle éprouvait d'étranges sensations au souvenir des baisers et des étreintes d'Adrian. Une envie de se donner, de s'abandonner totalement à ses caresses.

C'était à ces moments-là qu'une autre peur lui serrait le cœur. La peur de s'être refusée à lui une fois de trop. S'il venait à se désintéresser d'elle, elle ne connaîtrait jamais les délices qu'il pourrait lui apporter. Puis elle se reprenait et essayait de se consoler en se disant qu'il serait beaucoup plus dur de le perdre après avoir découvert le bonheur dans ses bras.

Quand ils arriveraient aux Colonies, il la quitterait sans un regard derrière lui. Elle le savait, car il ne lui avait jamais laissé entendre qu'il avait changé d'avis sur ce point. Elle n'était qu'une domestique, une « engagée », presque une esclave. Ne pouvait-il pas la vendre à un autre maître, à l'instar d'un meuble ou d'une marchandise ?

Qu'est-ce qui serait le pire ? se demanda-t-elle. Connaître le bonheur, en sachant qu'il serait éphémère, ou bien ne jamais le connaître ?

La seule chose qu'elle pouvait espérer, c'était de supplanter Lavinia pendant le reste de la traversée. Etant donné son origine, elle ne pouvait même pas espérer le statut de maîtresse officielle — un statut qui, de toute façon, ne lui offrirait pas une grande sécurité. Et puis, il lui restait si peu de temps… Quelques jours de bonheur suffiraient-ils à rendre le reste de sa vie digne d'être vécue ? Et s'ils n'arrivaient jamais aux Colonies ? S'ils ne parvenaient pas à échapper aux Espagnols ?

Leurs chances de leur échapper paraissaient de plus en plus douteuses, d'autant plus que le vent, qui jusque-là avait été imprévisible, semblait favoriser les navires ennemis.

Le troisième jour après que ceux-ci eurent été aperçus, des nuages noirs s'amoncelèrent au nord-est et, aux environs de midi, le vent fraîchit brutalement. Le capitaine fit réduire la voilure, mais, très vite, il s'avéra que ce n'était pas suffisant. Il fallut mettre à la cape. En l'espace d'une heure à peine, le ciel était devenu noir comme de l'encre et les éléments se déchaînaient contre la coque et la mâture de la *Lady Dorinda*. Des vagues énormes et écumantes, un vent de tempête, un déluge de pluie et de grêle…

A intervalles réguliers, des lames balayaient le pont, emportant avec elles les marchandises qui y étaient entreposées.

Les Espagnols avaient disparu, soit qu'ils eussent été emportés par la tempête ou qu'ils fussent simplement masqués par la pluie, la visibilité étant devenue presque nulle. A vrai dire, personne à bord ne pensait plus à eux. La menace était ailleurs, maintenant. Dans cette mer qui s'était transformée en un ennemi plus impitoyable que les plus féroces des pirates.

Deux marins furent arrachés de la mâture et emportés par les flots alors qu'ils s'efforçaient de prendre un ris supplémentaire dans la voile de cape. Au cours des heures suivantes, cinq autres gabiers subirent le même sort, sans que personne ne puisse leur porter secours.

Le capitaine ordonna aux hommes de s'attacher à des lignes de vie, mais cela n'eut guère d'effet : lorsqu'un matelot était balayé par une vague, le choc était tellement violent que ce n'était, le plus souvent, qu'un corps inerte et sans vie que ses camarades remontaient à bord.

Après un jour et une nuit de tempête, la *Lady Dorinda* avait perdu presque une vingtaine d'hommes.

Quand le mauvais temps avait commencé, Adrian était descendu dans l'entrepont avec Danny, afin de ne pas gêner la manœuvre. Mais lorsqu'il apprit que l'équipage se réduisait comme une peau de chagrin, il décida de remonter sur le pont afin de proposer son aide — non sans avoir ordonné à Danny de ne pas bouger de leur cabine.

Après son départ, elle fut tentée de lui désobéir ; la seule idée d'être prise au piège dans l'entrepont si le bateau venait à couler lui était insupportable. Néanmoins, elle réussit à se raisonner, car elle savait qu'elle serait, au mieux, inutile et, au pire, une gêne pour les hommes qui luttaient pour maintenir à flot la *Lady Dorinda*. Recroquevillée dans son coin favori, elle joignit les mains et, pour la première fois depuis longtemps, elle se mit à prier.

Un peu plus tard, elle ne put s'empêcher, à plusieurs

reprises, de se glisser dans la coursive pour s'assurer qu'Adrian n'avait pas été balayé par une vague. Malgré l'absurdité d'un tel raisonnement, elle était persuadée qu'aussi longtemps qu'elle pourrait le voir, il ne pourrait lui arriver aucun mal.

Sa quatrième escapade fut la dernière. L'ayant aperçue, alors que, agrippée à la rampe de l'échelle, elle scrutait le pont à sa recherche, lord Beaumont la rejoignit, les yeux étincelant de fureur. Il la prit dans ses bras, la jeta sur son épaule et la ramena d'un pas rageur dans leur cabine. Après l'avoir déposée sans ménagement sur sa couchette, il la regarda en silence un long moment, avant de lui dire en termes choisis ce qu'il pensait d'elle et de sa conduite. Puis il lui exposa, avec un luxe de détails, ce qu'il avait l'intention de lui faire s'il la surprenait de nouveau dans la coursive. Des menaces qui lui enlevèrent toute envie de s'aventurer de nouveau hors de la cabine… Quand il fut ressorti, elle revint sous la table, où elle s'abandonna à son désespoir, tout en maudissant ces imbéciles qui croyaient être des marins, alors qu'ils ne connaissaient absolument rien à la navigation. Puis, une fois épuisée sa provision de plaintes et de récriminations, elle sécha ses larmes et se remit à prier.

13.

Quand Adrian revint, Danny était toujours blottie dans son coin, le visage pâle et les yeux encore brillant de toutes les larmes qu'elle avait versées. Il la regarda pendant quelques instants, puis il entreprit d'enlever ses vêtements détrempés — une tâche rendue compliquée par le roulis et la gîte du bateau. Comme il était trop épuisé pour mettre des vêtements secs et remonter sur le pont, il sortit sa robe de chambre de son coffre et l'enfila. Le bateau bougeait trop pour envisager de se coucher — il serait ballotté d'un côté à l'autre et finirait par s'assommer sur la cloison ou sur la barre de sécurité. Finalement, il choisit de s'asseoir, le dos contre la cloison et les pieds calés contre la barre.

Depuis son retour, Danny n'avait pas dit un mot. Il se tourna vers elle et lui sourit.

— Danny ?

Elle redressa la tête et le regarda.

— Tu ne veux pas venir t'asseoir à côté de moi ? Je t'assure que tu ne risques rien, ajouta-t-il avec une pointe de moquerie dans la voix, s'attendant soit à un refus méprisant, soit à une mise en doute de ses motivations.

A sa grande surprise, elle ne dit rien. Au lieu de cela, elle se leva et se dirigea vers lui d'un pas mal assuré.

Il tapota sur la place à côté de lui et, après une brève hésitation, elle enjamba la barre de sécurité et s'y assit. Silencieusement. Adrian était tellement las qu'il s'endormit presque aussitôt.

Il se réveilla un moment plus tard, désorienté, et découvrit que le bras de Danielle lui enlaçait la taille. Il la regarda d'un air étonné et, immédiatement, elle le retira, les joues rouges de confusion.

— C'était pour vous empêcher de tomber, expliqua-t-elle, les lèvres pincées.

Un sourire erra sur les lèvres d'Adrian, mais il ne dit rien, écoutant les rugissements du vent dans la mâture et les craquements sinistres de la coque.

— Vous pensez que nous allons couler ? s'enquit-elle, une pointe d'angoisse dans la voix.

Il haussa les épaules.

— La *Lady Dorinda* a l'air de tenir pour l'instant. Nous avons perdu le mât de misaine, mais la coque n'a subi encore aucun dommage. Tant qu'il n'y aura pas de voie d'eau, nous ne risquerons rien. Et j'ai l'impression que le vent s'est un peu calmé.

Elle hocha la tête, la gorge serrée, car même si ses paroles avaient été rassurantes, elle sentait qu'il était inquiet. Une inquiétude qu'elle ne partageait que trop. Elle scruta son visage, puis détourna les yeux, en se demandant, le cœur battant, si elle pourrait l'inciter à la séduire, maintenant qu'elle avait décidé qu'elle avait envie d'être séduite.

Au cours des dernières heures, elle avait eu tout le temps de se rendre compte que sa vie et celles de tous les passagers de la *Lady Dorinda* ne tenaient qu'à un fil. Aussi bien, aucun d'entre eux ne verrait le jour se lever demain matin. Tout en songeant à la mort et à l'éternité, elle s'était dit qu'elle avait eu bien peu de moments heureux ici-bas. Et la plupart de ces moments heureux, elle les avait vécus depuis sa rencontre avec Adrian. Elle avait envie de lui rendre ce qu'il lui avait donné, mais pas seulement. Elle voulait également garder quelque chose pour elle. Quelque chose dont elle se souviendrait jusqu'à son dernier souffle.

Elle était terrifiée. Terrifiée à en être stupide. Mais, tout au fond d'elle-même, une petite voix lui disait qu'elle aurait moins peur à l'heure de la mort si elle pouvait se dire : « Ma vie a été misérable, mais j'ai connu au moins une fois un bonheur ineffable ». Peu lui importait si, pour lui, cela n'aurait pas la même signification. Elle s'en contenterait. Après tout, que pouvait-elle demander de plus ? Qu'il l'aime comme elle l'aimait ? Elle savait que ce n'était pas possible. Il était trop haut placé. Il était un lord. Elle n'était qu'une fille des rues.

Il y avait un problème cependant. Il n'avait pas l'air d'être d'une humeur amoureuse. Tout bien considéré, ce n'était guère surprenant. Mais, en son for intérieur, elle craignit d'avoir trop tardé. Qu'il ne soit plus intéressé.

Elle aurait préféré que l'idée vienne de lui, au moins en apparence. Elle aurait l'air moins effrontée, si elle pouvait prétendre qu'elle n'avait pas eu la force de résister à ses assauts. Toutefois, comme il ne semblait pas avoir l'intention de prendre l'initiative, elle n'eut pas d'autre choix que de faire le premier pas.

— Je… je me demandais… la situation a l'air plutôt désespérée et je me disais…

Elle ne finit pas sa phrase et lui adressa un regard suppliant.

Las, au lieu de l'aider, comme elle l'avait espéré, il lui sourit et lui tapota l'épaule gentiment pour la rassurer.

— Ne t'inquiète pas. Nous nous en sortirons.

Elle marmonna un juron entre ses dents, déchirée entre exaspération et humiliation. Etait-il indifférent à la mort qui planait au-dessus de leurs têtes ? N'avait-il pas envie de vivre pleinement ses dernières heures, avant d'aller nourrir les poissons ?

Elle se mordit la lèvre.

Non, elle n'abandonnerait pas ! Sa décision était prise et elle irait jusqu'au bout, qu'il se montre ou non coopératif. Que risquait-elle, après tout ? Une rebuffade ? La belle affaire ! S'il ne lui restait qu'un jour ou deux à vivre — peut-être moins —, cela ne changerait pas grand-chose. Elle regarda fixement les genoux élimés de son pantalon, puis elle inspira profondément et se jeta à l'eau.

— Ce que je voulais dire tout à l'heure, c'est que nous risquons de quitter ce monde, d'une façon ou d'une autre, dans peu de temps. Aussi, si vous en avez toujours envie, je suis prête à…

Elle attendit une minute entière, n'osant pas lever les yeux vers lui. Comme il ne disait rien, elle se mordit de nouveau la lèvre. Faisait-il exprès de ne pas comprendre ? Allait-elle devoir se montrer encore plus explicite ?

Elle s'éclaircit la gorge et continua avec obstination, bien qu'elle se sentit de plus en plus mal à l'aise.

— Je… j'aimerais, au moins une fois dans ma vie, connaître l'amour. Pas avec une brute. Avec un homme comme vous, qui sait comment faire plaisir à une femme. Yvette m'a dit que vous étiez un véritable don Juan et que toutes vos maîtresses raffolaient des…

— Arrête, Danny ! l'interrompit-il brusquement.

Ce ton rauque… Elle leva les yeux vers lui. Des grands yeux, pleins d'innocence et de… frustration ? Il se passa la main nerveusement dans les cheveux et ferma ses paupières, la tête appuyée contre la cloison.

— Ce n'est pas le moment, Danny. Je ne sais pas d'où Yvette tient les confidences qu'elle t'a faites sur mes prétendus exploits amoureux, mais dans ce bateau qui roule et qui tangue, je ne connais pas beaucoup d'hommes qui seraient encore très vaillants pour la « bagatelle », comme disent les Français.

— Oh…

Elle baissa les yeux, en se demandant s'il était sérieux ou si c'était seulement une façon aimable de dire non. Le bateau étant ballotté en tous sens, elle supposa que ce ne serait pas très facile, effectivement. Néanmoins, c'était justement parce qu'ils étaient sur le point de sombrer qu'elle craignait de ne jamais connaître le plaisir d'être une femme. Une vraie femme. Elle essaya de le lui expliquer, en deux ou trois phrases maladroites.

— Nous allons peut-être faire naufrage, mais ce n'est pas du tout certain, répondit-il gentiment. Aussi bien, tu as encore toute une longue vie devant toi. Ce ne serait pas juste, si j'abusais de toi en profitant de ton angoisse. Tu dois pouvoir le comprendre, je suppose ?

Après cela, il resta silencieux pendant si longtemps que Danny aurait pu croire qu'il s'était rendormi si elle ne l'avait pas vu froncer les sourcils plusieurs fois, comme s'il entretenait des pensées qui n'avaient rien d'agréable. Des pensées qui, sans doute, suivaient le même chemin que les siennes un peu auparavant.

Cela étant, elle acquit la conviction qu'une partie d'entre elles la concernaient, car plusieurs fois elle sentit son regard posé sur elle avec une telle intensité qu'un frisson d'anticipation lui parcourut la colonne vertébrale. Allait-il changer d'avis ? Accéder à sa requête ?

— Qu'en est-il de toutes tes belles résolutions ? s'enquit-il tout à coup en lui caressant la joue. De ce prince charmant pour lequel tu te réserves ?

Elle haussa les épaules avec une feinte indifférence.

— C'était seulement un rêve, une chimère. Une histoire que je me racontais quand les choses allaient vraiment trop mal. Lorsqu'on touche le fond de la misère morale et matérielle, on a besoin de rêver pour continuer à vivre, pour espérer dans un avenir meilleur, répondit-elle en avalant avec peine la boule qui s'était formée au fond de sa gorge.

Ne se rendait-il pas compte qu'il était le seul prince charmant qu'elle ait eu jamais la chance de connaître ? Mais, bien sûr, comment pourrait-il s'en rendre compte ? N'avait-elle pas tout fait pour décourager ses tentatives d'approche ? Elle avait sa fierté, après tout, même si les gens pensaient qu'elle était trop bas dans la société pour avoir droit à un quelconque sentiment de fierté.

Par ailleurs, elle n'avait pas l'intention de lui donner l'occasion d'avoir pitié ou, pire encore, de se moquer d'elle en lui laissant entendre à quel point il était important pour elle.

Sa maudite fierté… Allait-elle une fois de plus la priver d'un bonheur auquel elle aspirait de tout son être ?

Non. Elle devait aller jusqu'au bout. Faire taire son amour-propre.

— Je comprends, dit-elle au bout d'un moment. Je sais ce que je vous demande. Si c'est cela qui vous inquiète, je vous promets de ne pas vous importuner plus tard. Je ne suis pas du genre à harceler un homme, simplement parce qu'il a bien voulu…

— Arrête ! s'exclama Adrian d'une voix furieuse.

Danny le regarda avec de grands yeux pleins d'innocence et d'incompréhension.

— Quoi donc ?

— De te rabaisser de cette façon.

Elle rougit et se mordit la lèvre, profondément humiliée.

— Veuillez me pardonner, Votre Grâce, mais j'ai du mal à comprendre ce que vous voulez de moi. D'abord vous me faites la leçon parce que vous me trouvez impertinente et présomptueuse, puis vous me reprochez de me rabaisser ! Et, en tout cela, je ne sais f… rien où se trouve le juste milieu.

Adrian sentit son visage s'enflammer, de colère et de dépit tout à la fois. Il aurait pu récuser ses reproches, mais, malheureusement, ils avaient un fond de vérité. Expliquer sa conduite ? Il ne la comprenait pas vraiment lui-même et il préféra donc ne pas s'y risquer. Au lieu de cela il se rabattit sur une autre ligne de défense : l'attaque. Une attaque d'autant plus facile qu'elle s'était remise, une fois de plus, à parler cockney.

— Pourquoi persistes-tu à torturer la langue anglaise, alors que tu es capable de parler d'une façon tout à fait civilisée ?

Danny haussa les épaules.

— Peut-être parce que je n'aime pas que les gens essaient de me faire croire que je suis ce que je ne suis pas. Ou bien seulement parce que je n'ai pas envie de ne plus être moi-même dans le seul but de me conformer aux critères de quelqu'un d'autre.

— Je ne vois pas pourquoi tu t'es mis dans la tête que je voulais que tu ne sois plus toi-même, répondit-il avec raideur. L'éducation ne change pas les gens. Elle essaie seulement de les améliorer.

— Je ne vois pas pourquoi, moi, j'aurais besoin de devenir une « lady ». Que cela me plaise ou non, quand vous m'aurez vendue à un autre maître, il faudra probablement que je gagne mon pain sur le dos. Les hommes, quels qu'ils soient, ont toujours tendance à croire que toutes les femmes qui vivent sous leur toit font partie de leur harem privé. Je suppose que celui auquel vous me vendrez se souciera comme d'une guigne de la façon dont je torture votre f… langue anglaise.

En la voyant glisser vers le bord de la couchette, Adrian l'arrêta en posant la main sur son bras.

— Où vas-tu ?

— Je retourne dans mon lit, puisque vous ne voulez pas de moi, répliqua-t-elle en tâchant de se dégager.

— Tu présumes de mes pensées, Danny, dit-il en l'attirant vers lui. Je ne t'ai pas donné ton congé, pour autant que je sache.

Elle lui jeta un regard noir.

— Voilà que vous recommencez ! Je présume de vos pensées, de nouveau !

Les yeux d'Adrian s'étrécirent, mais, presque aussitôt, un sourire amusé incurva ses lèvres.

— Tu es plus en sécurité à côté de moi. En outre, nous n'avons pas terminé notre discussion. Tu peux être très rude, parfois, Danny.

— Je ne vois pas comment je pourrais être plus en sécurité ici qu'ailleurs quand le bateau coulera ! rétorqua-t-elle sur un ton irrité. Quant à discuter, je n'en ai plus envie.

— Comme tu voudras, répondit-il avec une apparente indifférence.

Quand elle fit une deuxième tentative pour s'en aller, il la retint de nouveau.

— Mais tu restes ici.

Un long moment, ils restèrent silencieux, un silence troublé seulement par les hurlements du vent et par les craquements de la coque. Un silence que Adrian finit par briser, en revenant à l'objet de sa requête, comme si rien ne s'était passé entre-temps.

— De toute façon, même si j'acceptais, toutes mes « prouesses amoureuses » ne te donneraient guère de plaisir si tu n'as jamais été avec un homme auparavant.

Elle scruta son visage, puis elle laissa échapper un petit rire de gorge.

— Vous n'avez pas à vous inquiéter pour cela, milord.

Adrian fronça les sourcils.

— Ce qui veut dire ? fit-il d'une voix dangereusement froide.

Elle haussa les épaules.

— Oh, vous n'êtes pas stupide, vous savez. Vous aviez raison à mon sujet, tout du long. Je ne suis pas une oie blanche. Si vous voulez la vérité, je ne me souviens même pas quand je l'ai perdu — je veux parler de mon pucelage, bien sûr. Ma carrière dans la putasserie a duré quatre ans — ou environ. C'est déjà tellement loin…

14.

Adrian l'attira vers lui brutalement, les yeux étincelant de fureur. Il avait envie de la secouer. Etait-ce la vérité ou était-ce encore un mensonge ? Si c'était la vérité, elle le blesserait plus qu'il ne l'avait jamais été dans toute sa vie.

Si c'était un mensonge… Il détestait les mensonges. Plus que tout, il détestait la confusion que les mensonges de Danny mettaient dans son esprit. Elle avait un don surnaturel pour mettre le doigt sur ses doutes avec une précision assassine. Au lieu d'essayer de corriger ses conceptions erronées, elle les entretenait, comme si elle savait qu'il pensait le pire d'elle et qu'elle trouvait un malin plaisir à donner du grain à moudre à ses pensées.

Elle détourna la tête, mais il lui prit le menton et l'obligea à le regarder en face.

— La vérité, Danny ! exigea-t-il.

Elle soutint son regard.

— Pourquoi vous en souciez-vous ? D'une façon ou d'une autre, vous ne me croiriez pas. Votre opinion est faite depuis longtemps.

— Mettez-moi à l'épreuve.

— Il y en a eu un. Mais pour vous, cela suffit pour faire de moi une putain, n'est-ce pas ?

Adrian lui saisit le bras et la secoua, tandis que dans sa tête une petite voix moqueuse lui disait qu'il avait été stupide de croire un seul instant que Danny était aussi pure qu'elle en avait l'air.

— Qui était-ce ? Comment s'appelait-il ? C'était ton petit ami ?

Elle fit la moue.

— Bien sûr. C'était mon copain. Il m'a dit son nom, mais je l'ai oublié. Nous ne sommes pas restés ensemble longtemps. Si vous voulez la vérité, il était un peu grossier à mon goût, aussi je n'ai pas beaucoup pleuré quand il est parti.

Adrian serra les mâchoires.

— Maudite drôlesse ! Maintenant, je ne sais plus ce que je dois croire. As-tu été violée ? Est-ce cela que tu veux dire ?

Danny ne baissa pas les yeux.

— Cela ferait une différence ?

— Tu le sais très bien, sacrebleu !

Elle haussa les sourcils, en penchant la tête légèrement sur le côté.

— Ecoutez, pourquoi ne me dites-vous pas simplement ce que vous voulez entendre ? J'arriverai bien à inventer une histoire pour vous satisfaire. Ainsi, nous nous épargnerons à tous les deux beaucoup de temps et de contrariétés.

Adrian éprouva une violente envie de l'étrangler. Il scruta son visage un long moment, les yeux mi-clos, en bouillonnant intérieurement. Puis, finalement, il tendit les mains vers les attaches de sa chemise.

Danny le regarda fixement, mais ne fit rien pour l'arrêter. C'était ce qu'elle voulait, après tout. Cependant, maintenant que le moment était arrivé, elle avait peur — une peur d'autant plus grande que le visage d'Adrian était dur et fermé.

— Que faites-vous ? demanda-t-elle, essayant de gagner du temps.

Il dénoua les attaches de ses poignets, lui enleva sa chemise et la jeta sur le côté.

— Je cherche la vérité.

Elle fit la moue, tandis qu'il commençait à dérouler la bande de tissu qui emprisonnait sa poitrine.

— La reconnaîtrez-vous quand vous l'aurez trouvée ?

Il envoya la bande d'étoffe rejoindre la chemise et contempla Danny.

— Oui, dit-il avec emphase. Je crois que je le saurai.

Sur ce, il entreprit de lui enlever son pantalon, une tâche plutôt malaisée, car le bateau roulait et tanguait si fortement qu'ils étaient menacés à chaque instant d'être arrachés de la couchette. Finalement, il y réussit et enleva sa robe de chambre. Puis il lui indiqua de venir s'asseoir à califourchon sur ses genoux. Elle obéit maladroitement, en levant vers lui un regard hésitant.

— N'est-ce pas vous, plutôt, qui êtes censé venir sur moi ? Je veux dire que je… je n'ai jamais fait l'amour de cette façon auparavant, ajouta-t-elle avec un sourire indécis.

— Nous pourrions essayer, bien sûr, si tu préfères. Mais lorsque nous aurons été projetés hors de la couchette par un coup de roulis, je ne sais pas lequel d'entre nous sera au-dessus.

— Oh…

Elle grimaça, affreusement embarrassée. C'était vraiment très bizarre d'être assise, toute nue, à califourchon sur ses genoux. Rien ne se passait comme elle l'avait imaginé. Non pas qu'elle ait imaginé quoi que ce soit de romantique, mais…

Elle sursauta quand elle sentit ses mains se poser sur ses seins.

— Que faites-vous ?

Adrian haussa les sourcils.

— Je croyais que tu voulais — hum — quelque chose de spécial… un traitement de faveur. Naturellement, si c'est seulement les services d'un étalon que tu désires, je suis à ta disposition.

Danny le regarda fixement.

— Si vous avez décidé de vous montrer désagréable, je crois que je vais changer d'avis, dit-elle avec raideur.

Elle essaya de se lever, mais il la retint par la taille.

— Non.

Elle se figea et avala avec peine la boule qui s'était formée au fond de sa gorge.

Les yeux d'Adrian s'adoucirent. Il lui caressa la joue avec le bout de ses doigts. Très doucement. Elle frissonna involontairement et ferma les yeux.

— Je ne te ferai pas mal, tu sais, Danny.

Il glissa la main derrière sa tête. Elle rouvrit les yeux. Des grands yeux de biche, innocents et craintifs. Ils se regardèrent fixement un long moment, puis il l'attira vers lui lentement et sa bouche effleura la sienne. La première fois très légèrement, puis avec juste assez de pression pour faire vibrer ses lèvres et les gonfler de désir. Il redressa la tête brièvement et la regarda au fond des yeux.

— Je ne te ferai jamais aucun mal, murmura-t-il d'une voix rauque.

Puis ses lèvres s'emparèrent des siennes pour un baiser

plein de feu et de passion. Un baiser qui fit monter une vague de chaleur dans les reins de Danny. Elle aurait voulu qu'il la prenne, tout de suite, mais elle refréna son impatience, résolue à savourer chacune de ses caresses puisqu'il semblait ne pas avoir envie de la brusquer.

Elle ne s'était pas attendue à autant de prévenance. C'était presque comme si il savourait lui aussi les caresses et les baisers qu'il lui donnait.

Il était rassurant de voir qu'il n'avait pas l'intention de s'abattre sur elle, de prendre son plaisir et de la rejeter comme un objet sans valeur. Elle n'aurait pas été surprise s'il l'avait traitée ainsi et elle lui fut donc d'autant plus reconnaissante de lui accorder une certaine considération. Elle lui fut reconnaissante aussi des mots rassurants qu'il lui murmurait à l'oreille, même si elle n'était pas rassurée du tout. Il voulait ne pas lui faire de mal ou le moins de mal possible…

La réalité était bien différente. Il lui avait fait du mal tous les jours, en lui infligeant des blessures qui ne saignaient pas mais qui ne guériraient jamais, se dit-elle en éprouvant une tristesse soudaine. Le pire était qu'il ne s'en rendait même pas compte. En serait-il tourmenté, s'il en avait conscience ? Peut-être, car ce n'était pas un homme cruel. Mais il continuerait de la blesser, car il ne pouvait pas cesser d'être ce qu'il était. Un lord riche et puissant, alors qu'elle était et ne serait jamais qu'une fille des rues.

Elle chassa ces pensées de son esprit et le toucha en hésitant. Allait-elle oser prendre une pareille liberté ? Le haut et puissant lord Beaumont… Une petite bâtarde… Pour un bref instant, ils étaient seulement un homme et une femme. Deux êtres mortels, égaux devant Dieu, sinon devant les hommes.

Elle osa.

Très doucement, elle lui toucha la joue, puis le bout de ses doigts glissa le long de sa mâchoire et dans ses cheveux. Des cheveux épais mais qui, à sa grande surprise, se révélèrent doux et soyeux.

— Oh, Danny…

Enhardie, elle laissa glisser ses mains le long de ses épaules et lui caressa le torse et les hanches. Il était si fort, si viril…

Les baisers d'Adrian redoublèrent, sur la bouche, sur le cou, sur les seins. Ses mains semblaient être partout à la fois. Jamais brutales. Douces et frémissantes d'ardeur et de passion. Il avait envie d'elle, autant qu'elle avait envie de lui.

Elle murmura son nom.

— Oh, viens… maintenant…

La prenant par la taille, il la souleva et unit leurs corps, son membre s'enfonçant juste un peu dans son intimité.

— Tu veux toujours ?

Elle battit des cils, mais soutint son regard vaillamment.

— Oui.

D'un mouvement rapide, il plongea en elle. Elle poussa un petit cri de douleur, puis ferma les yeux et s'abandonna aux sensations merveilleuses qui montaient dans le creux de ses reins. Son membre vibrait en elle. Elle lui appartenait. Elle était bien… merveilleusement bien.

En le sentant se figer, elle lui enlaça le cou de ses bras et gémit de plaisir.

— Oh, je t'en prie, mon amour… continue… plus vite…

Il poussa un grognement et la serra contre lui, ravageant

sa bouche avec ses baisers, tandis que leurs corps vibraient au rythme éternel des amants.

— Oui, oui…

Jamais elle n'avait éprouvé des sensations aussi merveilleuses. Maintenant, elle pouvait mourir.

Soudain, un cri presque animal jaillit de la gorge d'Adrian. Il se figea, mais son membre continua de vibrer en elle. Il retomba en arrière et, un long moment, ils restèrent immobiles, reprenant lentement, l'un et l'autre, leurs esprits et leur souffle.

— Tu n'avais jamais connu d'homme auparavant.

C'était une affirmation. Froide, accusatrice.

Danny se raidit, puis elle se dégagea et lui adressa un long regard, tout en commençant à se rhabiller.

— Oui et non, dit-elle avec un haussement d'épaules.

Il lui arracha son pantalon des mains.

— Tu étais vierge.

Elle tira sur sa chemise et entoura ses genoux avec ses bras.

— Ainsi, j'étais encore pucelle… Jamais je ne l'aurais cru.

Adrian grinça des dents.

— Je ne suis pas d'humeur à jouer aux devinettes, Danny ! Tu m'as laissé croire…

— Ce qu'il vous plaisait de croire, milord, l'interrompit-elle avec un regard dédaigneux.

— Cela ne me plaisait pas et tu le sais très bien !

Elle haussa derechef les épaules.

— Mais vous l'avez cru, le reste n'a pas d'importance. D'ailleurs, qu'est-ce que cela change ? Je ne suis plus pucelle, maintenant, conclut-elle avec une pointe de fierté dans la voix.

Et Adrian avait été le premier. Quoiqu'il arrive, on ne pourrait pas le lui enlever.

Il lui décocha un regard exaspéré.

— Je me serais montré moins rude.

Elle haussa les sourcils.

— Vous m'avez entendue me plaindre ?

Une lueur amusée brilla dans ses yeux, avec une autre émotion, plus profonde, mais, très vite, il recouvra toute sa gravité.

— Il ne s'agit pas de cela. Tu m'as laissé croire que tu avais connu un homme — ou plusieurs — avant moi. Pourquoi ?

— Je vous ai dit la vérité. Du moins, pour autant que je la connaissais.

Il fronça les sourcils.

— Essaie d'être un peu plus explicite, s'il te plaît.

Danny le regarda fixement un long moment, la gorge serrée. Elle n'avait pas vraiment espéré qu'il se souviendrait. Néanmoins, elle ne pouvait s'empêcher d'en être blessée.

Peu importe, se dit-elle avec colère. Elle n'allait pas le lui rappeler. Aussi bien, d'ailleurs, même si elle le lui disait, il ne s'en souviendrait pas. Cela, jamais elle ne pourrait le supporter.

Elle n'avait pas l'intention, non plus, de lui laisser entrevoir à quel point elle était blessée et en colère. Il risquerait de deviner trop de choses et, maintenant, elle était décidée à ne jamais lui dire la vérité.

— Il n'y a rien à expliciter, répondit-elle avec une feinte indifférence. J'ai eu un… béguin avec ce type et je me suis imaginé que je n'étais plus pucelle. Apparemment, ce n'était pas le cas.

Adrian sentit une vague de colère monter en lui. Parce

qu'il la soupçonnait de lui mentir de nouveau, mais également parce qu'il craignait qu'il y ait une part de vérité dans l'histoire qu'elle allait lui raconter.

— Qui était ce « type » ?

Danny ne répondit pas tout de suite. Elle aurait dû prévoir sa question, se dit-elle en se mordant la lèvre avec irritation.

— Je n'ai pas très bien saisi son nom. Pour être franche, je ne le lui ai pas demandé. Vous voyez ce que je veux dire, je suppose ?

Il n'était pas certain de le voir. Mais il était certain d'une chose : Il n'avait pas envie de creuser la question. Quel que soit son secret, il préférait ne pas le connaître.

— Peu importe, dit-il, l'estomac noué. Parlons d'autre chose, cela vaut mieux.

Elle se détendit et sourit. Un sourire encore fragile.

— Oui, cela vaut mieux, acquiesça-t-elle. D'autant plus qu'il y a des sujets plus intéressants que ce qui s'est passé — ou ne s'est pas passé — quand j'essayais de survivre tant bien que mal dans les rues de Londres, dit-elle en levant la main pour chasser une mèche folle qui était tombée sur le front d'Adrian.

Il la regarda en silence, puis il hocha la tête.

— Tu as raison. Le passé est le passé. On ne peut rien y changer.

15.

Quand il se produisit, peu avant l'aube, le choc fut tellement violent qu'ils furent précipités hors de la couchette comme de vulgaires poupées de son.

Un choc qui résonna en eux comme un coup de canon. Pendant un long moment, ils restèrent hébétés, incapables de comprendre ce qui leur était arrivé. Autour d'eux, le vacarme était infernal. Les hurlements du vent, les craquements de la coque sous les assauts furieux de l'océan, les cris terrifiés des hommes…

La *Lady Dorinda* se souleva et gémit comme une bête monstrueuse à l'agonie, puis elle tituba et s'abattit sur le côté. Pendant une fraction de seconde, le temps sembla s'être arrêté. Puis le vacarme reprit de plus belle — piétinements sur le pont, cris de douleur et de terreur… une clameur assourdissante, annonciatrice d'un désastre imminent.

Adrian se redressa péniblement et reprit peu à peu ses esprits. Il regarda autour de lui et vit Danny recroquevillée sur elle-même à l'autre bout de la cabine. Le plancher étant fortement incliné, il dut s'aider des pieds et des mains pour contourner la table et la rejoindre. Il la prit dans ses bras et lui tâta avec précaution les bras et les jambes pour s'assurer qu'elle n'avait rien de cassé. Il ne trouva aucune fracture apparente, mais elle avait une ecchymose de la taille d'un œuf de caille sur le front et un filet de sang coulait à la commissure de ses lèvres.

Il sentit son cœur se serrer douloureusement.

— Danny ? murmura-t-il d'une voix rauque.

Elle battit des paupières et le regarda un instant, l'air hébétée, puis elle referma les yeux et porta la main à son front, tout en essayant de s'asseoir.

Adrian l'en empêcha.

— Ne bouge pas. Tu as mal quelque part ?

— Non, je n'ai rien…

Elle grimaça et tâta avec précaution la coupure à la commissure de ses lèvres.

— Un peu sonnée, simplement.

Adrian l'examina avec inquiétude, les sourcils froncés.

— Tu ne m'as pas l'air aussi bien que tu le dis. Je te trouve bien pâle… Il vaudrait mieux que tu restes encore un peu allongée.

Danny lui répondit en émaillant sa réponse de jurons choisis et colorés.

— Vous n'avez pas beaucoup de couleurs, non plus, milord ! Et, à voir la façon dont vous tremblez, c'est plutôt vous qui devriez vous allonger.

Adrian se rendit compte qu'il tremblait réellement — de soulagement — et l'angoisse céda la place à l'irritation.

— Sacrebleu, si tu n'arrêtes pas de dire des grossièretés chaque fois que tu ouvres la bouche, je vais te prendre sur les genoux et t'administrer une fessée que tu ne seras pas prête d'oublier.

Danny essuya le sang au coin de sa lèvre avec le revers

de sa main et s'assit, une lueur espiègle et moqueuse au fond des yeux.

— Cela va déjà mieux, on dirait ! En vous voyant trembler comme une feuille, je me suis demandé si vous n'alliez pas passer l'arme à gauche. Vous devriez être plus prudent… Les émotions fortes sont dangereuses pour un gentleman qui a toujours vécu dans un cocon, servi et choyé par une armée de domestiques.

Adrian lui décocha un regard noir.

— Si nous n'étions pas en train de couler, je crois bien que je t'étranglerais — je ne vois pas d'autre moyen pour empêcher ta maudite langue de s'agiter.

Elle pâlit légèrement, mais, malgré tout, elle réussit à sourire. Un sourire un peu de travers.

— M'étrangler… bigre ! Ce serait par trop définitif. Tout compte fait, je préfère que vous vous défouliez sur mon c…

Malgré leur situation, Adrian ne put s'empêcher de rire.

— Tu es incorrigible ! Ce serait un bon moyen de me défouler, mais pour le moment, il y a des choses plus urgentes à faire.

Il se leva avec raideur et l'aida à se remettre sur ses pieds. Puis il ouvrit son coffre et s'arma, sachant qu'il aurait peut-être besoin de se battre pour avoir une place dans une chaloupe. Ses années passées dans l'armée l'avaient préparé à ce genre d'éventualité — confrontés à une mort imminente, les hommes deviennent pires que des bêtes sauvages. Après un moment d'hésitation, il prit également le sac en toile huilée qui contenait diverses précieuses choses — des lettres de crédit auprès des banquiers de Charleston, des titres de propriétés et plusieurs rouleaux de pièces d'or — et l'attacha autour de sa taille. Puis il se tourna vers Danny et lui fit signe de le suivre.

Le bateau ayant pris encore plus de gîte, ils ne réussirent qu'à grand-peine à sortir de la cabine. Une fois dans la coursive, les cris étouffés qu'ils avaient entendus à travers la cloison se muèrent en un gémissement hystérique. Tout en tirant Danny derrière lui, Adrian parvint jusqu'à la cabine de Lavinia. Quand il en ouvrit la porte, il eut un mouvement de recul, agressé par une violente odeur de vomi. Après avoir pris une profonde inspiration, il pénétra avec prudence à l'intérieur.

A sa vue, Lavinia se jeta dans ses bras et s'accrocha à lui frénétiquement, folle de terreur. Il fut tenté de la gifler pour lui faire reprendre ses esprits...

— Elle n'a pas l'air d'avoir trop bien supporté la tempête, fit observer Danny ironiquement depuis la porte.

Adrian se retourna vers elle brusquement.

— Je t'ai dit de monter sur le pont !

— Je monterai sur le pont quand vous y monterez, répondit-elle, le menton en avant, tout en jetant un coup d'œil circulaire dans la cabine.

Yvette était recroquevillée dans un coin. Danny la rejoignit et vit tout de suite, avant même de l'avoir touchée, que son amie était morte. Elle la regarda fixement un long moment, les yeux embués de larmes, puis elle se pencha sur elle et lui redressa la tête, tout en murmurant une brève prière.

— Adieu, petite Yvette...

Elle essuya ses yeux d'un revers de la main et se retourna vers Adrian.

— Elle est morte, dit-elle d'une voix rauque.

Adrian hocha la tête. Il aurait voulu pouvoir la prendre

dans ses bras et la consoler, mais, à moins d'assommer Lavinia, cela ne lui était guère possible.

— Il vaut mieux ne pas nous attarder, dit-il en se dirigeant vers la porte tant bien que mal, car Lavinia continuait à se cramponner à lui en poussant des cris hystériques.

— Quelle cruche, marmonna Danny entre ses dents.

En l'entendant, Lavinia se figea et se retourna brièvement pour lui jeter un regard noir.

— Si vous lui donniez deux ou trois claques, elle accepterait peut-être de fermer son f… clapet.

— Tais-toi, Danny ! ordonna Adrian avec irritation. Un gentleman ne frappe pas une lady.

Il fut soulagé, cependant, de constater que les remarques de Danny semblaient avoir réussi à calmer quelque peu Lavinia.

Danny lui adressa un regard plein de ressentiment et Adrian se sentit mal à l'aise en se souvenant qu'il avait menacé de la frapper pour beaucoup moins.

— Je ne suis pas un gentleman, dit-elle. Si cela vous gêne, je ne serais que trop heureux de le faire à votre place.

L'idée était tentante. Cependant, dans l'état où elle se trouvait, Lavinia pouvait fort bien oublier qu'elle était une lady. Danny serait sans doute capable de lui tenir tête, mais ils n'avaient pas de temps à perdre en crêpages de chignons.

— Non, dit-il finalement, avec une pointe de regret dans la voix.

Au vu de la remarque dépourvue de tact qu'il avait faite précédemment, pouvoir gifler Lavinia aurait sans doute apaisé l'amour-propre meurtri de Danny. Il n'aimait guère donner l'impression qu'il protégeait une « frêle et délicate lady », alors qu'il aurait préféré cent fois dépenser son énergie à protéger Danny, mais il n'y pouvait rien et il trouverait bien une occasion plus tard de lui expliquer son attitude — dans la mesure où ils parviendraient à quitter la *Lady Dorinda* sains et saufs.

Danny continua de grommeler entre ses dents.

— Jamais vu un crampon pareil ! Cette grosse vache n'est même pas blessée ! Si elle ne bouge pas son gros c… et si elle continue de hurler comme une chatte qui s'est fait marcher sur la queue, nous finirons tous par y passer.

Elle ne savait pas si c'était la jalousie ou la peur qu'Adrian se noie pour sauver ce chameau qui la rendait la plus furieuse, mais elle était littéralement hors de ses gonds.

Elle renifla et jeta un coup d'œil en arrière vers la cabine où la pauvre Yvette gisait sans vie, recroquevillée dans son coin.

— Ce n'est pas juste, murmura-t-elle en s'agrippant aux barreaux de l'échelle de coursive. C'est toujours les plus petits qui trinquent.

Quand elle arriva en haut de l'échelle, une bourrasque de vent et de pluie l'accueillit et faillit la faire basculer en arrière. Elle tendit le bras frénétiquement vers la rambarde. Au même moment, une main lui saisit le poignet et la tira sur le pont. Elle trébucha en avant et sentit les bras d'Adrian l'envelopper. Ils tombèrent tous les deux et glissèrent sur les planches détrempées du pont avant de s'arrêter brutalement contre le bastingage.

— Tu n'es pas blessée ? questionna Adrian en devant crier pour se faire entendre, tant le vacarme de la tempête était assourdissant.

— Non, je n'ai rien.

Elle se remit sur ses pieds et s'accrocha au bastingage, tout en frottant son postérieur meurtri.

Pendant ce temps, Adrian remonta avec peine le long du pont pour aller aider Lavinia. Il dut l'arracher au mât auquel elle s'accrochait et quand il rejoignit Danny, il était épuisé et hors d'haleine.

Ils longèrent le bastingage vers un petit groupe de marins rassemblés autour de la passerelle.

Le capitaine était parmi eux.

— Nous avons été drossés à la côte, cria-t-il en voyant Adrian. Le bateau est en train de se briser. J'ai peur qu'il nous faille nager, si nous ne parvenons pas à monter dans la chaloupe, ajouta-t-il en montrant le canot qui avait été arraché de son berceau par le choc et qui, retenu par une seule amarre, était ballotté par les vagues.

— A quelle distance est la côte ? fit Adrian en scrutant la pénombre.

Le capitaine haussa les épaules.

— Un quart de mile. Peut-être plus.

Adrian se tourna vers Danny et Lavinia. Si la chaloupe venait à rompre son amarre, leurs chances de survie seraient quasiment nulles. Aussi bien, ni l'une ni l'autre ne savait nager. Danny pourrait peut-être parvenir jusqu'à la côte en s'accrochant à un espar, mais, avec ses grandes jupes, Lavinia serait attirée inexorablement vers le fond.

— Il va falloir essayer de monter dans cette chaloupe, dit-il, le visage sombre. Y a-t-il d'autres personnes à bord ?

Le capitaine secoua la tête.

— Quand nous avons heurté les rochers, la panique a été complète et la plupart des hommes qui n'avaient pas été tués au moment du choc se sont jetés à l'eau pour rejoindre la côte à la nage ou en s'aidant d'une planche ou d'un tronçon de mât.

— Il va nous falloir un cordage pour faire descendre le gamin et Mme Johnson le long de la coque, dit Adrian en s'éloignant vers le gaillard d'avant.

Quand il revint, après un temps qui parut interminable à Danny, il avait un lourd rouleau de cordage sur l'épaule. Entre-temps, plusieurs marins étaient descendus le long de la coque et luttaient pour atteindre la chaloupe. Au bout d'un moment, leurs efforts furent couronnés de succès et, non sans mal, ils se hissèrent à bord du frêle esquif. Puis, les rames fixées dans les dames de nage, ils essayèrent de manœuvrer pour se rapprocher de la coque de la *Lady Dorinda*.

— Prenez le gamin avec vous et allez-y, cria le capitaine. Une fois à bord, vous les aiderez à maintenir la chaloupe près de la coque et j'aiderai Mme Johnson à vous rejoindre.

Adrian secoua la tête.

— Vous serez plus utile que moi dans la chaloupe, répondit-il en déroulant le cordage qu'il avait rapporté et en faisant rapidement une boucle.

Après l'avoir regardé fixement quelques instants, le capitaine enjamba le bastingage, saisit le cordage et commença à descendre vers les vagues écumantes.

— Bonne chance à vous, milord ! hurla-t-il avant de disparaître à leurs yeux.

— A toi maintenant, Danny, ordonna Adrian en lui faisant signe de venir vers lui.

Danny le regarda, la bouche ouverte, le visage blême et les yeux remplis de terreur. Elle secoua la tête lentement.

— Allons, Danielle, ce n'est pas le moment de faire la chochotte ! s'exclama Adrian avec exaspération.

Allait-il se retrouver avec deux femmes hystériques

sur les bras ? Il était tellement énervé qu'il ne se rendit pas compte qu'il avait trahi involontairement la véritable identité de Danny. Un détail qui n'échappa pas à Lavinia... Elle redressa brusquement la tête et regarda Danny avec incrédulité. Puis ses yeux s'étrécirent et elle serra les poings avec violence.

Adrian rejoignit Danny qui s'était recroquevillée contre le bastingage et l'obligea à se lever en la tirant par le bras.

— Je... je ne sais pas nager, milord, bredouilla-t-elle, complètement terrorisée.

— Tu n'en auras pas besoin, répondit Adrian avec fermeté. Je vais te faire descendre avec la corde et les hommes en dessous t'aideront à monter dans la chaloupe.

Elle secoua la tête derechef.

— Je reste ici. J'ai trop peur...

— Ne sois pas stupide ! Le bateau est en train de se briser. Il faut que tu descendes. Tu ne peux pas rester ici.

Au même instant, comme si elle voulait le prendre au mot, la *Lady Dorinda* eut un violent soubresaut qui les précipita contre le bastingage.

Comme Danny se cramponnait à lui, Adrian la serra dans ses bras.

— Nous ne pouvons plus attendre, Danny, dit-il d'une voix plus douce. Je ne sais pas pendant combien de temps les hommes pourront garder la chaloupe près de la coque. Il faut que tu y arrives, poupée. Tu vas être courageuse, n'est-ce pas, mon cœur ? Si ce n'est pas pour toi, fais-le au moins pour moi.

Elle le regarda une seconde ou deux, les yeux écarquillés, puis, finalement, elle opina.

— Brave fille...

Il lui sourit et se retourna pour prendre la corde qu'il avait laissé tomber.

Alors qu'il se retournait vers Danny, son cordage à la main, la *Lady Dorinda* se souleva et retomba brutalement en le précipitant sur le pont. Jetée à terre, Danny roula vers la passerelle et ne réussit qu'au dernier moment à s'agripper au bastingage.

En la voyant prête à basculer par-dessus bord, Lavinia lâcha le bossoir auquel elle s'était accrochée et se laissa glisser vers elle sur le dos, en agitant les mains et les pieds, comme si elle avait perdu l'équilibre. Puis, juste au moment où elle arrivait à côté d'elle, elle lui décocha un coup de pied vicieux. Touchée à sa main qui tenait la lisse, Danny poussa un cri de douleur et lâcha prise. Lavinia se redressa et la regarda tomber, un sourire satisfait aux lèvres.

Adrian la rejoignit en titubant, et fixa avec incrédulité sur les vagues écumantes.

— Seigneur Dieu ! Vous l'avez poussée !

Lavinia le regarda, comme effarée par l'acte qu'elle venait de commettre.

— Je ne l'ai pas poussée ! protesta-t-elle en gémissant et en s'accrochant à son bras. C'était un accident. J'ai glissé…

Adrian la repoussa brutalement.

En le voyant se diriger vers la passerelle, Lavinia essaya de le retenir.

— Vous n'avez pas l'intention de plonger pour aller la repêcher ? s'exclama-t-elle, le visage blême. Vous ne pouvez pas m'abandonner ici ! Elle n'est rien ! Une petite pute à bon marché ! Vous en trouverez à tous les coins de rue de Charleston. Ne me laissez pas !

Il ne l'avait même pas écoutée. Horrifiée, elle le vit

prendre son élan et plonger dans les eaux écumantes de l'océan. L'instant d'après, il avait disparu.

Pendant un long moment, elle regarda fixement l'endroit où il s'était abîmé, puis elle dirigea son regard vers la chaloupe, notant avec effroi que les vagues étaient en train de la repousser de plus en plus loin de la coque, malgré tous les efforts des rameurs.

Après avoir enlevé frénétiquement ses jupons, elle saisit la corde dont les hommes s'étaient servis pour rejoindre la chaloupe et commença à descendre le long de la coque, blême de fureur et de peur, tout en maudissant Adrian entre ses dents.

La corde brûlait ses mains blanches et délicates. C'était atroce. N'en pouvant plus, elle lâcha prise et tomba dans l'eau. Les yeux exorbités sous l'effet de la terreur, elle vit sa dernière heure arrivée, mais, alors qu'elle se croyait déjà noyée, elle sentit des mains lui saisir les bras.

Sauvée… Elle était sauvée.

L'instant d'après, elle basculait par-dessus le plat-bord de la chaloupe, à demi étouffée et la bouche pleine d'eau salée.

Ils tournèrent en rond pendant quelque temps, à la recherche de Danny et de lord Beaumont, mais, finalement, ils durent renoncer à les retrouver et se dirigèrent vers la côte à force de rames.

16.

Une chaleur lourde, étouffante. Adrian ouvrit brièvement les yeux. Aveuglé par la lumière, il les referma aussitôt. Il bougea les mains. Du sable !

Un juron s'échappa de ses lèvres. Où diable pouvait-il bien être ? Avait-il été mêlé à une bagarre et fini la nuit dans un terrain vague ?

Des cris d'oiseaux de mer. Des mouettes ? Et ce bruit régulier… comme un ressac…

Peu à peu, la mémoire lui revint. Il rouvrit les yeux et, levant la tête, il regarda un long moment les vagues qui venaient se briser sur le sable, à quelques mètres seulement de l'endroit où il se trouvait.

Retombant en arrière, il se retourna pour regarder Danny et vit avec soulagement que sa poitrine se soulevait et s'abaissait régulièrement. Il ferma de nouveau les yeux, assailli par une foule d'images et d'émotions. Son incrédulité quand il l'avait vue disparaître dans les eaux écumantes, la panique qu'il avait éprouvée ensuite quand il s'était rendu compte du peu de chances qu'il avait de pouvoir la retrouver dans l'immensité de l'océan. Jamais il n'avait ressenti une combinaison aussi paralysante d'horreur, de colère et de désespoir.

Plus jamais. Plus jamais il ne voulait revivre une angoisse aussi épouvantable.

Oublier. Penser à autre chose. Il l'avait retrouvée. Il ne servait à rien de s'appesantir sur l'effroyable sentiment de vide qui l'avait envahi, détruisant au passage toutes les pensées rationnelles de son esprit. Il n'avait aucun désir de s'interroger sur ses actions ou sur ses réactions. Après réflexion, en fait, il fut enclin à considérer ce qu'il avait fait comme une réaction normale à une situation totalement anormale.

Il releva la tête derechef et vit qu'il avait encore ses bottes aux pieds. Une indication, s'il en fallait, de l'état de panique dans lequel il s'était trouvé. Cela aurait pu lui coûter la vie et la vie de Danny. Il n'avait pas l'habitude de se conduire avec un pareil manque de bon sens. Plonger tout habillé et avec ses bottes dans une mer déchaînée ! Avec, en plus, une paire de pistolets dans la ceinture !

Il jura intérieurement.

On ne pouvait pas se conduire d'une façon plus stupide. Il ne lui avait manqué qu'un boulet attaché à la cheville !

Chassant ces pensées de son esprit, il se retourna et examina Danny, le coude dans le sable et la tête appuyée sur la paume de sa main. Elle était allongée sur le côté, face à lui. Il laissa son regard glisser sur sa taille et sur la courbe de sa hanche. Ses vêtements mouillés lui collaient à la peau, laissant transparaître les formes ô combien féminines de son corps. Pas seulement les formes…

Après avoir fait l'amour, ils s'étaient rhabillés, n'ayant aucun désir d'être surpris en petite tenue au cas où la *Lady Dorinda* viendrait à couler. Mais il constata avec intérêt que Danny n'avait pas bandé sa poitrine. En regardant ses seins se soulever, les tétons durcis et légèrement rosés à travers le tissu léger de sa chemise, il sentit une vague de chaleur monter dans ses reins et éprouva une brusque envie de se pencher en avant et de prendre entre ses lèvres les impudiques tétons. A cette pensée, sa bouche s'assécha et il fronça les sourcils légèrement — une telle envie était vraiment par trop excessive et mal à propos, se dit-il avec une pointe d'irritation.

Non sans mal, il arracha ses yeux à leur contemplation et découvrit qu'elle était réveillée et qu'elle le regardait avec une intensité qui fit battre son sang dans ses veines.

— Où sommes-nous ? s'enquit-elle en se redressant.

Adrian s'assit et regarda autour de lui, tout en brossant le sable de ses cheveux et de ses vêtements.

— Je n'en ai pas la moindre idée, répondit-il finalement, après avoir parcouru des yeux la plage et la forêt.

Danny s'assit et regarda autour d'elle également. En découvrant le mur de végétation impénétrable qui s'élevait derrière eux, elle ne put s'empêcher de frissonner.

Elle mit ses bras autour de ses genoux et contempla pensivement les vagues qui, la tempête apaisée, venaient se briser doucement sur le sable.

— Pourquoi avez-vous agi ainsi ? fit-elle d'une voix rauque. Vous auriez pu vous noyer vous-même, vous savez.

Adrian la regarda en silence un long moment, puis, brusquement, se sentit irrité. Qu'espérait-elle ? Qu'il lui déclare son amour ? Un amour éternel et passionné ? Parce qu'elle lui avait offert son corps ? Son amour ? Il ne lui avait rien demandé et il n'en voulait pas !

Ce n'était pas entièrement vrai. Ce n'était même pas vrai du tout. Il s'en rendit compte, pour son plus grand embarras. Il avait envie de son amour. Il s'en délectait. Un sentiment dont il ne s'était jamais soucié auparavant.

Dont il n'avait jamais ressenti le besoin. Mais, après tout, peut-on ressentir le besoin de quelque chose qu'on n'a jamais connu ?

Il admit, non sans surprise, que Danny était capable d'un tel sentiment à son égard. Un sentiment nouveau pour lui. Jusqu'à présent, on l'avait envié, on l'avait détesté, mais personne ne l'avait jamais aimé sincèrement. Le fait qu'elle puisse l'aimer, sans aucune réserve apparente, rendait son amour inestimable. Des pensées par trop troublantes qui l'irritèrent encore un peu plus.

Il les chassa de son esprit et se souvint d'une accusation qu'elle lui avait jetée au visage plusieurs fois. Une accusation dont il se saisit avec soulagement. Pour la lui renvoyer. Afin de masquer son embarras.

— Il me fallait protéger mon investissement, répondit-il avec froideur.

Elle avala avec peine la boule qui s'était formée au fond de sa gorge.

— Oh… C'est donc important pour vous, alors ?

Il se mordit la lèvre. Croyait-elle sincèrement qu'il attachait une importance réelle au contrat d'engagement qu'il lui avait fait signer ? Sacrebleu ! il avait seulement voulu la soustraire au sort funeste qui lui était réservé ! La somme était tellement dérisoire…

— Tu n'as pas une très bonne opinion de moi, n'est-ce pas ?

Elle le regarda d'un air inquisiteur, mais ne dit rien. Agacé, il tira sur ses bottes et les posa à côté de lui.

— J'ai faim et j'ai envie de prendre un bain, dit-il en se levant et en lui donnant la main pour l'aider à se mettre debout. Comme je n'ai rien à me mettre sous la dent pour le moment, je vais commencer par aller me baigner.

Ensuite, nous partirons à la recherche des autres rescapés du naufrage. Il doit bien y en avoir quelques-uns.

Danny le regarda dubitativement, puis parcourut des yeux la plage déserte. Elle avait envie de se baigner, elle aussi, mais la perspective de devoir marcher ensuite avec des vêtements mouillés ne l'enthousiasmait guère. Et elle était encore moins enthousiaste à l'idée qu'elle pourrait rencontrer quelqu'un en tenue d'Eve... Elle se rassit et entreprit de brosser le sable de ses vêtements, en évitant soigneusement de regarder Adrian se déshabiller.

— Tu ne viens pas te baigner ? demanda-t-il au bout d'un moment, sur un ton à la fois surpris et désapprobateur.

Elle leva les yeux vers lui.

— Ce n'est pas que je ne suis pas tentée de batifoler dans l'eau avec vous, milord, répondit-elle avec une pointe d'agacement, mais l'un ou l'autre de nos anciens compagnons de voyage pourrait arriver sans prévenir et je ne souhaite être surprise le derrière nu. Ils ne sont pas trop malins, en général, je vous le concède, mais ils ne sont pas idiots au point de ne pas remarquer que je ne suis pas un garçon.

Adrian parcourut sa silhouette mince et féminine d'un œil appréciateur. Il n'avait pas envisagé cette éventualité. Le sable lui irritait la peau et il avait seulement pensé à s'en débarrasser en se baignant. Par ailleurs, il n'était même pas sûr qu'il y ait d'autres survivants. La chaloupe avait pu chavirer et les marins, en général, ne savaient pas nager. *Batifoler* dans l'eau avec Danny était une perspective plutôt agréable, mais il comprenait ses réticences. Une autre pensée lui traversa l'esprit — une pensée par trop dérangeante.

— Si je connais Lavinia Johnson aussi bien que je crois

la connaître, ils savent déjà que tu n'es pas un garçon, répondit-il en grimaçant.

Danny haussa un sourcil inquisiteur.

— J'ai peur de t'avoir trahie la nuit dernière, expliqua-t-il. Je t'ai appelée Danielle. Par inadvertance. C'était stupide, mais, sur le moment, j'avais d'autres préoccupations en tête, ajouta-t-il avec une nouvelle grimace. Je suppose qu'elle a dû leur raconter les pires horreurs sur toi — si elle a réussi à monter dans la chaloupe, naturellement.

Ce ton indifférent, dépourvu de chaleur... Danny sentit un étrange petit frisson lui parcourir le dos. Avant de tomber à la mer, elle avait eu l'impression que la seule préoccupation d'Adrian avait été de mettre Lavinia en sécurité. Mais, s'il tenait autant à elle, l'aurait-il abandonnée pour une vulgaire petite domestique ?

— Vous voulez dire que vous ne le savez pas ?

— Comment diable le saurais-je ? J'ai plongé juste après que tu sois tombée. Si j'avais attendu qu'elle soit en sécurité dans la chaloupe, je n'aurais eu aucune chance de pouvoir te repêcher vivante.

Un grand sourire éclaira le visage de Danny.

— Oh...

— Pourquoi as-tu l'air aussi contente ?

Elle haussa les épaules et changea brusquement de sujet.

— Ce n'est pas mon affaire et j'apprécie le spectacle, mais vous n'avez pas trop froid à rester ainsi debout dans le plus simple appareil ?

Il s'esclaffa.

— Pas du tout. Je ne crois pas que quiconque puisse avoir froid avec cette chaleur.

Il la regarda un instant, puis il se pencha et lui tendit sa chemise.

— Tiens, tu peux te baigner avec ceci. Ainsi, tu ne seras pas toute nue.

Elle considéra la chemise d'un air dubitatif.

— Où suis-je supposée aller me changer ?

Il fit un geste en direction de la forêt et elle tourna la tête brièvement vers le formidable rideau de verdure.

— Là-bas ? Je ne suis pas folle ! Je n'ai pas envie de rencontrer l'un de ces sauvages avides de sang qui, m'a-t-on dit, infestent le Nouveau Monde.

— Alors, baigne-toi avec tes vêtements. Mais finissons-en. Nous n'avons pas que ça à faire.

Elle le regarda avec surprise. Elle ne voyait pas ce qu'il y avait de si urgent à faire, étant donnée leur situation.

— Je ne souhaite pas non plus me promener avec des vêtements mouillés, répliqua-t-elle.

Les yeux d'Adrian s'étrécirent.

— Néanmoins, tu vas prendre un bain. Toute nue ou habillée, c'est toi que cela regarde, mais il est hors de question de partir à la recherche de nos anciens compagnons couverts de sable.

Elle lui décocha un regard noir, mais au bout d'un moment, elle prit la chemise qu'il lui tendait et commença à se déshabiller.

— Foutu aristo de m…, marmonna-t-elle. Faudrait que je lui obéisse au doigt et à l'œil ! A sa disposition jour et nuit, parce qu'il est né avec une cuillère en argent dans la bouche. Fais ceci ! Fais cela ! Je devrais lui baiser les pieds quand il me donne un coup de pied au c…

Adrian la saisit par la taille et la jeta sur son épaule, puis se dirigea vers la mer d'un pas déterminé.

— Que faites-vous ? protesta-t-elle en se débattant.

— Tu as la mémoire trop courte, ma petite. Je vais voir si je peux la rafraîchir.

Comprenant ses intentions, elle jura et se débattit de plus belle.

Ignorant ses coups de pied et ses coups de poing, il avança dans la mer et, quand il eut de l'eau jusqu'à la taille, la laissa tomber sans autre forme de procès. Elle se redressa, le visage écarlate.

— Vous êtes un…

Il lui enfonça la tête sous l'eau. Elle refit surface en toussant et en crachant, les yeux étincelant de fureur.

— Ta mémoire commence à revenir ?

— Foutu aristo de…

La fin de sa phrase se termina dans un gargouillement.

La quatrième fois où elle refit surface, elle s'accrocha à lui par-derrière comme une liane.

Adrian tituba et essaya de détacher ses mains.

— Que diable cherches-tu à faire ? s'enquit-il, mi-amusé, mi-exaspéré.

— Je n'aime pas l'eau et je ne descendrai pas tant que vous n'aurez pas renoncé à me noyer ! cria-t-elle en s'agrippant désespérément à ses épaules.

Adrian rit et se laissa tomber en arrière. Elle courait déjà maladroitement vers la plage. Il la rejoignit en deux temps trois mouvements, plongea et lui saisit la cheville, lui faisant perdre l'équilibre. Elle se redressa, à demi étouffée, en battant l'air avec ses bras. Il l'attira contre son torse et immobilisa ses bras le long de ses hanches, en riant de ses efforts pour se dégager de son étreinte d'acier. Finalement, elle se calma, rejeta ses cheveux en arrière et lui décocha un regard meurtrier.

— Fou…

La fin du mot fut étouffé par la bouche d'Adrian. Un long baiser qui lui coupa le souffle. Il releva la tête et la regarda, une lueur amusée au fond des yeux.

— Toujours en colère, gamine ?

Elle reprit sa respiration et grinça des dents.

— Je n'ai pas une très grande…

Ses lèvres la réduisirent de nouveau au silence. Par petites touches, tantôt caressantes, tantôt insistantes. Elle ferma les yeux. Quand sa langue s'insinua dans sa bouche, un long frisson la parcourut et elle se sentit fondre dans ses bras.

— Pardonné ? dit-il dans un souffle.

Elle rouvrit les yeux lentement.

— Non.

— Têtue. Une vraie mule, murmura-t-il en faisant pleuvoir une pluie de petits baisers sur son cou et sur son épaule.

— Mmmh… Tu as une peau si douce, si parfumée…

C'était trop bon. Trop… Instinctivement, elle enlaça son cou, et ils échangèrent un nouveau baiser, plein de passion et de désir.

— Tu n'es plus en colère, poupée ? fit-il d'une voix rauque quand leurs lèvres se séparèrent.

Elle le regarda langoureusement.

— En colère ? A quel sujet ?

Une lueur de triomphe brilla dans les yeux d'Adrian.

— Je crois que je l'ai oublié moi-même, dit-il en la soulevant et en pressant son membre viril, dur et gonflé, contre sa fleur secrète.

Elle retint son souffle, tout en pressant ses jambes autour de sa taille.

— Danny…

Leurs bouches se joignirent avec violence, tandis qu'il plongeait profondément en elle. En un instant, ils perdirent contact avec la réalité. Un feu ardent les embrasa et leurs corps se mirent à vibrer à l'unisson. Puis ce fut l'extase. Un feu d'artifice… Pendant un long moment, ils restèrent unis l'un à l'autre, puis, lentement, ils se séparèrent et revinrent vers la plage, main dans la main.

Adrian se laissa tomber sur le sable et l'attira dans ses bras.

— Oh, Danny…

Elle se mit à rire. Il redressa la tête et la regarda d'un air perplexe.

— Je crois que nous allons devoir prendre un autre bain, dit-elle, une lueur espiègle dans les yeux.

Adrian gémit et, retombant sur le dos, se protégea les yeux avec l'avant-bras.

— Tu me feras mourir, gamine.

Elle roula sur lui et s'assit à cheval sur son ventre, les deux mains à plat sur son torse.

— Vous vous avouez vaincu, milord ? s'enquit-elle en tirant sur ses poils.

Les lèvres d'Adrian frémirent.

— Je crois que c'est le moment où tu devrais m'embrasser les pieds et dire : « S'il vous plaît, mon haut et puissant seigneur, encore, encore… »

— Oh !

Elle le frappa avec ses poings — des petits coups inoffensifs, pour jouer — et, la retournant sur le dos, il roula sur elle, l'emprisonnant avec le poids de son corps.

— Alors, c'est oui ? fit-il, badin.

Danny regarda le beau visage aristocratique d'Adrian et, lentement, son sourire s'effaça de ses lèvres. Le cœur serré, elle leva la main pour lui caresser le menton et la joue.

— Oui, milord, dit-elle doucement. S'il vous plaît, faites-moi l'amour aussi souvent que vous en aurez envie. Je vous appartiendrai aussi longtemps que vous le désirerez… Ensuite… J'espère seulement que vous ne m'oublierez pas trop vite.

Ses paroles frappèrent Adrian comme un coup de poing.

— Danny…, murmura-t-il d'une voix hésitante.

Comment pourrait-il lui dire, lui expliquer ?

Elle scruta son visage un instant, puis la chaleur de ses yeux s'éteignit, remplacée par une lueur à la fois douloureuse et cynique.

— S'il vous plaît, arrêtez de m'écraser ! s'écria-t-elle en se tortillant. J'ai l'impression d'avoir un tonneau de bière sur le ventre !

Il bascula sur le côté. Aussitôt, elle se leva d'un bond, courut vers la mer et pataugea dans l'eau jusqu'à en avoir à mi-cuisses.

Il la regarda pensivement un moment, tandis qu'elle rinçait le sable qui lui collait à la peau. Finalement, il se leva, lui aussi, et la suivit. Tout en s'aspergeant distraitement, il réfléchit à ses paroles, le cœur étrangement serré. Elle savait que la barrière qui les séparait était infranchissable. Il devrait en être soulagé. Mais il ne l'était pas.

Malgré sa compréhension et son acceptation, elle était blessée. Profondément blessée. Il n'aurait jamais dû la toucher. Il n'aurait jamais dû déroger à la règle qu'il s'était fixée : toute femme était bonne à séduire, dans la mesure où, dès le départ, il était entendu qu'il n'y aurait aucun attachement sérieux et qu'au bout d'un certain temps ils se quitteraient pour aller l'un et l'autre vers de nouvelles conquêtes. Leur brève liaison laisserait une marque indélébile dans l'âme de Danny, même si, le jour de leur séparation, elle ferait semblant d'être indifférente…

Il l'entendit crier et se retourna juste à temps pour la recevoir de plein fouet, avec une telle violence qu'il en eut le souffle coupé et tomba en arrière. Il se releva en jurant, en toussant et en crachant. L'eau salée lui piquait les yeux. Il les essuya avec ses mains et la regarda, ébahi.

— Qu'est-ce qui…

Elle rit. Un éclat de rire joyeux et cristallin.

— Nous sommes quitte, maintenant, milord !

17.

Ils cheminaient sur la plage depuis un long moment déjà quand ils aperçurent enfin les autres rescapés du naufrage. Un petit groupe d'hommes sales et dépenaillés. Au fur et à mesure qu'ils approchaient, Adrian se demanda si Danny et lui avaient un aspect aussi misérable. Probablement… Mais cela ne pouvait pas être pire.

En les examinant plus attentivement, il se rendit compte qu'il n'y avait que trois hommes. Le capitaine et deux de ses matelots. Il se demanda où étaient les autres, car ils avaient été au moins sept ou huit dans la chaloupe quand il avait plongé. Etaient-ils allés chercher de la nourriture et de l'eau douce ? Peut-être…

Avec un curieux mélange de soulagement et de déplaisir, il découvrit Lavinia assise un peu à l'écart des autres, à l'ombre d'un palmier.

Ils ne furent pas accueillis avec des cris de joie. Néanmoins, seule Lavinia se montra franchement hostile.

— Ainsi, je vois que vous avez réussi à repêcher votre souillon, dit-elle en se levant et en venant vers eux.

Adrian la détailla de haut en bas, avec un regard dépourvu d'aménité.

— Vu votre état, madame, vous avez mauvaise grâce à vous moquer d'elle.

Lavinia rougit jusqu'aux oreilles, tandis que les deux marins s'esclaffaient grossièrement.

— Où sont les autres ? s'enquit Adrian en se tournant vers le capitaine.

— Pour autant que je sache, il n'y a personne d'autre, répondit Tyler, la mine lugubre. Nous avons perdu quatre hommes en chemin la nuit dernière. Notre maudite chaloupe s'est retournée. Il s'en est fallu de peu que nous soyons tous noyés.

Adrian hocha la tête sombrement.

— Avez-vous une idée de l'endroit où nous sommes ?

Le capitaine fureta autour de lui, comme si c'était la première fois qu'il réfléchissait à la question.

— Avec cette maudite tempête, nous pourrions être n'importe où, mais, à mon avis, nous sommes en Floride espagnole. Au milieu de la péninsule, plus ou moins, je suppose, car, jusqu'à présent, je n'ai vu aucun cocotier.

Adrian le considéra en silence pendant une seconde ou deux.

— Dans ce cas, je crains qu'il ne soit pas très sain pour nous de nous attarder sur cette plage… Nous devrions pénétrer un peu à l'intérieur avant de nous diriger vers le nord. Pensez-vous pouvoir nous guider jusqu'à la colonie anglaise la plus proche, capitaine ?

Tyler secoua la tête.

— J'ai bien peur que non.

— Nous devons rester ici ! protesta Lavinia avec véhémence. Comment le prochain bateau nous retrouvera-t-il si nous nous éloignons de la plage ?

— Les seuls bateaux susceptibles de nous retrouver battront

pavillon espagnol, madame, lui répondit Adrian. Je doute que vous ayez le désir d'être leur invitée. Vraiment non ? insista-t-il en reportant son attention sur le capitaine.

— Je suis un marin, milord. Je connais assez bien les eaux dans ces parages, mais…

Il haussa les épaules.

— Quelle est la colonie la plus proche ? reprit Adrian.

Le capitaine haussa de nouveau les épaules.

— Si nous sommes dans le Nouveau Monde — je suppose que c'est le cas — et si nous sommes bien en Floride espagnole, la colonie de Géorgie se trouve quelque part au nord.

Il s'interrompit et se gratta la tête longuement.

— Si je me souviens bien, il y a une colonie de Highlanders à Darien, près de l'embouchure de la rivière Altamaha. Fort Frederica est un peu au sud, sur l'île de Saint Simon. Il doit y avoir également deux ou trois petits forts encore plus au sud, ajouta-t-il après réflexion. Mais je ne sais pas s'ils sont encore occupés.

— Nous devons donc essayer de rallier la Géorgie, dit Adrian. Plus vite nous nous mettrons en route, mieux cela vaudra. Là-bas, nous devrions trouver un bateau ou un autre moyen de transport pour nous conduire à Charleston.

— Nous n'avons aucune provision, fit observer l'un des deux matelots rescapés, un homme au poitrail très large qui répondait au sobriquet de « Bull ».

Son compagnon, le vieux Tom, l'ami de Danny à bord de la *Lady Dorinda*, cracha par terre et ouvrit la bouche pour la première fois.

— Nous n'avons pas d'armes non plus, dit-il avec un

geste du pouce en direction de la forêt derrière eux. Il y a des bêtes en tout genre là-bas, à deux et à quatre pattes.

Lavinia intervint de nouveau, la mine renfrognée.

— La Géorgie ! Nous ne serons pas plus en sécurité là-bas, avec tous les voleurs et coupe-jarrets qui y grouillent en totale liberté. Je refuse catégoriquement d'aller dans une colonie pénitentiaire, je vous le dis !

— Une colonie pénitentiaire ! s'exclama le capitaine. Je ne l'ai jamais entendu dire.

— Je ne l'ai pas entendu dire non plus, répondit Adrian sèchement. D'ailleurs, ne croyez-vous pas qu'il serait illogique de mettre des criminels en charge de la première ligne de défense de nos colonies ? Pour autant que je sache, c'est le premier rôle de la Géorgie.

Lavinia resta sur ses positions, les lèvres pincées.

— Vous pouvez dire ce que vous voulez, mais je sais très bien que lord Oglethorpe a fondé cette colonie avec des prisonniers !

Adrian la considéra avec une pointe d'ironie au fond des yeux.

— Vous me surprenez, madame. Je ne vous savais pas aussi versée dans l'histoire et le peuplement récent de nos colonies. Cependant, les colons dont vous parlez étaient en prison pour dettes et n'étaient en rien des criminels endurcis — et, de toute façon, ils ne sont qu'une petite minorité en Géorgie. Savannah a été fondée principalement comme une entreprise philanthropique afin de donner des terres ou du travail à des braves gens dont le seul défaut était d'être nés pauvres. Le choix des futurs colons a été effectué avec le plus grand soin. Avant leur départ, ils ont dû tous fournir une lettre de leur pasteur attestant de leur bonne moralité.

Son regard parcourut le petit groupe de rescapés et se posa sur Danny. Il haussa un sourcil inquisiteur.

Visiblement, elle n'était pas plus enthousiaste que les autres. Néanmoins, elle sourit courageusement.

— Allons-y. Je vous suis.

— Tu n'as pas d'objection ?

Il n'avait aucunement l'intention de la laisser en arrière, mais il préférait qu'elle vienne de son plein gré.

Elle secoua la tête.

— D'une façon ou d'une autre, que nous restions ici ou que nous partions, nous n'avons pas de provisions. Quant aux bêtes sauvages — à deux pattes ou à quatre pattes — rien ne les empêchera de venir nous chercher ici, si elles ont envie de nous attaquer.

Adrian lui adressa un sourire approbateur et se tourna vers les autres.

— Dans ce cas, nos routes se séparent ici.

Sur ces mots, il tourna les talons et se mit en marche, suivi par Danny.

— Vous pourriez au moins nous laisser l'un de vos pistolets ! cria Bull, alors qu'ils n'avaient parcouru encore que quelques mètres.

Adrian s'arrêta et se retourna vers les rescapés, tous debout maintenant.

— Je le pourrais, répondit-il aimablement, mais il ne vous serait pas d'un grand usage.

— Comment cela ? se récria Bull.

— Je n'ai pas de munitions, répondit Adrian en faisant signe à Danny de se remettre en route.

Elle le regarda, une lueur inquiète au fond des yeux.

— Vraiment aucune ?

Elle avait parlé à voix basse, afin de ne pas être entendue par les autres.

Adrian lui sourit lugubrement.

— Très peu, je le crains. Pas assez, en tout cas, pour les partager. S'ils veulent venir, je les protègerai. Sinon, nous en aurons besoin pour nous-mêmes.

— Ils se concertent, dit-elle au bout d'un moment.

— Je n'en suis pas surpris, dit Adrian en s'arrêtant pour scruter la forêt, à la recherche d'un sentier ou, au moins, d'un layon créé par le passage régulier d'animaux sauvages.

Rien. Pas la moindre petite ouverture. Il se remit en route, en espérant trouver un passage plus loin, quand la forêt deviendrait un peu moins dense.

— Ils nous suivent, murmura Danny. Vous croyez qu'ils vont nous faire des ennuis ?

— Ce n'est pas impossible.

Il tira l'un des pistolets de sa ceinture, afin d'en vérifier le chargement. La poudre était encore humide. La mine sombre, il s'agenouilla et fouilla dans sa botte.

Danny le regarda avec curiosité.

— Que faites-vous ?

Il tira un poignard de sa botte, le mit dans sa ceinture à la place du pistolet et tendit celui-ci à Danny.

Elle le prit en hésitant.

— Je ne me suis jamais servie d'un pistolet, milord.

— Aucune importance. Il ne tirerait pas, même si tu savais t'en servir.

Danny glissa le pistolet dans la bande de tissu qui lui servait de ceinture.

— Dommage que vous n'ayez pas pensé à emporter votre épée également, milord.

Adrian lui adressa un sourire amusé.

— Nous avons déjà failli nous noyer, gamine. Si j'avais réfléchi un tant soit peu avant de plonger, je me serais débarrassé également de mes pistolets et de mes bottes.

Elle le regarda avec surprise. Elle avait de la peine à croire qu'il ait pu agir aussi impulsivement qu'il le prétendait. Cela ne lui ressemblait pas du tout.

— C'est aussi bien que vous ne vous en soyez pas débarrassé, dit-elle finalement.

— Je suis du même avis. Maintenant, du moins. Sur le moment, j'ai pensé que c'était complètement stupide.

— Je n'ai pas trop aimé la façon dont ils me regardaient, marmonna Danny après avoir jeté un nouveau coup d'œil par-dessus son épaule.

Adrian opina. Il ne comprenait que trop son inquiétude.

— Moi non plus. Es-tu capable de te diriger avec le soleil ?

Elle secoua la tête.

— Non.

— Cela n'a rien de compliqué. Le soleil se lève à l'est et se couche à l'ouest. Si tu veux aller vers le nord, il faut donc qu'il soit à ta droite le matin et à ta gauche l'après-midi. Tu penses que tu pourras t'en souvenir ?

— Vous n'avez pas l'intention de me quitter, au moins ? dit-elle, brusquement inquiète.

Adrian lui sourit.

— Non, bien sûr. Mais on ne sait jamais... Tu t'en souviendras, n'est-ce pas ? Si, pour une raison ou pour une autre, tu venais à te retrouver seule, tu feras en sorte de rester à couvert dans la forêt, mais pas trop loin de la côte. En te guidant sur le bruit des vagues ou sur les cris de ces grands oiseaux de mer blancs qui volent au-dessus de nous. Comme ils se nourrissent de poisson, ils ne s'éloignent jamais beaucoup vers l'intérieur.

— Vous commencez vraiment à me faire peur. De toute façon, je ne vous quitterai pas, quoi qu'il arrive. Aussi, vous pouvez garder vos leçons pour vous !

Ils étaient parvenus à un étroit layon qui s'enfonçait dans la forêt. Adrian s'arrêta et lui saisit le menton.

— Si je te dis de t'en aller, tu t'en iras. Suis-je assez clair ?

Danny le dévisagea, en luttant contre une brusque envie de pleurer. Il voulait une réponse. Une réponse positive.

Elle hocha la tête.

Il sourit.

— Bien. Tu es une bonne fille.

Il lui caressa la joue brièvement, puis se retourna pour faire face au petit groupe qui les suivait en traînant la jambe.

— Vous avez décidé de vous joindre à nous, finalement ? s'enquit-il d'une voix glaciale.

— J'ai pensé qu'il valait mieux que nous restions ensemble, répondit le capitaine, visiblement mal à l'aise. Plus nous serons nombreux, plus nous serons en sécurité…

Adrian eut un sourire sinistre.

— Vraiment ?

Son regard se posa sur les deux matelots qui étaient restés un peu en arrière du capitaine et de Lavinia. Ils soutinrent son regard, la mine renfrognée, puis leurs yeux glissèrent vers Danny.

Dans d'autres circonstances, la lueur qui brillait dans leurs prunelles aurait suffi pour qu'il leur en demande raison, l'épée à la main. Mais, pour l'heure, il n'avait pas d'épée et il n'avait pas affaire à des gentlemen. Une bataille au couteau était hors de question. Il en sortirait peut-être vainqueur, mais, dans le cas contraire, Danny resterait sans protection.

— Nous avons pensé que nous aurions une meilleure chance de nous en tirer, si nous partagions tout ce que nous avons, dit Lavinia sur un ton provocateur.

— C'est bien raisonné, acquiesça Adrian avec froideur. A condition que nous soyons tous d'accord.

— Apparemment tout le monde n'est pas d'accord pour partager..., marmonna Bull.

— Ce qui veut dire ? jeta Adrian.

Il sentit Danny se rapprocher de lui — un mouvement qui trahissait sa crainte instinctive des deux matelots. Lavinia observait la scène avec un intérêt malsain, ce qui ne le surprit guère. De son côté, le capitaine avait l'air affreusement embarrassé. A l'évidence, il avait perdu toute autorité sur ses hommes dès l'instant où il avait quitté le pont de son navire.

— Ce qui veut dire que Bull et moi nous avons l'impression que vous n'avez pas envie de partager votre putain, répondit Tom nerveusement.

L'expression d'Adrian devint encore plus glaciale, si cela était possible.

— Si j'en avais une et qu'elle soit consentante, je pourrais l'envisager. Mais comme ce n'est pas le cas, la question est nulle et non avenue.

— Que veut-il dire par là ? demanda Tom à son compagnon, l'air gêné.

Bull jaugea Adrian du regard — sa détermination, le poignard et le pistolet passés à sa ceinture. Puis il glissa un regard spéculatif en direction de Danny.

— Nous nous étions trompés, marmonna-t-il finalement en détournant les yeux.

— Dangereusement trompés, acquiesça Adrian en faisant un geste vers le sentier. On y va ?

Bull l'examina quelques instants encore, puis il s'engagea dans le sentier, suivi par Tom, le capitaine Tyler et Lavinia. Après avoir jeté un regard plein d'appréhension à Adrian, Danny s'y engagea également et Adrian ferma la marche.

Il faisait notablement plus frais sous les arbres. Plus sombre également, de sorte qu'il fallut un certain temps pour que leurs yeux s'habituent à la pénombre. Les branches des arbres se pressaient au-dessus d'eux, créant une canopée si dense que la lumière filtrait de façon intermittente, en formant des flaques dorées sur l'épais tapis de feuilles qui recouvrait le sol. Le sentier était couvert de feuilles également et la progression était assez facile, sauf lorsqu'il était encombré par des ronces ou des branches mortes. De temps à autre, il s'élargissait un peu, mais, le plus souvent, il était très étroit et ils étaient obligés de marcher en file indienne.

Danny regarda autour d'elle avec un mélange de curiosité et d'appréhension. Jusqu'au soir fatal où elle avait choisi d'aller se réfugier dans la chaloupe de la *Lady Dorinda*, elle n'avait jamais connu autre chose que les rues de Londres et l'endroit où elle se trouvait maintenant ne ressemblait en rien à tout ce qu'elle avait pu imaginer du Nouveau Monde.

C'était à la fois majestueux et effrayant. Une nature luxuriante, exubérante, qui remplissait tout l'espace. Une flore étrange, différente de tout ce qu'elle avait pu connaître dans les parcs de la capitale anglaise.

Partout où se posait son regard, il y avait des chênes aux troncs tellement énormes que quatre hommes n'auraient pas pu en faire le tour, les bras écartés. Mais même ces chênes avaient l'air différents de ceux qu'elle avait eu l'habitude de voir en Angleterre. D'autres arbres, tout aussi exotiques, poussaient sous leurs frondaisons. Des palmiers, notamment, comme ceux que le capitaine avait remarqués le long de la plage. Des arbres vraiment très étranges, sans branches, avec seulement une touffe au sommet du tronc, et, en guise d'écorce, des piquants, un peu comme autour des artichauts — des artichauts géants, naturellement.

Et, encore en dessous, des fougères de plusieurs variétés, alternant avec des ronces ou des buissons épineux. Certains de ces buissons étaient couverts de baies. Des baies noires ou rouges, dont l'apparence rebondie et juteuse fit gargouiller son estomac.

Adrian les avait aussi remarquées. Il s'écarta du sentier et en cueillit quelques-unes. Après les avoir examinées, il écarta les rouges et mit l'une des noires dans sa bouche.

— Mm… Un peu âpres, mais pas amères. Je ne pense pas qu'elles soient toxiques, ajouta-t-il, tout en en cueillant une poignée.

Danny le regarda faire avec un mélange d'envie et d'appréhension. Elle aurait préféré qu'il n'ait pas mentionné leur toxicité éventuelle. Elle n'y avait pas pensé auparavant. Las, maintenant, non seulement elle hésitait à apaiser sa faim en les mangeant, mais, en plus, elle était inquiète pour Adrian.

Il remarqua son inquiétude et lui en tendit une poignée, avec un sourire rassurant.

— Votre petit déjeuner, milady, dit-il sur un ton léger, presque badin.

Elle rougit, à la fois flattée et gênée. Sa façon de s'adresser à elle n'allait-elle pas attirer des commentaires de la part de leurs compagnons ?

Elle vit avec soulagement qu'ils étaient beaucoup trop occupés à cueillir leur propres petits déjeuners pour y avoir prêté attention.

— Merci, milord, répondit-elle à voix basse en acceptant la poignée de baies qu'il lui tendait et en s'asseyant en tailleur sur le sentier pour les manger.

Adrian s'installa à côté d'elle et regarda avec intérêt autour de lui, tout en mâchant ses propres baies.

— J'ai lu des descriptions de ce pays, dit-il sans s'adresser à quelqu'un en particulier.

Son regard rencontra le regard de Danny et une lueur amusée brilla dans ses prunelles.

— Quand j'ai été « invité » à devenir un colon, j'ai pensé qu'il était utile que je me familiarise avec le Nouveau Monde. Mais je vois que la réalité défie toute description. Je comprends également pourquoi maintenant il attire tant de gens. Le potentiel m'a l'air énorme, en particulier pour les planteurs. Toutes les colonies ressemblent-elles à la Floride ? questionna-t-il en se tournant vers le capitaine Tyler.

Le capitaine haussa les épaules.

— Je n'ai pas été beaucoup dans les colonies. Guère au-delà des ports, en tout cas. Dans le Nord, le climat ressemble plus à celui de l'Angleterre. Pas aussi chaud qu'ici en été et beaucoup plus froid en hiver, avec de violentes tempêtes de neige. Pour sa plus grande part c'est un pays sauvage et inculte, sauf là où les colons ont commencé à défricher. Et, même là, ce n'est pas comparable avec l'Angleterre.

Adrian hocha la tête et, lançant ses dernières baies en

l'air, il les attrapa avec sa bouche, sauf deux qui roulèrent sur son torse.

Danny les ramassa en s'esclaffant et les mit dans sa bouche. Se prenant au jeu, Adrian lui mordilla les doigts, puis en suça le bout, les yeux brillant de désir.

— Joli tableau, commenta Lavinia d'une voix acerbe.

A contrecœur Adrian reporta son attention sur son ancienne maîtresse, qui, le dos appuyé contre un arbre, les observait.

Il écarquilla les yeux brièvement, puis ses pupilles s'étrécirent.

— A propos de tableaux, madame, vous en formez un qui n'est pas mal non plus, répondit-il d'une voix très calme. Je l'intitulerais volontiers… « Eve et le serpent dans le jardin d'Eden ».

Lavinia qui avait commencé à sourire à ses premières paroles, le regarda d'un air de totale incompréhension.

— A votre place, poursuivit Adrian, je me déplacerais lentement vers la droite. Très lentement. Surtout pas de mouvement brusque.

Lavinia se figea, tandis que Adrian tirait son poignard de sa ceinture.

— Vous devriez commencer maintenant, suggéra Adrian en levant son poignard, la lame au bout des doigts.

Lavinia le regarda fixement une seconde ou deux, les yeux exorbités, puis commença à s'écarter du tronc, sans quitter le poignard du regard. Un silence pesant s'était instauré. Danny, le capitaine, Bull et Tom contemplaient la scène, bouche bée.

Un pas de plus sur le côté. Adrian lança son poignard à la volée. La lame se planta en vibrant dans le tronc, quelques pouces seulement au-dessus de l'endroit où avait été la tête de Lavinia quelques instants plus tôt.

Le serpent, cloué à l'arbre par la gueule, se débattit frénétiquement, son corps long et massif battant l'air à l'instar d'un fouet. Le premier moment de stupeur passé, Lavinia se jeta dans les bras du capitaine, en poussant des cris hystériques.

Fascinée par les mouvements convulsifs du serpent, Danny avala avec peine la boule qui s'était formée au fond de sa gorge. Elle se sentait étrangement légère, comme si elle planait… Elle battit des cils, afin de lutter contre l'engourdissement qui était en train de l'envahir.

— Joli coup, milord, commenta-t-elle d'une voix qu'elle aurait voulu plus assurée.

Adrian se retourna vers elle. Elle essaya de lui sourire. Un sourire pâle et contracté.

— Je… je ne crois pas avoir jamais vu lancer un poignard avec une telle précision… Et ce serpent… Il doit avoir au moins six pieds de long…

Adrian marmonna un juron entre ses dents et la serra contre lui. Elle tremblait comme une feuille.

— Tu ne vas pas t'évanouir, n'est-ce pas, gamine ?

Elle battit de nouveau des cils.

— Non, bien sûr !

Un dernier effort qui lui fut fatal. D'un seul coup, tout devint noir autour d'elle.

18.

Alors qu'elle battait la forêt prudemment à la recherche de bois mort pour faire du feu, Danny se dit que Lavinia ne lui pardonnerait jamais son évanouissement. Depuis l'incident du matin, elle n'avait pas cessé de lui jeter des regards noirs, comme si elle avait fait exprès de défaillir, juste pour se rendre intéressante. Feindre un évanouissement… Il fallait bien l'esprit tortueux de Lavinia pour imaginer une chose pareille !

Bien sûr, il avait été très agréable de revenir à elle dans les bras d'Adrian, son beau visage penché avec anxiété au-dessus d'elle. Mais il était embarrassant de s'être évanouie seulement parce qu'elle n'avait jamais vu un aussi grand serpent — d'autant plus qu'il était mort et qu'elle n'avait pas couru le moindre danger.

Elle s'était sentie affreusement ridicule. L'anxiété d'Adrian n'avait rien arrangé — même si elle avait été visiblement sincère. Elle n'avait pas l'habitude que l'on s'occupe d'elle et elle n'en avait pas le caprice.

En outre, l'incident avait exacerbé l'instinct de protection et de possession d'Adrian. De quoi alimenter les regards meurtriers de Lavinia… En voyant qu'Adrian la délaissait complètement, la jeune veuve cherchait refuge de plus en plus ouvertement auprès du capitaine.

Danny se demanda si c'était son instinct de protection ou de possession qui avait poussé Adrian à tenir aussi peu compte des apparences — une attitude qui était une façon par trop criante de revendiquer ses droits sur elle. Dans d'autres circonstances, elle aurait pu protester, mais, en l'occurrence, elle pouvait seulement lui en être reconnaissante. Elle n'avait absolument aucune envie de faire connaissance plus intimement avec Bull.

Elle se redressa, après avoir ramassé un morceau de bois mort, et découvrit que Bull la regardait — comme si le seul fait de penser à lui avait suffi à le faire apparaître. En voyant la lueur qui brillait dans ses yeux, elle sentit sa gorge devenir sèche.

— Un peu loin du camp, *milady,* vous ne trouvez pas ? dit-il en insistant d'une façon insultante sur le titre de politesse.

Danny rougit et eut un mouvement de recul instinctif.

Mais, au même moment, une autre voix résonna. La voix d'Adrian, faussement aimable et enjouée.

— Mais tout à fait en sécurité, néanmoins. Comme tu le vois, Bull, je prends soin de ce qui m'appartient. Et Danny est à moi. Sache-le une fois pour toutes.

Danny poussa un soupir de soulagement.

— J'ai vu avec plaisir que tu savais comment tu devais t'adresser à une lady, poursuivit Adrian en rejoignant Danny. Tu ne l'oublieras pas, j'espère ?

— Ce n'est pas une lady ! marmonna Bull, la mine renfrognée.

Les yeux d'Adrian s'étrécirent.

— Au contraire. Elle est une lady de la tête aux pieds,

même si elle n'est pas vêtue de soie et de satin. Si tu l'oublies de nouveau, je serai obligé de te tuer.

Bull toisa Adrian, puis ses yeux glissèrent brièvement vers le visage pâle et apeuré de Danny, avant de revenir vers Adrian.

— Peut-être.

Adrian haussa les sourcils.

— Peut-être ? Tu n'en es pas sûr ? Je devrais peut-être te tuer tout de suite, dit-il en posant les mains sur la crosse de son pistolet et sur le manche de son poignard.

Bull se passa la langue sur les lèvres. Visiblement, il avait la gorge sèche. A la lueur qui brillait dans les yeux d'Adrian, il savait que sa menace n'était que trop sérieuse.

— Je suppose que je me suis trompé.

Sur ces mots, il tourna le dos et se dirigea vers le camp.

Danny eut envie de laisser tomber son fagot de bois mort et de se jeter dans les bras d'Adrian. Non sans mal, elle s'en abstint.

Elle se mordit la lèvre.

— La prochaine fois, il ne cèdera pas.

Adrian suivit Bull des yeux, les sourcils froncés.

— Je le crains, marmonna-t-il. Un jour ou l'autre, je vais devoir le tuer, même si cela ne m'enchante guère.

Il se retourna vers Danny, le visage totalement impassible.

Elle leva la tête vers lui, une lueur d'angoisse au fond des yeux. Elle avait peur — pour elle, naturellement. Si Bull parvenait à obtenir ce qu'il voulait, l'assaut brutal qu'elle avait subi à Londres quelques années auparavant ne serait rien en comparaison. Mais, surtout, elle était terrifiée pour Adrian. Elle savait qu'il était capable de se défendre dans la plupart des circonstances. Ce n'était pas la force physique de Bull qui l'inquiétait — même s'il était plus grand et plus large d'épaules que Adrian. Mais Adrian était un gentleman. Il n'avait aucune idée des coups bas dont était capable un homme comme Bull, habitué aux bagarres dans les bouges de Londres ou de Bristol. Avec lui ou avec Tom, il partirait avec un handicap fatal dans n'importe quel combat au couteau.

Elle ne pouvait pas supporter l'idée qu'il puisse être tué ou blessé à cause d'elle. Elle préférerait mourir. D'ailleurs, Bull ne la tuerait pas, même si le sort qu'il lui réserverait ne vaudrait guère mieux.

En l'occurrence, ce n'était pas tellement elle, mais l'orgueil masculin d'Adrian qui était en jeu. Il avait revendiqué sa possession et il avait l'intention de défendre son bien contre tous ceux qui voudraient le lui contester. Il aurait agi de la même façon, si cela avait été Lavinia. Seulement, ce n'était pas Lavinia. Et s'il venait à être tué, ce serait de sa faute. Elle ne pourrait pas vivre avec un tel fardeau sur la conscience. Elle le savait.

Elle serra son fagot contre sa poitrine et se passa la langue sur les lèvres.

— Vous devriez peut-être les… les laisser faire ce… ce dont ils ont envie avec moi.

Une lueur brilla dans les yeux d'Adrian, mais l'expression de son visage demeura indéchiffrable.

— C'est ce que tu veux ? s'enquit-il d'une voix neutre.

Tout ce qu'elle avait à faire, c'était lui répondre « oui », d'une façon suffisamment plausible, et il serait en sécurité. Elle avait prétendu être une putain, mais, tout compte fait, elle en était une, non ? Elle pouvait se dire qu'elle ne s'était pas donnée pour de l'argent à Adrian, cela ne changeait pas grand-chose.

Elle haussa les épaules avec une feinte nonchalance.

— Je n'en mourrai pas, si c'est cela que vous craignez. En les laissant faire, vous vous épargnerez beaucoup de problèmes, milord. Non ?

Il lui saisit le menton et l'obligea à le regarder — si brutalement qu'elle ne put s'empêcher de grimacer. Elle essaya frénétiquement de chasser les larmes qui brouillaient sa vue.

— Ne t'ai-je pas dit que j'ai horreur des mensonges ? Je devrais te battre. Parce que tu mens, n'est-ce pas ?

C'était le test final. Tout ce qui lui restait à faire, c'était de le regarder droit dans les yeux et de le convaincre qu'elle n'était pas bouleversée à l'idée qu'il puisse l'abandonner. Elle prit une profonde inspiration.

— Non, réussit-elle à murmurer.

Il haussa un sourcil interrogateur.

— Non quoi ? Non, tu ne mens pas, ou non, cela n'a pas d'importance pour toi ?

Sa voix était glaciale et son expression pire encore. Elle ferma les yeux.

— Regarde-moi, sacrebleu ! As-tu donc aussi peu confiance en moi ? Penses-tu que je ne suis pas capable de te protéger ? Tu m'appartiens, que cela te plaise ou non. A moi et à moi seul !

Danny sut qu'elle avait perdu. Elle laissa tomber son fagot et jeta ses bras autour de sa taille.

— Je n'ai jamais douté de vous ! s'exclama-t-elle avec force. Mais Bull et ses pareils sont capables de tous les coups bas. En cas de bagarre avec vous, ils ne se conduiront pas en gentleman.

— Moi non plus.

Elle le regarda avec un mélange de surprise et de soulagement.

— Ma chère enfant, tu devrais savoir maintenant que je suis capable de tenir ma place dans un combat — quel qu'il soit. Avec une épée, un couteau, à mains nues ou, même, avec une bouteille cassée. Ce que tu vois devant toi est un chevalier à l'armure quelque peu ternie.

Danny renifla, secoua la tête et le regarda, le visage empreint de gravité.

— Ce que je vois devant moi, Adrian, c'est un gentleman. Un vrai. Le descendant d'une famille illustre qui fait honneur à ses ancêtres, aussi bien en matière de courage que de noblesse de cœur et de générosité.

Il fronça les sourcils et détourna les yeux.

— Si tu crois cela, gamine, c'est que tu ne me connais pas aussi bien que tu le penses.

Elle lui toucha la joue du bout des doigts, puis, quand il la regarda de nouveau, elle se dressa sur la pointe des pieds pour effleurer ses lèvres des siennes — juste un tout petit baiser.

— Je vous connais très bien. Beaucoup mieux que vous ne l'imaginez.

Elle s'écarta de lui avant qu'il ait pu lui poser d'autres questions et se pencha pour ramasser son fagot de bois mort. A sa grande surprise, il le lui prit des mains, malgré ses protestations, et ils retournèrent lentement vers la petite clairière où ils avaient installé leur campement.

— Je pense qu'à partir de maintenant, il faudra que je ne te quitte plus des yeux, dit-il tout en marchant.

Danny opina.

— Je le crois aussi, milord, mais ne serait-il pas plus simple de laisser les autres et de partir de notre côté ?

— Non, je préfère savoir où ils sont. En outre, je ne pourrais pas laisser Lavinia à leur merci. Le capitaine Tyler est un homme honorable, mais depuis qu'il n'a plus son bateau, il est comme un poisson hors de l'eau. Je ne pense pas qu'il serait capable de lui offrir une grande protection.

Danny n'aimait pas Lavinia, mais elle comprenait son objection. Elle ne souhaiterait à aucune femme de tomber entre les mains de Bull et de Tom. Adrian non plus, visiblement. Du moins, elle espérait que c'était la raison de son inquiétude pour elle. L'aurait-il laissée sous la « protection » du capitaine s'il éprouvait encore le moindre attachement à son égard ?

Non. Il n'y avait plus rien entre eux. Il avait tiré un trait définitif et il n'était pas du genre à revenir en arrière. Elle devrait s'en souvenir, le jour où il déciderait de mettre un terme à leur liaison. Si elle ne se nourrissait pas de vains espoirs, elle aurait moins de peine à accepter sa décision.

Quand ils arrivèrent dans la clairière, leurs compagnons d'infortune étaient occupés à préparer leur dîner. Armé de son couteau de poche, le capitaine Tyler taillait une broche dans un morceau de bois, tandis que Bull et Tom dépouillaient et vidaient les deux lapins que Adrian avait réussi à capturer au moyen de collets confectionnés avec des lianes. Assise dans un coin, Lavinia, qui n'avait cessé de se lamenter pendant toute la journée, les regardait faire avec une moue dégoûtée.

Adrian avait dit en plaisantant à Danny que le gibier était tellement abondant qu'il se bousculait littéralement pour tomber dans ses pièges. Sinon, il n'aurait jamais rien pris avec des collets aussi rudimentaires. Mais, le gibier fût-il effectivement abondant, Danny savait qu'ils avaient de la chance d'avoir Adrian avec eux : parmi leurs compagnons, il était le seul à être un chasseur expérimenté — même si, en Angleterre, il avait surtout participé à des chasses à courre au cerf ou au renard.

Dans l'ensemble, ils ne s'en tiraient pas trop mal, pour le moment. Ils avaient de la nourriture à profusion et, même sans le gibier, les baies et les noix qu'ils avaient trouvées en chemin leur auraient permis de ne pas mourir de faim. Un tel régime était certes lassant à la longue, mais il était suffisant pour leur permettre de tenir jusqu'au premier poste anglais.

Quant à l'eau douce, ce n'était pas un problème non plus. Ils avaient traversé de nombreux petits ruisseaux, d'une eau très pure et étonnamment fraîche en dépit de la chaleur.

Evidemment, ils n'étaient pas en sécurité pour autant. Ils n'étaient qu'une petite troupe mal armée et ils ne pourraient pas offrir une grande résistance si les Espagnols, les Indiens ou des bêtes sauvages venaient à les attaquer.

Sans parler des dissensions qui pouvaient éclater entre eux… C'était là, peut-être, que se trouvait le plus grand danger.

19.

Ils n'étaient pas aussi mal équipés pour la survie qu'ils l'avaient cru au début. Certes, ils n'avaient pas d'armes à feu pour chasser le gibier. Les pistolets d'Adrian n'étaient pas destinés à cet usage et, de toute façon, il avait tellement peu de munitions qu'ils avaient décidé d'un commun accord de les garder pour assurer leur protection au cas où leur vie viendrait à être directement menacée. Leurs seuls outils étaient les couteaux de poche des marins. Ils n'avaient pas non plus de récipients pour transporter de l'eau ou pour faire leur cuisine. Et même si leurs vêtements étaient suffisants pour un climat aussi doux, ils n'avaient pas de couvertures pour s'assurer un minimum de confort la nuit. En outre, trois d'entre eux, Bull, Tom et Danny, étaient pieds nus.

Cependant, les couteaux de poche étaient efficaces pour vider et dépouiller le gibier qu'Adrian parvenait à capturer avec ses pièges et, grâce à la mauvaise habitude que le capitaine Tyler avait contractée dans les colonies — fumer du tabac —, ils avaient un briquet à amadou pour allumer du feu le soir. Un feu qui, outre l'agrément, leur permettait de faire cuire leur nourriture et de tenir à l'écart les animaux sauvages.

Le lendemain matin, quand ils se remirent en route, ils n'étaient donc pas dans un état pire que la veille. Raides et moulus, certes, pour avoir dormi par terre. Des égratignures, de petites coupures, les pieds endoloris et des démangeaisons provoquées par les piqûres des insectes qui avaient tourbillonné autour d'eux pendant toute la nuit, mais, à part cela, ils ne se sentaient pas trop mal et ne se plaignaient pas, à l'exception de Lavinia, naturellement.

La vie sauvage était partout. Des animaux à l'aspect inoffensif pour la plupart. Des oiseaux voletaient dans les frondaisons et des écureuils grimpaient avec une agilité merveilleuse le long des troncs et sur les branches. Des petites créatures à fourrure couraient sur le sol de la forêt, s'enfuyant ou se cachant dès qu'elles les entendaient approcher. Une grosse bête tachetée, ressemblant à un énorme rat, traversa le sentier devant Lavinia, la faisant se précipiter en poussant des cris d'orfraie dans les bras du capitaine. A un autre moment, un cerf jaillit d'un fourré et renversa Bull, avant de bondir de nouveau et de disparaître dans un autre fourré.

Ils aperçurent également un étrange animal avec de longs piquants sur le dos qui ressemblait de loin à un hérisson — en beaucoup plus gros — et plusieurs autres animaux avec des masques noirs autour des yeux, des oreilles pointues et des grosses queues touffues.

Danny fut frôlée par une petite créature toute mignonne, mais qui, d'après Adrian, n'avait rien de mignon, car il s'agissait probablement d'un putois. Il y avait des serpents également. Tous plus effrayants et répugnants les uns que les autres, accrochés aux branches des arbres, rampant en sifflant dans les fourrés ou glissant à la surface des mares et des ruisseaux qu'ils traversaient.

Par contre, aucun être humain. Pas plus d'Espagnols que de ces peaux-rouges aux mœurs cruelles et sauvages dont ils avaient entendu parler par les colons de retour du Nouveau Monde. Une absence de présence humaine qui leur donnait une sensation étrange. Comme s'ils étaient les premiers explorateurs d'un paradis immense et encore vierge. Une sensation qui, peu à peu, fut remplacée par une angoisse diffuse.

Quand enfin, ils virent des traces d'habitat humain, elles ne dissipèrent en rien leur angoisse.

Le quatrième jour, en fin d'après-midi, ils tombèrent par hasard sur les ruines d'une mission espagnole. Deux ou trois bâtiments en adobe, une sorte de torchis, dont les toits étaient complètement effondrés. Il s'agissait visiblement d'un établissement abandonné depuis longtemps, bâti sans doute un siècle et demi plus tôt, à l'époque où l'empereur Philippe II cherchait à établir ses droits sur l'ensemble des territoires explorés par ses marins et ses soldats. Ces ruines ne leur donnèrent pas d'indications sur l'endroit où ils se trouvaient.

Ils ne s'y attardèrent pas car les restes d'un feu de camp récent leur laissèrent supposer que des gens y bivouaquaient de temps à autre. Des gens qu'ils n'avaient aucune envie de rencontrer, car ce ne pouvaient être que des Sauvages ou des Espagnols…

Quelque temps plus tard, ils parvinrent à une rivière large et profonde. Après s'être longuement gratté la tête, le capitaine Tyler déclara qu'il s'agissait probablement de la rivière St. Jean. Si c'était le cas, ils se trouvaient à l'extrême nord de la péninsule de Floride. Le capitaine avait entendu dire que cette rivière restait large et profonde loin à l'intérieur et qu'ensuite son cours se dirigeait plein sud.

Comme ils n'avaient aucun moyen de la traverser, ils décidèrent de quitter le sentier et de la suivre vers l'intérieur des terres. Avec un peu de chance, ils réussiraient peut-être à trouver un gué.

Leur progression était beaucoup plus lente. En voyant que Danny avait de la peine à suivre, Adrian s'arrêta, enleva sa chemise et en déchira les manches. Elle le regarda faire avec curiosité, sans rien dire. Quand il lui ordonna de s'asseoir, elle haussa un sourcil étonné. Il s'accroupit en face d'elle et, lui prenant un pied, entreprit de l'envelopper avec l'une des manches. Puis il procéda de la même manière avec le second. Danny le regarda faire avec un mélange d'étonnement et de plaisir, puis, quand il eut terminé, elle leva la main et lui caressa les cheveux en signe de gratitude.

Il leva les yeux et lui sourit.

— Ces bandages ne protègeront pas beaucoup tes pauvres pieds, poupée, mais c'est déjà mieux que rien.

Elle rougit et lui rendit son sourire.

— Merci, milord, murmura-t-elle, plus reconnaissante encore pour son attention que pour le présent lui-même.

Il lui tendit la main et l'aida à se remettre debout. Bull et Tom avaient entrepris de bander leurs pieds également et ils attendirent qu'ils aient terminé avant de se remettre en marche.

Un nouveau bivouac. Une nouvelle journée de marche. Toujours pas de gué. Le lendemain matin, Adrian suggéra la construction d'un radeau.

— J'en ai fabriqué un quand j'étais encore en culotte courte, pour traverser le lac de la propriété de mon grand-père. Ce n'était pas une grande réussite, je dois l'avouer. Mais, après tout, nous avons seulement besoin d'un assemblage de bois rudimentaire, juste bon pour nous permettre d'atteindre l'autre rive.

Bull et Tom le regardèrent d'un air sceptique.

— Nous n'avons pas d'outils, objecta le capitaine Tyler.

— Ni de cordes, ajouta Bull.

— Nous avons nos couteaux, répondit Adrian avec détermination. Il faudra nous en contenter. Je n'ai aucune envie de rester sur cette rive de la rivière St. Jean et de risquer une rencontre avec les soldats espagnols. Nous avons eu de la chance jusqu'à présent, mais il n'est pas dit qu'elle durera éternellement.

Ils n'avaient pas de cordes, mais des lianes pendaient en abondance aux branches des arbres. Il suffisait de choisir les plus souples et de les tresser, un travail dont Bull et Tom avaient l'habitude. Pour le bois, c'était une autre affaire. Il y avait des arbres tout autour d'eux, mais sans haches il était impossible de les abattre. Ils se rabattirent donc sur des branches et sur des baliveaux, mais cela leur prenait beaucoup de temps pour les couper et pour les nettoyer de leurs rameaux. Heureusement, ils trouvèrent deux troncs déjà abattus — sans doute par une tempête — et ils s'en servirent pour constituer une sorte d'armature.

Deux journées entières furent nécessaires pour construire leur radeau — un radeau, naturellement, sur lequel ils ne pouvaient pas tous tenir. Seules Lavinia et Danny y prirent place — et encore, les mouvements désordonnés de Lavinia faillirent le faire chavirer. Les hommes se contentèrent de s'y accrocher, comme à un simple flotteur.

A part le naufrage de la *Lady Dorinda*, aucun d'entre eux n'avait jamais vécu une expérience aussi terrifiante que la traversée de la rivière St. Jean sur leur esquif sommaire. Malgré les directives d'Adrian et leurs efforts pour les suivre, la force du courant, quand ils furent au milieu du fleuve, les emporta plusieurs miles en aval, avant qu'ils parviennent à lui échapper et à retrouver des eaux plus calmes.

Ils n'étaient pas sauvés pour autant, car les tourbillons et leurs mouvements désespérés avaient distendu les lianes et leur radeau menaçait de se disloquer, alors qu'il leur restait encore un quart de la distance à parcourir.

Voyant qu'ils n'étaient plus très loin, le capitaine Tyler et Bull, qui étaient les seuls à savoir un peu nager, à part Adrian, lâchèrent le radeau et se dirigèrent tant bien que mal vers la rive. Déséquilibré, le frêle esquif bascula sur le côté et se disloqua encore un peu plus. Lavinia, qui n'avait pas cessé de se lamenter et d'implorer le ciel pendant toute la traversée, poussa un cri strident et s'accrocha frénétiquement à Adrian. Sous le choc, il lâcha prise lui aussi et coula avec elle. Quelques instants plus tard, ils refirent surface, mais Lavinia était comme folle et son agitation menaçait à chaque instant de les faire couler de nouveau — définitivement, cette fois-ci.

Danny était elle-même au bord de la panique. Elle était seule avec Tom maintenant sur un radeau qui continuait de se désintégrer en tournoyant dans le courant. En outre elle était déchirée entre son instinct de conservation et l'idée idiote qu'il lui fallait sauver Adrian, qu'elle devait faire quelque chose. Elle s'apprêtait à lui conseiller d'assommer Lavinia, quand elle vit que c'était justement ce qu'il avait fait. Avant que le radeau ne l'emporte au loin, elle eut le temps de le voir nager vers la rive en la traînant, à moitié inconsciente, derrière lui.

Elle put alors donner toute son attention à sa propre

situation, qui, à chaque seconde qui passait, se faisait de plus en plus précaire. Le radeau continuait à dériver. Elle envisagea de se mettre à l'eau et d'essayer de rejoindre la rive, comme l'avaient fait le capitaine Tyler et Bull, mais elle n'en eut pas le courage.

Lors du naufrage, elle avait failli se noyer et le souvenir en était encore trop vivace. Tant qu'Adrian avait été près d'elle, elle s'était sentie relativement en sécurité. Sans lui, elle ne pouvait penser à rien, hormis à ces instants terribles où elle avait cru que ses poumons allaient exploser. Elle cria à Tom de battre des pieds plus vite. Le malheureux jurait et se démenait comme un diable. Soudain, elle vit une masse devant eux. Un tronc d'arbre, immense, avec toutes ses branches et ses racines. Le choc fut terrible. D'un seul coup, le radeau se démembra et elle fut projetée dans l'eau.

Il lui fallut plusieurs secondes avant de refaire surface en crachant et en toussant. Une branche était à portée de sa main. Elle s'y accrocha désespérément. Ses pieds touchaient le sol. Elle était sauvée. Laborieusement, elle suivit le tronc en pataugeant et s'effondra sur la rive. Aussitôt, tout devint noir autour d'elle.

Quand elle reprit connaissance, Adrian était penché au-dessus d'elle.

— Ça va, poupée ? Rien de cassé ?

Elle lui sourit.

— Non, mais j'ai eu très peur.

Elle releva la tête et vit que le capitaine Tyler, Bull et Lavinia les avaient rejoints.

— Où est Tom ? s'enquit-elle d'une voix anxieuse. Il était avec moi quand le radeau s'est disloqué. Vous ne l'avez pas vu ?

Adrian secoua la tête.

— J'ai peur qu'il n'ait été emporté par le courant. S'il a réussi à rejoindre la rive, il nous retrouvera. Sinon…

Il écarta les bras et soupira.

— Que Dieu ait son âme.

En fin d'après-midi, il n'y avait toujours aucun signe de Tom. Adrian, Bull et le capitaine Tyler avaient fouillé la berge en aval à sa recherche pendant plusieurs kilomètres sans le moindre succès.

Ils avaient aperçu, en revanche, sur l'autre rive, une escouade de soldats espagnols et des Peaux-Rouges. Une découverte qui les incita à se remettre en marche vers le Nord, malgré les récriminations de Lavinia, qui prétendait être trop fatiguée pour cela.

A la tombée de la nuit, ils s'arrêtèrent dans une clairière pour bivouaquer. Ils étaient totalement épuisés et n'eurent même pas la force d'allumer un feu.

Allongés à même le sol, les pieds en sang et dévorés par les moustiques, ils étaient dans un état pitoyable. Comme à son habitude, Lavinia n'arrêtait pas de gémir, et il fallut que Bull la menace de l'étrangler pour réussir à la faire taire.

Danny ne l'écoutait même plus. Les yeux fermés, elle souriait en revoyant Adrian, le visage penché sur elle, plein d'anxiété et de sollicitude. Puis, juste avant de s'endormir, elle pensa aux Indiens que Bull et le capitaine Tyler avaient vus sur la rive opposée de la rivière St. Jean. Elle avait toujours été fascinée par les récits qu'elle avait entendus à leur sujet et elle se demanda à quoi ils pouvaient bien ressembler.

20.

La plus grande partie du lendemain se passa à chercher un sentier pour continuer leur route vers le Nord. Cette quête les conduisit presque jusqu'à l'embouchure de la rivière St. Jean. Au milieu de l'après-midi, elle fut enfin couronnée de succès et, une heure plus tard, environ, ils arrivèrent en vue du fort St. Georges.

Celui-ci avait été abandonné six ans plus tôt, en 1736, quand lord Oglethorpe avait accepté de se retirer de l'autre côté de la rivière Ste Mary, afin d'éviter un conflit territorial avec les Espagnols. Depuis lors, personne ne l'avait occupé et les intempéries avaient provoqué des dégâts irréparables. Néanmoins, derrière sa palissade en rondins, ils seraient plus en sécurité que dans un campement rudimentaire au milieu de la forêt ; et Adrian partit en reconnaissance pour voir s'ils pourraient s'y installer. A son retour, il confirma à ses compagnons qu'il était désert et en ruine, mais que l'un des bâtiments avait encore un toit à peu près en état.

Comme ils n'étaient utiles à rien d'autre, Lavinia et le capitaine Tyler furent chargés de le rendre habitable, tandis que Bull allait chercher du bois mort pour faire du feu dans la cheminée. De son côté, après avoir réquisitionné, non sans mal, deux des précieuses épingles à cheveux de

Lavinia, Adrian se mit en quête de nourriture, accompagné par Danny.

Ils commencèrent par poser des pièges, dans l'espoir d'attraper un ou deux lapins, car, depuis deux jours, ils n'avaient rien mangé hormis quelques baies, grappillées en chemin. A propos de baies, il n'y en avait guère autour d'eux. Ils en cherchèrent un long moment et rassemblèrent leur maigre cueillette dans le morceau de tissu que Danny avait emporté à cet usage. Ensuite, ils se dirigèrent vers la rivière et elle comprit enfin pourquoi Adrian avait réquisitionné les épingles à cheveux de Lavinia.

Quand Adrian lui demanda la corde qui lui servait de ceinture, elle le regarda d'un air étonné, mais ne chercha pas à discuter. Elle la dénoua et la lui tendit. Aussitôt, son pantalon glissa jusqu'au milieu de ses hanches.

Adrian s'arrêta, les yeux rivés sur son pantalon, comme s'il retenait sa respiration et attendait de voir s'il allait continuer sa course vers le bas. Puis il fronça les sourcils.

Elle avait perdu du poids, remarqua-t-il avec une pointe de regret. Elle avait l'air presque aussi fragile que lorsqu'il l'avait arrachée au sort que lui réservait le capitaine Tyler et l'équipage de la *Lady Dorinda*.

Elle remonta son pantalon d'un mouvement de hanches machinal et il reporta son attention sur la corde qu'il tenait dans sa main. Avec son couteau, il coupa le bout carbonisé, sépara trois brins de sisal et, après avoir rendu le reste de la corde à Danny, entreprit de les attacher bout à bout. Puis il coupa un baliveau bien droit, en fendit l'extrémité et y attacha solidement un bout de sa ficelle.

Prenant ensuite l'une des épingles à cheveux dans sa poche, il la courba soigneusement en forme de hameçon et la fixa au bout de sa ligne.

Les yeux de Danny s'illuminèrent.

— Vous allez pêcher des poissons !

Il grimaça un sourire.

— Je l'espère, du moins.

— Oh, vous allez en prendre, répondit Danny avec une foi tellement absolue dans ses talents de pêcheur qu'Adrian éclata de rire.

— Peut-être, mais d'abord il me faut des appâts — des vers ou des limaces. Espérons que je vais réussir à en trouver avant qu'il ne fasse trop noir.

— Pouah !

Ce fut le seul commentaire de Danny, mais elle l'aida dans sa quête sans rechigner.

A la quatrième pierre qu'ils retournèrent, ils découvrirent plusieurs gros vers de terre. Danny les regarda en faisant une mine dégoûtée.

— Vous voulez que je les tienne pendant que vous les enfilerez sur votre hameçon ?

Adrian la regarda et s'esclaffa. Levant la main, il lui ébouriffa les cheveux affectueusement.

— Ce ne sera pas nécessaire. Je peux me débrouiller tout seul.

Il prit l'un des vers, le fixa à son hameçon rudimentaire, puis il mit les autres dans son mouchoir et noua ensemble les quatre coins.

Ils retournèrent alors à la rivière et s'installèrent à un endroit qui leur parut favorable. Adrian lança sa ligne, tandis que Danny s'asseyait auprès de lui. Le silence s'instaura entre eux, brisé seulement par le clapotis de l'eau contre la berge, les coassements des grenouilles — et les gargouillis de l'estomac de Danny.

Au troisième gargouillis, Adrian jura entre ses dents.

— Mange quelques baies, Danny !

Il ne regarda pas vers elle, mais il sentit que la dureté de son ton l'avait surprise et il le regretta aussitôt.

— Je peux attendre, marmonna-t-elle en détournant les yeux. Nous mangerons bientôt, tous ensemble.

Adrian grinça des dents et fit un effort pour ne pas perdre patience.

— Mange ! ordonna-t-il. Tu es tellement maigre qu'au moindre coup de vent tu risques de t'envoler. Si tu continues ainsi, tu n'auras plus que la peau sur les os quand nous arriverons à Fort Frederica.

Il l'avait blessée, il le sentit, mais il refusa de tourner la tête vers elle et continua de regarder obstinément le bout de sa ligne. Il était en colère et elle croyait que c'était contre elle. Une colère qui l'intriguait presque autant qu'elle car elle n'avait rien fait pour la mériter. Mais il n'avait pas envie de lui expliquer qu'elle était dirigée contre lui-même. Il lui suffisait de la regarder pour se rendre compte qu'il était en train d'échouer lamentablement dans la mission qu'il s'était donnée de la protéger.

Il était conscient de chacun de ses mouvements, de chacune des expressions qui animaient son visage. Il se détendit légèrement quand elle posa son petit balluchon sur ses genoux, le défit, mit une baie dans sa bouche et entreprit de la mâcher lentement. Elle en mangea quelques-unes ainsi en silence, l'air affreusement misérable, puis elle renoua les quatre coins du balluchon et le posa soigneusement à côté d'elle.

— Je devrais peut-être aller relever les pièges, suggéra-t-elle après s'être éclairci la gorge.

— Il fait trop noir pour que tu y ailles seule. Un peu

de patience. Tout à l'heure, si rien ne mord, nous irons les relever ensemble.

Elle remonta ses genoux contre sa poitrine et les entoura de ses bras, se recroquevillant sur elle-même, comme si elle cherchait à se rendre invisible.

— Je pourrais peut-être retourner au camp, murmura-t-elle au bout d'un moment.

Adrian jura entre ses dents, planta sa canne dans le sol, prit Danny par la taille et l'attira à lui.

— Je préfère encore quand tu jures et pestes contre moi. Cela te mettrait un peu de baume sur le cœur, si je te disais que je suis désolé ?

Elle renifla et opina, mais ne répondit rien.

— Tu ne vas pas pleurer, au moins ?

Il avait l'air si horrifié à cet idée que Danny ne put réprimer un éclat de rire étouffé. Craignant que sa voix ne se brise, elle se contenta de secouer la tête. Elle avait trop envie de pleurer. De hurler, même. Il était déjà assez horrible d'avoir faim, mais s'entendre dire qu'elle était maigre à faire peur était cent fois pire. Ce n'était guère étonnant qu'il ne veuille plus d'elle. Comment pourrait-il avoir la tentation de faire l'amour à un sac d'os ?

Elle ressassa ses pensées moroses un certain temps, mais il était difficile de rester triste et déprimée, alors qu'Adrian se montrait aussi gentil avec elle. Il était vraiment très gentil — la plupart du temps, du moins. Après tout, il aurait peut-être de nouveau le désir d'elle quand elle pourrait manger à sa faim et qu'elle recouvrerait des formes plus attirantes. Oui, mais la garderait-il assez longtemps auprès de lui ? N'allait-il pas se débarrasser d'elle en la revendant à un autre colon ?

— Milord ?

— Mmm ?

— Je me demandais…

— Quoi donc ?

Elle inspira profondément et se jeta à l'eau.

— Avez-vous l'intention de me vendre à Fort Frederica ou attendrez-vous notre arrivée à Charleston ?

Elle le sentit se raidir. Il la repoussa brusquement et, malgré le manque de lumière, elle vit qu'il était furieux. Elle battit des cils et se mordit la lèvre.

— Je devrais te battre, dit-il d'une voix sourde.

Le cœur de Danny s'arrêta de battre.

— Me… me battre ? bredouilla-t-elle, le visage blême. Pou… pourquoi ? Je… je voulais seulement savoir quelles étaient vos intentions à mon égard.

Il détourna la tête et se passa la main nerveusement dans les cheveux.

— Quelle sorte d'homme crois-tu donc que je suis ? Penses-tu vraiment que je pourrais te vendre à quelqu'un d'autre maintenant ?

Elle sentit une vague de soulagement l'envahir.

— Vous voulez dire que vous me garderez avec vous jusqu'au terme de mon contrat ? Ecoutez, je… je ne vous en voudrai pas si vous me placez chez quelqu'un d'autre. Il est normal que vous ayez envie de récupérer votre argent. C'est seulement… Je… C'est votre remarque sur le fait que j'étais devenue affreusement maigre qui m'a…

Adrian jura entre ses dents.

— Tais-toi, Danny !

Elle obéit et un silence lourd et embarrassé s'abattit entre eux.

— Je pense que votre ver a coulé, dit-elle enfin.

Adrian releva sa canne progressivement, sans à-coups.

Un gros poisson frétillait au bout de la ligne. Ils le regardèrent un instant, stupéfaits devant une aussi belle prise, puis Adrian le ramena sur la berge, le décrocha du hameçon et l'enfila sur un morceau de bois pointu qu'il avait préparé à cet usage.

Danny le regarda faire avec une vague sympathie pour le poisson qui se tortillait en ouvrant la bouche désespérément. Elle ne se souvenait que trop bien de ce qu'elle avait ressenti quand elle avait failli se noyer. Sans Adrian…

Le menton posé sur ses genoux, elle se plongea dans ses pensées, tout en creusant le sol meuble de la berge avec ses doigts de pieds. Elle n'aimait pas qu'Adrian soit en colère contre elle, surtout quand il devenait froid et lointain, comme maintenant. Elle préférerait encore qu'il la batte. C'était trop insupportable !

— Je vois que j'ai dit quelque chose qui vous a déplu, mais je n'avais pas du tout l'intention de vous fâcher, dit-elle avec prudence.

Il resta silencieux, au point qu'elle se demanda s'il n'allait pas ignorer le rameau d'olivier qu'elle lui avait tendu.

— Sais-tu au moins ce que tu as dit ? fit-il finalement.

Elle soupira.

— Je… je m'étais dit que lorsque je me serais un peu « remplumée » je…

Elle ne finit pas sa phrase et haussa les épaules.

— Peu importe. Je n'avais pas l'intention de vous mettre en colère, voilà tout.

En voyant ses épaules basses et sa mine défaite, Adrian sentit sa colère s'estomper. Une colère qui avait été totalement irrationnelle… Il s'était senti blessé alors qu'elle l'avait simplement pris au mot, sans se poser de questions. Il pouvait lui reprocher de ne pas avoir senti que les choses avaient changé entre eux, mais il ne le lui avait jamais dit ou même laissé entendre. Il ne le lui avait pas dit, parce qu'il n'avait pas la moindre idée de ce qu'il allait faire d'elle.

Une seule chose était certaine : Il avait depuis longtemps écarté l'idée de revendre son contrat d'engagement à un autre colon. Pour le reste, il s'était seulement dit qu'il trouverait le moyen de l'installer confortablement quelque part. Certes, il pourrait lui rendre sa liberté, mais s'il le faisait elle tomberait inévitablement sous la domination d'un maître qui l'exploiterait, au mieux pour son travail, au pire pour ses charmes, ce qu'il ne voulait à aucun prix. Il avait le devoir de la protéger, de veiller à ce qu'elle ne manque de rien. Mais comme il n'avait formé aucun projet précis à son sujet, il l'avait laissée dans l'incertitude et elle avait peur qu'il la vende à un autre maître à leur arrivée à Charleston — ce qui avait été son intention au début, quand il lui avait fait signer son contrat d'engagement.

Il lui fallait la rassurer. D'une façon ou d'une autre. En lui montrant qu'il tenait à elle, même si, pour l'instant, il ne pouvait rien lui promettre.

Il posa la main sur son épaule et l'invita à se tourner vers lui.

— Viens, Danny.

Elle leva la tête et le regarda, pleine d'espoir, mais pas encore rassérénée. Après une brève hésitation, elle se rapprocha et se blottit contre lui. Un long moment, ils restèrent ainsi, l'un contre l'autre, sans dire un mot. Puis, lentement, sans la brusquer, il la prit dans ses bras et se pencha vers elle pour un baiser plein de douceur et de tendresse.

Il avait envie d'elle. Une envie presque douloureuse. Et en la sentant souple et malléable dans ses bras, il sut qu'elle était prête à se donner à lui. Totalement. Sans rien demander en échange.

— Oh, Danny…

— Adrian…

Ses baisers se firent plus ardents, plus passionnés. Instinctivement, elle lui répondit en gémissant de plaisir et en cambrant son corps contre le sien. Ses mains parcoururent fiévreusement les courbes de sa poitrine.

Puis, soudain, un bruit dans la forêt le ramena brutalement à la réalité.

Non, il ne pouvait pas. Pas ici, alors qu'ils pouvaient être surpris à n'importe quel moment par l'un de leurs compagnons.

Il roula sur le côté, le souffle court et le cœur battant à se rompre.

Elle protesta et essaya de le retenir.

— Chut, ma chérie, murmura-t-il en déposant un baiser sur son front.

— Vous n'avez plus envie de moi ? s'enquit-elle d'une voix inquiète.

Il lui prit la main et la posa sur son cœur.

— Tu sens comme il bat ?

Afin de la convaincre un peu plus, si elle ne l'était déjà, il fit glisser sa main le long de son torse et de son ventre pour lui faire toucher son membre viril — un attouchement curieux, hésitant, qui le mit au supplice.

— Et ça ? dit-il d'une voix rauque. Tu crois que c'est la réaction d'un homme qui n'a pas envie de toi ?

— Alors, prenez-moi, dit-elle simplement.

Il émit un son à mi-chemin entre le gémissement et l'éclat de rire étouffé.

— Ne me tente pas, ma chérie.

Elle le regarda d'un air perplexe.

Il grimaça un sourire.

— Avant de te donner à moi, tu as pris grand soin de ta vertu. Je n'ai pas le droit de me montrer insouciant avec elle maintenant.

— Mais, ils savent déjà que nous…

— Ils le supposent, l'interrompit-il en se redressant. Ils ne savent rien de précis et je n'ai aucune envie de changer leurs doutes en certitudes. Si je le faisais, tu deviendrais l'objet des racontars les plus orduriers, ce qui ferait de toi une proie idéale pour tous les coureurs de jupon de Charleston et des environs. Je ne suis pas maladroit avec une épée ou un pistolet, mais même si dans ce pays les lois ne sont pas aussi strictes qu'en Angleterre, je finirais par être mal vu de la justice si je venais à tuer en duel tous les hommes qui tenteraient d'obtenir tes faveurs.

Elle le regarda fixement tandis qu'il descendait vers la berge pour sortir de l'eau un deuxième poisson. La première surprise passée, un mélange d'incrédulité et de plaisir commença à sourdre dans son cœur. Il lui avait parlé comme si elle était une… lady ! C'était tellement incroyable qu'elle avait de la peine à l'accepter. Et il avait faim d'elle. Non seulement, il avait envie d'elle, mais il la trouvait assez séduisante pour éveiller les désirs des autres hommes — des hommes contre lesquels il serait prêt à se battre !

Cette pensée renforça sa confiance en elle. Après toutes ces années où elle avait été abandonnée, repoussée et privée d'amour, quelqu'un la désirait sincèrement. Et ce quelqu'un était l'homme le plus merveilleux qu'elle ait jamais connu !

21.

Ils atteignirent la rivière Ste Mary quelques jours plus tard, en coureurs des bois aguerris et endurcis. Lavinia était l'exception, naturellement, mais même si elle était fatiguée, en haillons et dévorée par les insectes, elle n'était pas dans un état plus pitoyable que ses compagnons. Elle avait réussi à les suivre tant bien que mal et elle avait cessé de se plaindre constamment.

La veille du jour où ils avaient quitté les berges de la rivière St. Jean, ils avaient festoyé, car Adrian avait réussi à prendre un lièvre dans l'un de ses pièges et trois gros poissons avec sa canne à pêche de fortune. Un festin providentiel, car, depuis lors, ils n'avaient pas eu grand-chose à se mettre sous la dent.

Le sentier qu'ils avaient suivi serpentait autour d'une vaste zone marécageuse dont ils avaient l'impression qu'ils ne verraient jamais la fin. Le gibier était rare ou — plutôt — le genre de gibier qu'ils pouvaient capturer. Dans la matinée, ils étaient arrivés au bord d'une petite mare. Ils nc s'étaient pas attardés !

La créature qui régnait sur ce domaine semblait être sortie tout droit d'un cauchemar. Enorme, au moins vingt pieds de long. Un dos large, des pattes recourbées qui auraient été ridicules si elles n'avaient pas été armées de griffes meurtrières. Avec cela une peau épaisse et hérissée de pointes, comparable à une armure. Des yeux jaunes et globuleux, un museau très long et une bouche immense, garnie d'une multitude de dents, capable de ne faire qu'une seule bouchée d'un mouton tout entier.

A leur approche, elle s'enfla comme un crapaud et émit un sifflement plein de défi. En l'entendant, Adrian et ses compagnons s'arrêtèrent brutalement et la regardèrent avec incrédulité. Elle ouvrit alors ses mâchoires et gronda — un grondement sourd qui fit trembler le sol sous leurs pieds.

Bull, Danny, le capitaine Tyler et Lavinia grimpèrent dans les arbres les plus proches avant même la fin du grondement. Adrian avait reculé avec précipitation, mais il était trop fier pour grimper dans un arbre — du moins tant qu'il ne se sentait pas directement menacé par le monstre.

Il était persuadé qu'une créature aussi énorme ne devait pas se déplacer très rapidement, d'autant plus qu'elle était visiblement mieux adaptée à la vie dans l'eau que sur la terre. Tirant son pistolet de sa ceinture, il arma, visa et fit feu.

Non sans surprise, il vit la balle rebondir sur sa carapace. Le monstre gronda de nouveau. Il était peut-être plus à l'aise dans l'eau, mais il démontra qu'il était capable de se déplacer avec une vitesse surprenante sur terre. Adrian eut tout juste le temps d'escalader le premier arbre qu'il rencontra sur son chemin.

— Vous l'avez rendu furieux ! s'exclama Danny. Je ne savais pas qu'il y avait en plus des dragons dans ce f... pays de m... !

— Je ne sais pas si tu parviendras un jour à te débarrasser de ton langage ordurier, marmonna Adrian avec une pointe d'exaspération. Pour le reste, je suis d'accord. Il n'a pas l'air de très bonne humeur. Cependant, ce n'est pas un dragon — heureusement, car s'il crachait du feu, nous serions en très mauvaise posture. Je crois que c'est un crocodile. J'ai entendu dire qu'il y en avait une espèce ici, assez semblable à celle que l'on trouve en Afrique. Je ne pensais pas qu'ils étaient aussi gros. Je me demande si sa chair est comestible ?

— Mon langage ordurier ! s'indigna Danny. Comme si c'était le moment de faire des ronds de jambe et des politesses ! Nous ne sommes pas dans un salon londonien, milord. Quand à savoir si sa chair est comestible, la question ne se pose pas, car c'est plutôt nous qui risquons de finir dans son estomac.

— Je... j'ai entendu dire que c'étaient des charognards, intervint le capitaine Tyler. Euh — hum — ils se nourriraient seulement de — hum — de chair en décomposition. Je crois que les Indiens les appellent « alligators ».

— Voilà une nouvelle rassurante, ironisa Danny. Je suis soulagée d'apprendre qu'il ne me mangera pas tout de suite. Il se contentera de me tuer et attendra que ma viande soit faisandée avant de festoyer à sa guise.

— Si vous ne la faites pas taire, Adrian, grommela Lavinia depuis l'arbre sur lequel elle était perchée, je vais aller lui arracher moi-même tous ses cheveux carotte et les lui faire manger.

— Essayez donc un peu, pour voir ! répliqua Danny sur un ton de défi.

— S'il te plaît, Danny, bannis une fois pour toute le mot « foutu » de ton vocabulaire, dit Adrian avec gravité, mais une lueur amusée au fond des yeux.

— Je ne l'ai même pas employé pour répondre à cette grosse truie ! protesta Danny avec véhémence.

— Quand avez-vous au juste l'intention de tuer ce monstre ? intervint Bull pour la première fois.

— A moins de lui loger une balle entre les yeux à bout portant, je ne vois pas comment je pourrais y parvenir, répondit Adrian. Mais si vous avez envie d'essayer, je serai très heureux de vous prêter l'un de mes pistolets.

Bull se le tint pour dit. Pendant une bonne demi-heure, ils regardèrent le monstre depuis leur perchoir, en se demandant s'il allait se décider à s'en aller. Puis un gros oiseau se posa sur l'eau, à l'autre bout de la mare, et commença à chercher sa nourriture avec son long bec au milieu des roseaux. L'alligator se retourna et se dirigea vers la berge en se dandinant. Puis, sans bruit, il se glissa dans l'eau et disparut. Quelques instants plus tard, il refit surface à quelques mètres à peine de l'oiseau. Sentant le danger, celui-ci battit des ailes. Pas assez vite — en un clin d'œil, il disparut dans la gueule du monstre.

Danny et ses compagnons avaient regardé la scène, la bouche ouverte.

— Je crois que c'est le moment de nous en aller, dit Adrian.

Quand ils aperçurent une autre mare, ils firent un large détour. Un poisson aurait été le bienvenu, mais ils n'avaient pas assez faim pour prendre le risque de se trouver de nouveau nez à nez avec un alligator.

En fin de soirée, ils eurent la chance de rencontrer des vignes sauvages. Les raisins étaient âpres, mais ils réussirent néanmoins à apaiser les gargouillis de leurs estomacs.

Le lendemain matin, ils en cueillirent derechef pour leur

petit déjeuner, mais Danny fit la fine bouche et regarda les grappes avec une mine dégoûtée.

Elle avait eu un évanouissement la veille et, bien qu'elle ait prétendu que c'était à cause de la chaleur, Adrian n'avait pas été convaincu. En outre, même s'il ne l'aurait jamais admis, l'incident l'avait profondément secoué et son humeur s'en était ressentie. Les mâchoires serrées, il lui ordonna de manger, si elle ne voulait pas qu'il les lui mette de force dans la bouche.

Elle lui répondit qu'il était une brute et un tyran, mais elle obéit et parvint à avaler quelques grains, malgré les violentes protestations de son estomac. Des protestations qui se transformèrent bientôt en nausées. Des nausées dont elle se serait réjouie si elles n'avaient pas été aussi douloureuses et humiliantes, car elles lui permettaient de montrer à Adrian que ce n'était pas par caprice qu'elle avait refusé de manger.

Cependant, quand elle se fut remise suffisamment, elle vit qu'il avait l'air encore plus secoué qu'elle. Il posa sa main sur son front, pour voir si elle avait de la fièvre. Cette sollicitude l'irrita un peu, mais lui réchauffa le cœur.

Elle n'avait pas de fièvre. Il secoua la tête, visiblement inquiet pour elle.

— Ce n'est pas normal. Tu dois couver une maladie.

— Je n'ai rien, se défendit-elle. Vraiment rien. J'en ai seulement assez de manger du raisin, voilà tout.

— Alors, il va falloir que je te trouve autre chose.

Une réplique ironique se forma sur le bout de sa langue — lui suggérer de courir acheter quelques petits pâtés à la viande au marché le plus proche — mais, visiblement, Adrian n'était pas d'humeur à en apprécier le sel.

— Nous pourrons peut-être pêcher du poisson ce soir,

dit-elle à la place. Le capitaine Tyler semble penser que nous ne devrions pas tarder à atteindre la rivière Ste Mary.

— Peut-être, mais tu as besoin de nourriture maintenant. Tout de suite.

— Je vais essayer de manger quelques grains de raisin, en les mâchant lentement. Tout à l'heure, j'ai voulu les avaler trop vite. Cela m'est arrivé auparavant. Quand je n'ai pas mangé pendant un certain temps, mon estomac se rétrécit et, au début, il refuse toute nourriture. Puis, peu à peu, il se remet à fonctionner.

C'était un mensonge, car elle n'avait jamais ressenti des symptômes de ce genre, mais, apparemment, Adrian la crut et en fut soulagé.

Elle s'assit et, non sans mal, mangea la moitié d'une grappe. Puis ils se remirent en marche et atteignirent la rivière Ste Mary aux environs de midi. Elle avait la tête qui tournait et les jambes qui flageolaient, mais, grâce à Dieu, elle n'avait pas eu d'autres évanouissements. Les eaux de la Ste Mary étaient très poissonneuses et, en une heure à peine, Adrian réussit à pêcher plusieurs gros poissons qu'ils firent griller sur un feu de bois. Une fois restaurés, Danny, Lavinia et le capitaine se reposèrent, tandis qu'Adrian et Bull allaient reconnaître la rivière afin de trouver le meilleur endroit pour la traverser. Deux heures plus tard, ils revinrent avec une nouvelle qui réjouit leurs compagnons : ils avaient découvert un arbre qui était tombé en travers de la rivière et qui formait presque un pont, à quelques kilomètres seulement en amont.

C'était légèrement exagérer. En ce qui concernait le pont, du moins. Il y avait bien un arbre en travers de la rivière, mais il n'était pas très gros, une vingtaine de pouces à peine de diamètre à la base, et son extrémité, un enchevêtrement touffu de petites branches, était à moitié immergée à une vingtaine de pieds environ de l'autre rive. Lavinia y jeta un coup d'œil et affirma que jamais elle ne pourrait traverser une passerelle aussi rudimentaire.

Bull fut le premier à s'y hasarder. A mi-chemin, il glissa, faillit se rompre les os, et continua à quatre pattes. A l'extrémité de l'arbre, il n'eut pas besoin de sauter à l'eau. Les branches plièrent et le déposèrent délicatement dans la rivière. Quand il en émergea, ses compagnons virent qu'il avait de l'eau seulement jusqu'au menton. Il se mit à patauger et parvint jusqu'à l'autre berge — non sans mal.

Le capitaine Tyler le suivit. A quatre pattes dès le début. Aux deux tiers du tronc, il se laissa glisser à l'eau et rejoignit Bull, d'abord en s'accrochant aux branches, puis en nageant — ou, plutôt, en faisant des mouvements plus ou moins désordonnés qui, heureusement, suffirent à lui maintenir la tête hors de l'eau.

Danny fut désignée pour être la prochaine victime. Elle regarda l'arbre avec appréhension. Elle faisait une bonne tête de moins que Bull, ce qui signifiait qu'elle n'aurait pas pied s'il lui arrivait la même mésaventure. Adrian lui proposa de la porter, mais cette solution lui plaisait encore moins. Finalement, elle s'assit, défit les bandages de ses pieds et les mit dans les poches de son pantalon avant de monter sur le tronc. Quand elle arriva au milieu de ce dernier, elle le sentit plier sous son poids. Elle s'arrêta un instant, écartant les bras afin de mieux contrôler son équilibre.

— Tu devrais essayer à quatre pattes, suggéra Adrian.

— Et au bout, comment je fais ? fit-elle avec un sourire faussement désinvolte. Je n'ai pas envie de me noyer.

— Alors, je vais aller avec toi. Si nous tombons, au moins je sais nager.

Elle sautilla deux ou trois fois sur le tronc.

— Je ne crois pas que ce serait une bonne idée. Il ne supporterait pas notre poids et nous nous blesserions tous les deux sur les branches qui dépassent. Elles sont horriblement pointues.

En la voyant esquisser un pas de danse, Adrian sentit son cœur s'arrêter de battre.

— Arrête de faire l'idiote sur ce f… arbre, Danny ! Tu vas te rompre le cou. Et si tu t'en sors indemne, c'est moi qui te le tordrai quand j'arriverai de l'autre côté !

Danny se retourna vers lui, un grand sourire aux lèvres. Intérieurement, elle n'en menait pas large, mais pour rien au monde elle ne l'aurait laissé voir.

— Quel langage, milord ! Je croyais que le mot f… devait être banni à jamais de la bouche d'un gentleman ?

Il jura entre ses dents et lui décocha un regard furibond.

— Si jamais je…

Elle n'entendit pas la fin de sa phrase.

Elle courut le long du tronc et, parvenue au bout, elle prit son élan et se jeta en avant, le plus loin possible.

Lorsque l'eau se referma au-dessus de sa tête, elle éprouva un instant de panique, mais, presque aussitôt, ses pieds touchèrent le fond de la rivière. Elle se redressa. Sa tête émergeait — comme elle l'avait espéré. La rive était toute proche.

En se retournant, elle vit qu'Adrian était au milieu de la rivière. Une lueur meurtrière brillait dans ses yeux. Il valait mieux ne pas l'attendre. Elle gagna en pataugeant la rive, avec plus de hâte que de dignité, tout en jetant un regard de temps à autre par-dessus son épaule pour voir s'il gagnait du terrain. Il en gagnait. Rapidement.

Elle grimpa fébrilement sur la berge et courut jusqu'à la lisière de la forêt. Il valait mieux mettre un peu de distance entre eux — le temps de jauger son humeur. Il avait l'air furieux. Vraiment furieux.

— Je ne faisais pas l'idiote ! se défendit-elle quand elle le vit sortir de l'eau et se diriger vers elle, les poings serrés.

Il ne dit rien et continua à avancer, le visage fermé.

— Il fallait bien que je traverse, non ? s'exclama-t-elle avec indignation. Il m'a semblé que c'était le meilleur moyen pour moi. Courir et sauter le plus loin possible.

Il n'avait pas l'air de vouloir entendre raison. Elle jeta un bref coup d'œil à Bull et au capitaine Tyler, mais ni l'un ni l'autre ne semblèrent avoir envie de prendre sa défense. Elle fit un pas de plus en arrière et songea à prendre ses jambes à son cou ; las, il était trop près pour qu'elle puisse lui échapper.

Elle pâlit et se mit à trembler.

— Vous me faites peur !

— Je l'espère bien ! répliqua-t-il en la dominant de toute sa hauteur, les yeux étincelant de colère. C'est un prêté pour un rendu. Si jamais tu t'avises de recommencer un coup pareil, Danielle Cooper, je ferai en sorte que tu ne puisses plus t'asseoir pendant une semaine.

Danny mit ses mains sur ses hanches et soutint bravement son regard.

— Cela ne sert à rien d'essayer de m'amadouer maintenant, Votre Grâce. Je n'ai pas l'intention de vous laisser vous amuser avec mon c…, alors que vous refusez obstinément d'entendre raison !

Adrian sentit ses joues s'empourprer et jeta un coup d'œil inquiet par-dessus son épaule. A son grand soulagement, il vit que Bull et le capitaine Tyler étaient au bord de la rivière, en train d'essayer de convaincre Lavinia de traverser. Il retourna son attention vers Danny, en réprimant avec peine son envie de l'étrangler, mais, finalement, il fut sensible au comique de la situation et ses lèvres frémirent.

— Jamais encore je n'avais rencontré une fille avec un langage aussi effronté, marmonna-t-il d'une voix quelque peu radoucie.

Elle battit des cils et lui décocha un sourire malicieux.

— Vous aurais-je donné des idées, milord ?

— Oui.

Il jeta un autre coup d'œil par-dessus son épaule. Leurs compagnons étant toujours occupés, il attira Danny derrière un arbre et emprisonna ses fesses dans les paumes de ses mains, mi joueur, mi sensuel.

— Des idées à propos de ton joli petit derrière — pour ne pas employer le mot pour le moins malsonnant dont tu fais un usage trop fréquent à mon goût. Par la même occasion, j'aimerais aussi savoir si ta bouche sait faire autre chose que dire des grossièretés.

Elle leva la main et caressa la barbe noire qu'il avait laissé pousser depuis leur naufrage. Il avait essayé de se raser avec son couteau, mais n'avait réussi qu'à s'écorcher et, finalement, il avait préféré renoncer. Elle était contente qu'il n'ait pas réussi. La barbe lui allait bien ; en outre, elle avait l'impression qu'il était plus proche d'elle ainsi — qu'il n'était plus le haut et puissant lord Beaumont mais simplement Adrian, l'homme qu'elle aimait.

— Je ne serais que trop heureuse de vous montrer tout ce dont elle est capable.

Les yeux d'Adrian brillèrent d'anticipation.

— Vraiment ?

Puis il soupira, déposa un petit baiser sur le bout de son nez et la serra dans ses bras quelques instants avant de la relâcher.

— Bientôt, gamine. Bientôt.

En la voyant détourner la tête, l'air déçue, il lui prit le menton et plongea ses yeux dans les siens.

— Tu te souviendras de ta promesse, n'est-ce pas ?

Elle lui rendit son sourire et hocha la tête.

— J'ai une excellente mémoire, milord.

Il se pencha et effleura ses lèvres des siennes.

— Bien. Allons voir maintenant si nous pouvons convaincre Lavinia de nous rejoindre.

— Vous n'y arriverez pas, même si vous passez toute la soirée et toute la journée de demain à la supplier. Si vous voulez qu'elle traverse, il faudra aller la chercher.

Danny ne s'était pas trompée dans son pronostic. Après une bonne demi-heure de cajoleries et de conseils, Adrian traversa la rivière à la nage, la chargea sur son épaule comme un vulgaire sac de blé et s'engagea sur le tronc d'arbre — malgré les protestations et les coups de pied de l'intéressée.

— Si vous n'arrêtez pas de crier et de gigoter, je vous jette à l'eau !

La menace suffit à la calmer.

Bull et le capitaine Tyler entrèrent dans la rivière, la réceptionnèrent et la portèrent sur la berge, tandis qu'Adrian sautait du « pont » et finissait la traversée à la nage.

Après avoir pris un peu de repos, le petit groupe se remit

en marche vers le Nord. Au milieu de l'après-midi, ils s'arrêtèrent dans une clairière pour bivouaquer. Ils avaient de nouveau faim et, comme il leur restait plusieurs heures de jour, ils pouvaient espérer capturer du gibier ou pêcher du poisson pour leur dîner.

Adrian fut un peu surpris lorsque Bull, de lui-même, proposa de s'occuper de la pêche. Il n'avait jamais refusé de faire aucune des tâches qui lui avaient été confiées auparavant, mais il les avait accomplies la mine renfrognée, afin de bien montrer qu'il n'avait pas d'ordres à recevoir d'Adrian. Et, jusqu'alors, il ne s'était jamais porté volontaire pour aucune corvée.

Ce changement d'attitude éveilla les soupçons du lord. Malgré tous ses efforts, il ne trouva aucune raison à ce revirement — hormis, peut-être, la faim. Et il ne put trouver aucune objection raisonnable à la requête. Il confia donc à Bull son matériel de pêche rudimentaire et le regarda s'éloigner vers la rivière, les sourcils froncés, avant de charger Lavinia de la corvée de bois.

Lavinia protesta. Elle était trop fatiguée et avait besoin d'un peu de temps pour se rafraîchir et pour faire sa toilette. Danny l'accompagnerait et, quand elle n'aurait plus besoin de ses services, elle pourrait ramasser du bois mort.

Adrian fut tenté de lui répondre que Danny n'était pas sa camériste et que chacun devait faire sa part de corvée. Puis il se dit qu'il avait été particulièrement dur avec Lavinia. Pour deux raisons : parce qu'il n'éprouvait plus aucun intérêt pour elle et parce qu'elle n'avait pas arrêté de se plaindre. Un boulet. S'il n'avait pas été un gentleman, avec des principes et des scrupules, il l'aurait volontiers abandonnée au bord du chemin. Cependant, maintenant qu'il y réfléchissait, si leur expédition à travers cette contrée sauvage avait été dure pour Danny, elle avait dû l'être doublement pour Lavinia qui, auparavant, n'avait jamais manqué de rien et qui avait eu l'habitude d'avoir des domestiques à son service.

Il lui répondit donc que Danny pouvait l'accompagner, non pas pour la servir, mais afin qu'elles se prêtent assistance l'une à l'autre en cas de danger. Surtout, elles ne devaient pas trop s'éloigner de la clairière, ajouta-t-il en donnant l'un de ses pistolets au capitaine Tyler. Ainsi, il serait assez près pour leur venir en aide, le cas échéant.

Comme Danny faisait la moue, visiblement peu satisfaite d'un tel arrangement, il lui caressa la joue en lui recommandant de ne pas trop en faire et, surtout, de ne pas se laisser rudoyer par Lavinia. Elle n'était pas sa maîtresse et elle n'avait pas d'ordres à lui donner.

Là-dessus, il quitta la clairière pour aller poser ses pièges, persuadé qu'il serait obéi et que tout se passerait bien pendant son absence.

Danny et Lavinia le regardèrent s'éloigner, aussi furieuses l'une que l'autre, quoique pour des raisons différentes. Puis, sans un mot, elles s'enfoncèrent au milieu des arbres, en suivant la berge de la rivière. N'ayant rien en commun, elles n'avaient rien à se dire. De plus, Lavinia se considérait comme une trop grande dame pour daigner parler avec une mendigote.

Dès qu'elles furent hors de vue de la clairière, Danny s'arrêta. Lavinia émit un reniflement désapprobateur et continua. Danny hésita. Cela l'ennuyait de la suivre, d'abord parce qu'elle trouvait que c'était inutile d'aller plus loin et ensuite parce qu'elle ne voulait pas désobéir à un ordre express d'Adrian. Au bout d'un moment, toutefois, elle se décida à lui emboîter le pas, non sans regarder de temps à autre par-dessus son épaule, afin de voir à quelle distance elles étaient de la clairière.

— Ah, voilà l'endroit parfait ! s'exclama Lavinia juste au moment où Danny s'apprêtait à refuser de faire un pas de plus.

Danny ne voyait pas ce qu'il avait de mieux que les autres, mais elle ne fit pas de commentaire. Elle avait chaud et l'idée de Lavinia de se rafraîchir et de faire un peu de toilette commença à lui paraître très séduisante. Cela aurait été préférable, naturellement, si elles avaient eu du savon, mais pouvoir se laver à l'eau claire en se frottant était déjà mieux que les bains toutes habillées et plus ou moins forcés qu'elles avaient pris auparavant.

En outre, elles disposaient d'une certaine intimité. Le capitaine Tyler était celui de leurs compagnons qui était le plus près d'elles et Danny ne l'imaginait guère se glissant entre les fourrés pour venir les espionner.

Ayant pris sa décision, elle se dirigea vers un buisson, s'assura qu'il n'y avait pas de serpents aux alentours et se mit à se déshabiller. Non sans une pointe d'amusement, elle vit que Lavinia battait les fourrés avec un bâton. Satisfaite, la lady releva ses jupes et entreprit d'enlever le peu de sous-vêtements qui lui restaient.

En la voyant faire, Danny ne put s'empêcher d'éprouver une certaine compassion. Certes, elle était elle-même vêtue de haillons, mais elle, au moins, elle y était habituée. Cela devait être dur d'en être réduit à une pareille extrémité après avoir vécu toute sa vie dans la soie et le satin, avec une camériste pour exaucer le moindre de vos caprices.

Elle haussa les épaules. Elle avait subi trop de choses au cours de sa brève existence pour avoir longtemps pitié d'une femme qui la méprisait ouvertement et qui l'aurait laissée se faire écharper par l'équipage de la *Lady Dorinda* sans verser une larme et sans lever le petit doigt pour la défendre.

Elle se retourna et finit de se déshabiller. Comme elle n'avait qu'un pantalon et une chemise, il ne lui fallut pas longtemps. Elle les roula en boule et descendit la berge. Après avoir mis ses vêtements sous un rocher, dans le lit de la rivière, elle les laissa tremper et s'accroupit pour faire sa toilette. Elle venait à peine de commencer à se frotter quand elle reçut un choc dans le dos. Lavinia avait également roulé en boule ses vêtements sales et les lui avait jetés. Danny se retourna vers elle et lui décocha un regard noir.

— Lave-les, lui jeta Lavinia sur un ton impérieux, tout en pataugeant dans l'eau.

Danny prit le paquet de vêtements et le lança sur l'herbe.

— Plus tard, si j'ai le temps, répliqua-t-elle sèchement en retournant à sa toilette.

Prenant un peu de sable dans sa main, elle le testa sur son bras. Il était un peu abrasif mais cela ne devrait pas l'irriter — à condition de ne pas frotter trop fort. Elle aurait ainsi la peau plus propre que si elle se lavait seulement à l'eau claire.

A défaut de savon... Elle se frotta tout le corps soigneusement, y compris les cheveux, puis elle se rinça et retourna sur la berge où elle entreprit de taper sa chemise et son pantalon avec un galet. Ils étaient dans un tissu très grossier et elle se lassa avant d'être complètement satisfaite de leur état. Enfin, ils étaient déjà moins sales, se dit-elle avec un haussement d'épaules désabusé. Elle les tordit pour les essorer et les étala sur un buisson pour les faire sécher.

Elle regarda le tas de linge de Lavinia en se demandant si elle allait le laver, le lui renvoyer à la figure ou ne pas y toucher. Finalement, elle haussa les épaules. Elle n'avait rien d'autre à faire, après tout, hormis attendre que ses propres vêtements aient un peu séché. Prenant le paquet de linge, elle le mit dans l'eau et entreprit de le battre avec un galet… avec une telle vigueur qu'elle fit un trou dans la robe et dans l'un des jupons. D'abord horrifiée, elle se dit qu'après tout, cela n'avait pas grande importance ; Lavinia les jetterait pour en racheter d'autres dès qu'ils auraient retrouvé la civilisation. Si elle venait à se plaindre, elle lui ferait remarquer qu'elle n'était pas une lavandière expérimentée et que ce n'était pas de sa faute si le tissu de ses vêtements était aussi fragile.

Cependant, il valait peut-être mieux qu'elle ne le remarque pas tout de suite. Cette idée en tête, Danny les tordit pour les essorer et alla les étendre un peu à l'écart, en faisant en sorte que les trous ne soient pas apparents. Ensuite, elle alla voir ses propres vêtements. Ils étaient à peine plus secs que lorsqu'elle les avait étendus. Une partie de l'eau s'était accumulée dans les parties basses. Elle les tordit de nouveau et elle se demandait si elle allait se rhabiller ou les laisser encore un peu au soleil quand un mouvement dans les bois, en aval de la rivière, attira son regard.

Non, il n'y avait rien. Un reflet, peut-être, dû au vent dans les frondaisons…

Tout à coup, elle se figea. Les yeux écarquillés de stupeur, elle regarda fixement la vision qui venait d'apparaître au milieu des arbres, à une certaine distance, de l'autre côté de la rivière.

Grand et la peau couleur de bronze, presque aussi nu qu'elle. Nu !

L'espace d'un instant, son esprit fut comme paralysé. Puis, elle saisit ses vêtements, se précipita derrière un buisson et se rhabilla à la hâte, en tremblant comme une feuille.

Lavinia, apparemment, n'avait pas remarqué la présence de l'intrus.

— Cela ne me regarde pas et je ne voudrais pas vous inquiéter inutilement, mais si j'étais à votre place je sortirais mon gros c… de l'eau et je retournerais dare-dare dans la clairière…

— As-tu vraiment besoin d'être aussi crue et vulgaire ? répondit Lavinia avec hauteur. D'ailleurs, pourquoi faudrait-il que je retourne dans la clairière ? Je suis bien ici.

— A votre guise. Moi, je m'en vais.

— Tu n'as aucune raison de te presser ainsi. Je suppose que ton — hum — ami devrait être là d'un instant à l'autre. J'ai eu assez de peine pour arranger ce rendez-vous entre vous deux.

Danny fronça les sourcils. Que diable voulait-elle dire ?

— Mon ami ? Je ne sais pas de qui vous parlez, mais je n'ai aucun besoin de l'attendre !

— Tiens, le voilà, justement ! dit Lavinia d'une voix triomphale.

En voyant Bull sortir des buissons, Danny resta bouche bée. Elle le dévisagea, incapable de comprendre ce qui se tramait. Bull était supposé être en train de pêcher, plus bas. Que pouvait-il bien faire ici ?

Etant donné la situation, elle l'aurait presque accueilli avec soulagement, si l'expression de son visage n'avait pas été aussi dure et cruelle. Il lui saisit les bras brutalement.

Elle était tellement surprise que, sur le moment, elle ne chercha même pas à se débattre.

Lavinia s'esclaffa méchamment.

— Amuse-toi bien, ma chère Danny. Et toi aussi, Bull. Ne la fatigue pas trop, quand même. Adrian pourrait encore avoir envie d'elle. Je ne le pense pas vraiment, mais on ne sait jamais.

Brusquement, Danny comprit. Elle était tombée dans un piège.

22.

C'était sans espoir et Danny le savait. Mais elle ne s'était jamais rendue sans se battre et ce n'était pas maintenant qu'elle allait commencer. Poussant un cri outragé, elle se débattit furieusement, en griffant et en donnant des coups de poing et des coups de pied rageurs. Un véritable chat sauvage. Stupéfait, Bull chercha d'abord à se protéger. Pas assez vite. En un instant, il fut meurtri des pieds à la tête et griffé profondément au visage et au cou.

Cependant, c'était un homme solidement bâti et quand il réagit, l'effet fut dévastateur. Un coup de poing envoya Danny sur le dos. Elle heurta le sol si brutalement qu'elle en eut le souffle coupé et qu'elle perdit à moitié connaissance. Pendant un moment qui lui parut horriblement long, elle n'eut plus que vaguement conscience des choses qui l'entouraient. Des voix lui parvinrent, lointaines, à demi étouffées. Des voix qu'elle reconnut comme étant celles de Bull et de Lavinia.

— Vous ne m'aviez pas dit que vous alliez la tuer !

— Regardez ce que cette f… putain m'a fait ! Je devrais lui briser le cou. Du reste, c'est peut-être ce que je ferai, quand j'aurai tiré mon coup. Une fois morte, elle ne pourra plus aller se plaindre à son f… milord.

— Pour l'amour du ciel, ne faites pas ça ! Vous croyez qu'Adrian ne devinera pas ? Ce n'est pas un imbécile. Regardez-vous ! Elle vous a griffé jusqu'au sang.

Danny fit un effort pour entrouvrir les paupières et vit qu'ils étaient penchés au-dessus d'elle. Elle était incapable de bouger et elle songea avec un étrange détachement qu'elle allait mourir. Avec le même étrange détachement, elle regarda Bull tirer son couteau de sa ceinture.

A ce moment-là, Lavinia fit une chose qui l'intrigua fort. Elle ouvrit la bouche et s'effondra lentement sur elle-même, telle une feuille morte. Bull se retourna brusquement pour faire face à une menace qu'elle ne voyait pas. Au même instant, une masse sombre se jeta sur lui et l'entraîna sur le sol. Le bruit d'une lutte farouche et bestiale parvint aux oreilles de Danny.

Peu à peu, elle reprit ses esprits. Elle avait mal. La douleur lui redonna goût à la vie. Il fallait qu'elle s'échappe… Elle essaya de se lever. En vain. Finalement, elle roula sur le côté, puis sur le ventre. Elle poussa sur ses bras tremblants et rampa maladroitement, jusqu'à ce que, épuisée, elle ferme les yeux et perde de nouveau connaissance.

Quand elle revint à elle, ce fut pour voir Lavinia se lever maladroitement et prendre ses jambes à son cou. Elle l'appela, mais soit elle ne l'entendit pas, soit elle était trop terrorisée pour penser à autre chose qu'à son propre salut. Danny la suivit des yeux, le visage blême. Même si elle allait chercher du secours, elle ne pourrait sûrement pas être de retour assez tôt pour lui venir en aide.

A quelques pas d'elle seulement, la lutte continuait entre Bull et le sauvage. Une lutte à mort. Pendant des minutes qui lui parurent interminables, ils roulèrent l'un sur l'autre en grognant comme des bêtes fauves.

Avait-elle encore le temps de s'enfuir ?

Elle tâcha de se mettre debout, mais ses jambes refusèrent de lui obéir.

Elle ferma les yeux et pria.

« Mon Dieu, je vous en supplie, donnez-moi la force de me lever… »

Quand elle rouvrit les yeux, le peu de courage qui lui restait s'évanouit. Il était trop tard. La bataille était terminée. Bull avait perdu.

Le sauvage se redressa et contempla son ennemi vaincu. Il haletait. Il était grand — un peu plus grand qu'Adrian, estima-t-elle. Mince et musclé.

Il poussa un cri de triomphe et s'accroupit. Danny sentit un frisson glacial lui parcourir le dos. Elle ferma les yeux, afin de ne pas voir ce qu'elle croyait qu'il allait faire — scalper Bull. Maintes fois, elle avait entendu parler de cette coutume barbare des guerriers du Nouveau Monde. Au bout d'un moment, cependant, tenaillée par la curiosité, elle rouvrit un œil. Pour découvrir qu'il s'était accroupi seulement pour nettoyer son couteau sur les vêtements de sa victime. Il se releva et remit son couteau dans son fourreau. Danny éprouva un profond sentiment de soulagement. Il ne l'aurait sûrement pas nettoyé s'il avait l'intention de s'en resservir.

Il fureta autour de lui. Il la cherchait. Elle pensa encore à se lever et à courir, mais le peu de force qu'elle avait l'abandonna quand ses yeux se posèrent sur elle. Des yeux très noirs.

Lorsqu'elle le vit se diriger vers elle, elle remonta ses genoux contre sa poitrine. Un mouvement instinctif pour se protéger.

Il s'approcha lentement, d'un pas souple et silencieux,

les yeux fixés sur elle avec une intensité qui acheva de la paralyser. Cela dit, il n'y avait rien de menaçant dans son approche. Il se montrait prudent et circonspect, comme si elle était un animal blessé ou apeuré.

Quand il s'accroupit devant elle, elle avala avec peine et le dévisagea, les yeux écarquillés, craignant qu'il bondisse sur elle au moindre battement de cils.

Il lui prit le menton, fermement, mais sans brutalité. Elle n'aurait pas eu mal, si son visage n'avait pas été déjà aussi douloureux. Elle grimaça. Il la relâcha immédiatement et, lui prenant une main, il considéra son bras attentivement. Apparemment satisfait, il lui prit l'autre main et lui tâta le bras du poignet jusqu'à l'épaule.

Etait-il l'un de ces cannibales dont elle avait entendu parler ? Sa façon de la tâter ressemblait d'une manière atroce à la façon dont elle avait vu les ménagères tâter les pattes des volailles sur les marchés. Mais, pour incroyable que cela fût, il s'était seulement assuré qu'elle n'était pas blessée. Lentement, sa terreur se dissipa et un espoir encore fragile commença à naître dans son cœur.

Son esprit n'étant plus paralysé par la peur, la curiosité prit le dessus. Elle avait toujours été fascinée par les récits qu'elle avait entendus sur les indigènes de ce pays et, malgré elle, elle ne put s'empêcher de l'examiner.

Un examen qui, tout à la fois, la soulagea et la déçut un peu. Sa peau brune, cuivrée, tirait presque sur l'acajou. Il était entièrement nu, hormis une sorte de pagne fixé à la taille par une lanière de cuir, et qui couvrait seulement ses parties génitales.

Son soulagement et sa déception tenaient au fait qu'il n'avait pas l'air différent d'un homme blanc, si ce n'était la couleur de sa peau. Ses cheveux étaient tirés en arrière et rassemblés en un petit chignon au sommet de sa tête, lequel était maintenu par une autre lanière de cuir et décoré de trois plumes d'aigle.

Les traits de son visage ne différaient guère non plus des traits d'un homme blanc. Un nez aquilin, légèrement busqué, des pommettes hautes et saillantes, une mâchoire et un menton fermes et volontaires. Des yeux en amandes, aussi noirs que ses cheveux.

Un homme bien fait, de visage comme de corps.

Elle avait imaginé que les sauvages étaient plus animaux qu'humains. Elle s'était grossièrement trompée. C'était un être humain. Aussi humain qu'elle-même ou que n'importe quel Européen.

Elle s'avisa qu'il l'avait détaillée avec une curiosité au moins aussi grande que la sienne à son égard. Elle rougit et se troubla légèrement. Il se mit alors à parler. Les sons qui sortaient de sa bouche ne ressemblaient à rien de ce qu'elle avait jamais entendu. Elle écarquilla les yeux et lui fit signe avec ses mains qu'elle n'avait pas compris. Il fronça les sourcils.

— Debout, dit-il simplement en se redressant.

Un mot qui la surprit encore plus que le langage guttural qu'il avait employé auparavant. Elle s'efforça de lui obéir, puis elle se rendit compte que ce n'était pas un ordre qu'il lui avait donné. Il lui avait seulement demandé si elle était capable de se lever. Comme elle était déjà à moitié debout, elle se redressa tout à fait. Elle avait la tête qui tournait et les jambes qui flageolaient. Les yeux fermés, elle s'adossa à un arbre. Elle sentit les mains de l'Indien sur ses épaules. Il ne voulait que l'aider à garder son équilibre.

Puis, soudain, la voix d'Adrian retentit. Une voix glaciale.

— Ecarte-toi de lui, Danny.

Elle rouvrit brusquement les yeux. Elle n'était pas surprise de le voir. Il n'y avait rien d'étonnant dans le fait qu'il ait entendu les cris et les grognements de Bull et de l'Indien pendant leur combat à mort. Non, ce qui la fit sursauter, ce fut le pistolet qu'il tenait dans sa main et la lueur meurtrière qui brillait dans ses yeux. Et elle fut encore plus étonnée par la présence, à quelques pas derrière lui, d'un inconnu vêtu du costume traditionnel des Ecossais des Highlands. Une vision tellement incongrue qu'elle se demanda si le coup qu'elle avait reçu sur la tête ne lui avait pas brouillé l'esprit.

Elle reporta son attention sur Adrian et sut qu'il abattrait l'Indien dès l'instant où elle s'écarterait de lui. L'Indien s'en était avisé également, car tous ses muscles s'étaient tendus, comme s'il était prêt à bondir. Sa main se posa sur la poignée de son couteau. Instinctivement, elle mit sa main sur la sienne et s'interposa entre les deux hommes.

— Non ! Ne tirez pas ! Il m'a sauvé la vie.

Presque au même moment, l'Ecossais intervint.

— Ne faites pas l'idiot ! C'est Aigle Noir ! C'est un ami !

Adrian regarda successivement Danny et l'Indien derrière elle.

— Que s'est-il passé ? s'enquit-il, les traits du visage contractés, tout en remettant son pistolet à sa ceinture.

Danny lui raconta en quelques phrases l'agression dont elle avait été victime, mais en omettant le rôle que Lavinia avait joué. Elle avait l'esprit encore un peu embrumé et, avant de porter une telle accusation, il lui fallait d'abord mettre de l'ordre dans ses pensées. D'une façon étrange, elle se sentait embarrassée, comme si elle était coupable de quelque chose. Elle savait qu'elle n'avait rien fait pour provoquer une pareille attaque de la part de Bull, mais c'était plus fort qu'elle.

Lavinia s'accusa elle-même. Arrivant avec le capitaine Tyler juste au moment où Danny finissait de parler, elle fut immédiatement persuadée qu'elle avait tout dit à Adrian.

— Elle ment ! protesta-t-elle avec véhémence. Je n'ai rien à faire dans cette histoire ! Je suis même allée chercher de l'aide !

Adrian se retourna vers elle et la considéra d'un œil glacial.

— Non ? Je trouve curieux que vous vous sentiez obligée de vous défendre contre une accusation qui n'a jamais été portée contre vous. Presque aussi curieux que le temps qu'il vous a fallu pour revenir avec de l'aide, alors que la clairière est toute proche. McDermott et moi sommes arrivés avant vous, alors que nous étions sûrement beaucoup plus loin.

Lavinia se mit à bafouiller.

— Mais… mais… elle vous a dit… Je l'ai entendue.

— Elle m'a dit que Bull l'avait attaquée et que notre ami, Aigle Noir, m'avait épargné la peine de lui couper la gorge.

Lavinia regarda l'Indien, l'air horrifié, et se mit à trembler comme une feuille.

— Il… il l'a tué ? Il est mort ?

— Tout à fait mort, fit Adrian en s'approchant du corps de Bull et en le retournant du bout de son pied. Cette canaille n'a eu que ce qu'elle méritait.

Puis il s'approcha de Danny, lui prit le menton doucement et examina son visage. En voyant sa pommette et sa joue toutes bleues et gonflées, ses yeux étincelèrent de fureur.

Ce regard fit peur à Danny. Croyait-il qu'elle avait

aguiché Bull d'une façon ou d'une autre ? Elle savait, par expérience, que les hommes avaient toujours tendance à faire porter au moins une partie du blâme à la femme qui se faisait violenter.

Elle était sur le point de protester de son innocence, quand elle se souvint de sa réponse à Lavinia. Elle n'avait pas été accusée. N'aurait-elle pas l'air encore plus coupable, si elle protestait de son innocence, alors qu'il ne l'avait même pas mise en cause ?

— Je suis content que notre ami soit arrivé à temps pour t'épargner des sévices encore plus graves, dit-il après un long silence. Je regrette seulement de ne pas m'être occupé moi-même de Bull. Il serait mort beaucoup plus lentement.

Il s'interrompit et secoua la tête.

— J'aurais dû être là pour te défendre. Jamais je n'aurais dû te laisser seule.

Il l'avait crue. Il ne mettait pas en doute son innocence. A cette pensée, Danny se sentit à la fois soulagée et reconnaissante. Mais, en même temps, elle fut ennuyée de voir qu'il se faisait des reproches pour quelque chose qu'il n'aurait pas pu empêcher.

Elle ne trouva aucun mot pour apaiser son sentiment de culpabilité. Il était en colère contre lui-même. Elle le sentait. Parce qu'un autre homme l'avait protégée. Parce qu'un autre homme avait pris la place qui lui revenait.

Aigle Noir s'était écarté d'eux et parlait avec McDermott dans ce langage guttural qu'il avait utilisé auparavant. L'Ecossais fronçait les sourcils en hochant la tête de temps à autre.

Quand l'Indien eut fini de parler, il rejoignit Adrian et Danny.

— Aigle Noir m'a raconté à peu près la même chose que cette fille. Comme nous ne savions pas qui vous étiez, nous avions décidé de nous approcher avec prudence de votre camp, chacun de notre côté — au cas où vous seriez des Espagnols. Il a suivi la berge de la rivière en se cachant dans les bois et il a aperçu les deux femmes au bord de l'eau…

Il s'interrompit et Danny sut qu'il les avait vues en train de se baigner, toutes nues. A cette pensée, elle ne put s'empêcher de rougir.

En voyant son trouble, McDermott hésita et décida finalement qu'il valait mieux taire ce détail.

— Il a vu également qu'un homme les épiait, caché derrière un buisson. Il n'a rien fait, car il ne savait pas ce qui allait se passer. Mais quand l'homme est sorti de derrière le buisson et a saisi la fille…

Il s'interrompit de nouveau et haussa les épaules.

— Vous connaissez la suite. Il affirme que cette femme — Il montra Lavinia du doigt — était au courant de la présence de l'homme, car elle n'a montré aucune surprise quand il est sorti de derrière le buisson. Il suggère que vous devriez la battre, pour lui apprendre à se conduire honnêtement. Personnellement, je suis de son avis. Je n'aime pas les femmes qui se rendent complice d'un crime, ne serait-ce qu'en fermant les yeux.

Adrian jeta un regard glacial à Lavinia. Elle recula et fureta autour d'elle, comme si elle cherchait un endroit où se réfugier. Se rendant compte qu'il n'y en avait pas, elle se rapprocha du capitaine, en s'imaginant sans doute qu'il la protègerait.

— La suggestion est tentante. Très tentante, répondit Adrian. Malheureusement, je ne peux pas. Grâce à Dieu, elle n'est pas sous ma responsabilité. Si elle l'était, je me ferais un plaisir de la donner à votre ami, Aigle Noir, afin qu'il lui apprenne comment une femme doit se conduire dans un monde civilisé.

Aigle Noir reprit la parole. Il était capable, à l'évidence, de suivre leur conversation, même s'il ne s'était montré que fort peu enclin à parler leur langue. L'Ecossais fronça les sourcils et un échange animé s'ensuivit, de la part de McDermott du moins.

— Qu'y a-t-il ? questionna Adrian quand ils se turent.

— Il veut savoir si la fille aux cheveux de feu est à vous, repartit l'Ecossais, l'air embarrassé.

Adrian redressa la tête et ses yeux s'étrécirent.

— Pourquoi veut-il le savoir ?

McDermott se déplaça d'un pied sur l'autre, de plus en plus mal à l'aise.

— Il la veut pour sa *huti*.

— Sa *huti* ?

— Sa maison. Il est prêt à marchander son prix avec vous.

Les yeux d'Adrian s'étrécirent plus encore.

— Vraiment ?

— Ce n'est pas une insulte, se hâta de préciser l'Ecossais. Il s'est battu pour défendre la fille. Selon la coutume de son peuple, il aurait le droit de la réclamer. Mais il sait que nos coutumes sont différentes. C'est pour cette raison qu'il propose de marchander son prix avec vous. Je ne dis pas que je suis d'accord avec lui. Je vous dis seulement ce qu'il m'a demandé de vous dire. Pour autant, si je peux vous donner mon opinion… il est dans votre droit de ne pas lui donner la fille, si vous tenez à elle, mais, dans ce cas là, il faudra lui donner quelque chose en compensation. Un présent, en quelque sorte.

— Je suis conscient de mes obligations, McDermott, répondit Adrian. Il aura un présent. Un riche présent. Dès que je serai en mesure de me le procurer. Mais il n'aura pas Danny. Je n'ai pas l'intention de la donner et, encore moins, de la vendre ou de marchander son prix. Elle m'appartient.

23.

La nuit était sur le point de tomber à leur retour dans la clairière. Tandis que le capitaine et Lavinia allumaient un feu et préparaient le bivouac pour la nuit, Danny reçut l'ordre de se reposer, ce qu'elle fit sans protester. De son côté, Adrian alla chercher le jeune chevreuil qu'il avait abattu avec McDermott et qu'ils étaient en train de dépouiller, lorsqu'ils avaient entendu les cris et les appels au secours de Danny. Adrian avait rencontré l'Ecossais peu de temps après son départ de la clairière. McDermott et Aigle Noir s'en allèrent également, afin d'aller récupérer les sacs contenant leurs provisions, leurs cartouches et tout le matériel dont les coureurs de bois ont besoin quand ils partent à la chasse ou en expédition. Ils les avaient laissés dans un arbre creux, afin de pouvoir suivre plus commodément le petit groupe d'hommes et de femmes qu'ils avaient repéré la veille et avec lequel ils ne voulaient pas entrer en contact avant de savoir s'il s'agissait d'amis ou d'ennemis.

Quand Adrian revint, un moment plus tard, il portait la carcasse du chevreuil sur les épaules. Il la posa dans la fourche d'un arbre, coupa les deux cuissots et les enfila sur des broches improvisées — des branches droites dont il avait taillé les extrémités en pointe. Puis il les disposa au-dessus du feu et, laissant Lavinia surveiller leur cuisson, il appela Danny et descendit avec elle vers la rivière.

Pendant tout le chemin, il ne dit rien. Depuis l'incident avec Bull, il y avait une certaine tension entre eux et, comme elle n'en connaissait pas la cause, Danny ne savait pas comment l'apaiser. Elle préféra donc rester silencieuse, plutôt que de tâtonner dans le noir.

Elle n'imagina même pas que c'était la jalousie qui était la cause de son humeur. Or, Adrian avait beau se dire et se répéter que c'était absurde, qu'Aigle Noir ne pouvait pas être un rival sérieux, rien n'y faisait. La jalousie lui rongeait le cœur inexorablement.

La jalousie, cependant, n'était pas la seule cause de son humeur morose. Il savait que la blessure de Danny n'était pas seulement physique. Elle avait été profondément ébranlée, moralement, par l'attaque de Bull, et il se demandait de quelle façon il pourrait apaiser sa détresse.

Quand ils arrivèrent au bord de la rivière, il retira ses bottes et sa chemise.

— Tu as envie de te baigner ? questionna-t-il d'une voix neutre.

Elle secoua la tête et s'assit sur la berge, en faisant en sorte qu'il ne voie pas la partie meurtrie de son visage. Elle se sentait souillée par l'agression de Bull et elle avait besoin de se baigner pour chasser cette souillure, mais elle avait encore trop mal et ne voulait pas prendre le risque d'un contact intime avec Adrian.

Adrian l'examina en silence un moment, puis il alla au bord de la rivière et rinça les taches de sang de chevreuil qui maculaient sa chemise. Quand il eut terminé, il la tordit pour l'essorer, puis il la secoua et la lui tendit.

— Tu peux mettre cette chemise pour te baigner.

Danny regarda successivement la chemise et Adrian.

— Je préférerais rester sur la berge, répondit-elle avec une grimace douloureuse.

Elle crut déceler une lueur de compassion dans les yeux d'Adrian, mais son visage resta impassible.

— Tu te baigneras quand même. Tu en as besoin.

Elle prit la chemise et lui décocha un regard noir. Si elle en avait eu la force, elle la lui aurait jetée au visage. Se levant avec raideur, elle alla derrière un buisson pour se changer. Elle réapparut, à contrecœur, un bon moment plus tard, et gagna prudemment le bord de la rivière.

Adrian était debout au milieu du courant, de l'eau jusqu'à la taille. Pendant un bref moment de panique, elle crut qu'il avait enlevé sa culotte, mais lorsqu'il s'avança vers elle, elle vit qu'il l'avait encore et elle se détendit un peu. Elle pataugea avec précaution jusqu'à ce que l'eau baigne ses genoux, puis elle s'accroupit et, prenant de l'eau dans la paume de sa main, la fit couler sur sa joue tuméfiée. Elle n'était pas vraiment fraîche, mais elle lui fit du bien. Elle remplit de nouveau la paume de sa main et ferma les yeux.

— Tiens, ce sera plus facile avec cela, dit Adrian d'une voix très douce.

Ouvrant les yeux, elle vit qu'il s'était accroupi à côté d'elle et qu'il lui tendait son mouchoir. Elle hésita brièvement, puis elle prit le carré de batiste, le plia en quatre, le trempa dans l'eau et le posa sur sa joue.

Au lieu de s'éloigner, Adrian prit de l'eau dans ses mains et la fit couler sur la main de Danny qui tenait le mouchoir. Elle frissonna involontairement et se mordit la lèvre.

— Je peux le faire toute seule, dit-elle en mouillant le mouchoir et en le posant de nouveau sur sa joue.

— Je le sais. Mais j'ai envie de t'aider. Si tu veux bien me le permettre…

Elle ferma les yeux et, comme elle ne répondait pas, il prit son silence pour un assentiment et continua de verser de l'eau sur son mouchoir. Peu à peu, elle se détendit et se laissa aller contre lui. La main d'Adrian se glissa sous sa chemise et lui caressa le dos — par petits mouvements circulaires, sans aucune connotation sensuelle, destinés seulement à détendre ses muscles.

— Calme-toi, murmura-t-il. Pleure si tu en as envie…

Jamais, de toute sa vie, elle n'avait été traitée avec une telle douceur, une telle tendresse. Elle s'abandonna dans ses bras et pleura. Longuement. Puis elle s'assoupit…

Quand elle se réveilla, elle était sur la berge, la tête appuyée sur les genoux d'Adrian.

Il faisait presque nuit, maintenant.

— Nous devrions retourner à la clairière, dit-il en voyant qu'elle était réveillée.

Danny lui sourit.

— Oui. J'ai faim…

Elle se rhabilla et, quelques minutes plus tard, alors qu'ils approchaient de la clairière, une odeur de viande rôtie chatouilla agréablement leurs narines. Aussitôt, l'estomac de Danny se mit à gargouiller. En l'entendant, Adrian sourit, mais il ne dit rien et lui fit simplement presser le pas.

McDermott et Aigle Noir étaient revenus. Ils étaient assis autour du feu, en compagnie de Lavinia et du capitaine Tyler, et venaient tout juste, apparemment, de se tailler un morceau de venaison.

— Veuillez nous excuser, milord, mais la tentation était trop grande, dit l'Ecossais, le bout de viande piqué au bout de son poignard. En voyant ces cuissots en train de rôtir, nous n'avons pas pu résister. Etant en mission pour l'armée, nous avons couru les bois pendant plus d'une semaine, à la recherche des éventuelles patrouilles espagnoles, sans prendre le temps de chasser, nous nourrissant seulement des baies que nous trouvions en chemin et du « pemmican » que nous avions emporté.

Adrian lui sourit aimablement.

— Vous avez eu raison de ne pas nous attendre. Il serait absurde de faire des cérémonies entre nous. Nous ne sommes plus en Angleterre, mais dans un monde nouveau où nous avons trop besoin les uns des autres pour ne pas être égaux et fraternels, quelles que soient nos origines.

Après ce petit discours, il se tourna vers Danny, qui était restée en arrière, l'air embarrassé. Puis il tailla une tranche de viande et la lui tendit.

— Merci, murmura-t-elle d'une voix empruntée.

Elle prit le morceau de viande et alla s'asseoir en tailleur, un peu à l'écart.

Tandis qu'Adrian se taillait une tranche du cuissot pour lui-même, l'Ecossais s'approcha de Danny et lui offrit une coupelle de bois pleine de petites boules blanches.

— C'est du maïs indien soufflé, expliqua-t-il d'une voix amicale. Avec les compliments d'Aigle Noir. Les Muskogans, la tribu Creek à laquelle il appartient, apprécient beaucoup cette friandise.

— Merci, murmura Danny en acceptant le présent d'une main hésitante.

Elle interrogea Adrian du regard. Il examina le contenu de la coupelle, puis hocha la tête.

Rassurée, Danny prit une petite boule et la considéra un instant d'un air dubitatif avant de la mettre dans sa bouche. Quand elle releva la tête, elle vit que McDermott et Aigle Noir la regardaient. Elle rougit, puis sourit à McDermott.

— C'est bon, commenta-t-elle avec une pointe de surprise dans la voix.

McDermott s'esclaffa.

— Bien sûr ! Vous croyiez qu'il s'agissait d'une mauvaise plaisanterie ?

Elle se pencha en avant et baissa la voix, comme pour lui confier un secret.

— J'avoue que l'idée m'en a traversé l'esprit, dit-elle en imitant à la perfection son accent écossais.

McDermott haussa les sourcils, puis il se tapa sur les cuisses en riant aux éclats.

— Sacrebleu ! où avez-vous pris ce magnifique accent ? Serait-ce à Aberdeen, par hasard ?

— Oui, répondit-elle avec une feinte gravité, tout en mettant une autre boule dans sa bouche. Ou dans les environs, ajouta-t-elle avec un sourire malicieux.

— Vous êtes douée pour imiter les accents. Mais, il y a plus difficile. Je me demande si vous seriez capable de dire quelques mots dans la langue de notre ami indien. Vous l'avez entendu parler aussi souvent que vous m'avez entendu m'exprimer dans mon sabir écossais.

— Il y a une grande différence entre imiter un accent et parler une autre langue, fit observer Adrian en rendant à l'Ecossais l'outre qu'il lui avait passée pour étancher sa soif.

— Je le sais, acquiesça McDermott. Mais elle a l'oreille fine et je suis persuadé qu'elle est capable de relever le défi.

Danny fronça les sourcils et essaya de se souvenir de

la conversation qu'elle avait entendue entre McDermott et Aigle Noir. McDermott venait de boire une gorgée d'eau quand le mot qu'elle cherchait lui revint. Elle le prononça avec une pointe de triomphe dans la voix.

L'Ecossais avala de travers et faillit s'étouffer.

Danny le considéra, puis tourna les yeux vers Adrian et, finalement, vers Aigle Noir. Le visage de l'Indien était impassible, mais une lueur amusée dansait dans ses yeux et elle se sentit devenir écarlate.

— Qu'ai-je dit ? demanda-t-elle lorsque McDermott se fut arrêté de tousser.

L'Ecossais s'éclaircit la gorge et s'efforça de prendre un air perplexe. Il aurait dû savoir, se dit-il, qu'elle choisirait le mot qu'il aurait mieux valu qu'elle n'entende pas.

— Je ne saurais le dire. Je ne l'ai pas bien entendu.

Aigle Noir, qui avait suivi leur conversation, lui demanda d'une voix moqueuse s'il n'était pas en train de devenir sourd.

McDermott lui jeta un regard noir.

— Non, dit-il en muskogan. Ce n'est pas une chose dont on peut plaisanter, mon ami.

Aigle Noir se contenta de sourire, visiblement pas convaincu.

En voyant qu'elle avait embarrassé McDermott, Danny préféra ne pas insister. Elle se borna à répéter l'un des mots qu'il venait de prononcer.

— Qu'est-ce que cela veut dire ?

— C'est le mot qui signifie « non » en muskogan, répondit McDermott.

Puis, en voyant qu'elle était sur le point de lui demander ce qu'il avait dit d'autre, il tâcha de détourner son attention en lui montrant le feu de camp et en lui donnant le mot muskogan pour « feu ».

Danny le répéta, puis fronça les sourcils.

— C'est ainsi qu'Aigle Noir m'a appelée, n'est-ce pas ?

McDermott, dont les cheveux étaient roux également, quoique moins flamboyants que les siens, sourit et admit qu'Aigle Noir l'avait désignée ainsi, à cause de la couleur de ses cheveux. Puis il pointa le doigt vers le cuissot de chevreuil et lui donna le mot équivalent en muskogan.

Aigle Noir parla derechef. Après l'avoir écouté, McDermott se retourna vers Danny, l'air un peu penaud.

— Aigle Noir dit que si vous voulez apprendre la langue de son peuple, il vaut mieux que ce soit un Muskogan qui vous l'enseigne, car sinon vous risquez de la parler avec un accent écossais.

Danny laissa échapper un rire, puis jeta un coup d'œil gêné à Adrian. Il n'avait rien dit jusqu'alors. N'allait-il pas désapprouver sa familiarité avec McDermott ? Elle vit qu'il regardait Aigle Noir, mais, au bout d'un moment, il baissa les yeux vers elle et lui sourit. Un sourire fragile, indécis.

— Tu es vraiment une gamine curieuse, dit-il, les lèvres un peu pincées. Va. Instruis-toi. Nous aurons peut-être besoin un jour de tes lumières.

Elle se mordit la lèvre et, après une brève hésitation, elle se leva et changea de place avec McDermott.

— J'avoue, McDermott, poursuivit Adrian, que j'ai hâte de connaître la situation. Où sont les Espagnols ? Où sont nos troupes ? Y a-t-il eu des combats récemment dans la région ?

— Pour l'instant le secteur est assez calme, répondit

l'Ecossais. Aigle Noir et moi avons aperçu deux ou trois patrouilles, mais elles ne se sont pas aventurées très loin vers le nord. En avez-vous rencontré, de votre côté ?

— Une fois. Quelques hommes, une sorte d'escouade, et des Indiens. Nous avons fait un détour pour les éviter.

— Ce sont des patrouilles de reconnaissance. Le gouverneur de la Floride, le général Montiano, est en train de concentrer toutes ses forces à Sainte Augustine. Il projette d'envahir la Géorgie.

— Lord Oglethorpe est-il au courant ?

— Oui. Toutes les garnisons sont en alerte. Nous sommes prêts à nous défendre contre une invasion.

— Savez-vous quand elle se produira ?

— Nous en avons une idée assez précise. Une armada espagnole croise au large de Sainte Augustine. S'il n'y avait pas eu cette violente tempête qui a endommagé plusieurs bateaux, ils feraient déjà voile pour nous attaquer. Dès qu'ils auront réparés, ils mettront le cap sur le nord. S'ils peuvent prendre et brûler Fort Frederica et Charleston, plus rien ne les empêchera d'anéantir tous les autres postes anglais.

Danny n'écouta pas la suite. Se retournant vers Aigle Noir, elle s'appliqua à apprendre la langue des indiens Muskogan. Une expérience fascinante. Elle avait entendu de nombreux récits — souvent terribles — au sujet des hommes rouges qui habitaient le Nouveau Monde ; elle pouvait enfin satisfaire sa curiosité à leur sujet.

24.

Adrian et ses compagnons levèrent le camp le lendemain matin et se dirigèrent vers l'est, en suivant la rivière. Il faisait presque nuit, trois jours plus tard, quand ils arrivèrent à son embouchure. Danny et Lavinia étaient épuisées, car, outre la distance, le chemin qu'ils avaient suivi avait été beaucoup plus difficile que tous les autres auparavant. Il fut donc décidé, d'un commun accord, de prendre une journée de repos avant de continuer. Le lendemain, à l'aube, ils se remirent en route et, en fin de matinée, ils parvinrent à l'endroit où Aigle Noir et McDermott avaient laissé la pirogue dont ils s'étaient servie pour la première partie de leur expédition vers le sud.

En dépit de l'humeur morose d'Adrian, Danny flottait sur un petit nuage. Une euphorie qui n'avait rien à voir avec le fait qu'ils se déplaçaient enfin autrement que sur leurs pieds. Elle n'avait qu'une confiance toute relative dans la pirogue. Au pire, c'était un moyen de transport susceptible de réaliser ce que le destin avait déjà tenté deux fois auparavant. Mourir noyée était devenu une véritable hantise.

Non, si elle se sentait aussi heureuse, c'était à cause du présent que lui avait fait son nouvel ami, Aigle Noir. Un présent qui était la cause, également, de l'humeur morose d'Adrian…

Quand elle s'était réveillée, ce matin-là, la première chose que ses yeux embrumés avaient vue était une paire de mocassins en cuir posée à côté d'elle — des mocassins qui ressemblaient à ceux que portait Aigle Noir.

Pendant un long moment, elle les avait regardés avec des yeux brillant de bonheur, à l'instar d'une enfant qui, le jour de Noël, contemple les cadeaux apportés pendant la nuit. Une illusion qui s'était évanouie rapidement, laissant dans son sillage un océan de perplexité.

Elle s'était assise et avait regardé autour d'elle, en se demandant d'où ils venaient et à qui ils appartenaient. Aigle Noir la regardait, accroupi à côté d'un arbre, à trois ou quatre pas de l'endroit où elle avait dormi.

A cet instant, elle avait compris que c'était un présent et qu'il en était l'auteur, mais elle avait continué à les regarder sans croire en son bonheur. Finalement, elle avait trouvé le courage de lui demander à qui ils appartenaient, au moyen de gestes et des quelques mots de sa langue qu'il lui avait appris au cours des jours précédents.

Aigle Noir lui avait répondu sur un ton bourru qu'ils étaient pour elle. Ses derniers doutes dissipés, elle avait senti une vague de joie et de reconnaissance l'envahir.

— Vraiment ?

Il avait hoché la tête brièvement. Aussitôt, un sourire radieux avait illuminé le visage de Danny et elle s'était penchée pour examiner son trésor.

Des chaussures ! Elle avait eu de la peine à accepter sa bonne fortune, malgré les assurances d'Aigle Noir. Pendant toute sa vie, elle n'avait jamais possédé une paire de chaussures. Elle n'avait même jamais rêvé en posséder une. Les doigts tremblants, elle les avait prises dans ses mains et avait été émerveillée par la finesse et par la souplesse du cuir.

Elle ne se serait pas lassée de les admirer, si elle ne s'était pas rendu compte brusquement qu'elle avait oublié ses bonnes manières. Elle s'était hâtée d'y remédier. Se retournant vers Aigle Noir, elle l'avait remercié avec chaleur, en regrettant de ne pas connaître suffisamment sa langue pour lui exprimer l'immensité de sa gratitude.

Au même moment, une pensée moins joyeuse lui avait traversé l'esprit. Elle avait serré inconsciemment son trésor contre sa poitrine et jeté un coup d'œil inquiet en direction d'Adrian. N'allait-il pas se formaliser si elle acceptait un cadeau d'un autre homme ? Certes, il s'agissait d'un cadeau purement utilitaire…

Il la regardait avec ce masque impassible qu'il arborait si souvent, pour sa plus grande frustration. Sa joie s'était changée en consternation. Il aurait voulu qu'elle refuse le présent. Elle en avait été certaine. Elle avait éprouvé un sentiment de rébellion et elle avait été déterminée à le garder, qu'il le veuille ou non. Au bout de quelques instants, cependant, sa détermination avait faibli. Elle avait été prête à lui obéir, quelle qu'eût été sa décision. Il y avait très peu de choses qui méritaient un affrontement avec Adrian. Qu'elle gagne ou qu'elle perde, le résultat était le même, car elle n'éprouvait aucune joie à être arrivée à ses fins quand Adrian se renfermait dans ce silence glacial dont il était coutumier lorsqu'elle refusait d'accéder à ses désirs.

De son côté, Adrian avait été en proie à un douloureux dilemme. Il savait que Danny avait été privée pendant toute sa vie de ce qu'il considérait comme étant des objets de première nécessité. En voyant la joie qu'elle avait éprouvée devant une simple paire de mocassins, il s'était rendu compte qu'il n'avait pas réellement mesuré à quel point elle avait manqué de tout. Il avait eu envie de la prendre dans ses bras, de la serrer contre lui et de lui promettre qu'à l'avenir elle ne manquerait plus jamais de rien.

Mais, en même temps, la jalousie s'était mêlée à ce besoin instinctif de la protéger. Un sentiment confus, qu'il avait eu du mal à reconnaître. Il n'avait jamais connu la jalousie auparavant — du moins pas avec une telle violence. Elle lui rongeait l'esprit et l'aveuglait au point de lui faire perdre la raison. Il avait déjà été assez frustré quand elle s'était mise entre Aigle Noir et lui. Il avait souhaité la pousser sur le côté et mettre l'Indien en pièces, à mains nues, mais, heureusement, il avait été capable de se contenir. Dire qu'il n'avait pas aimé la façon dont elle avait regardé Aigle Noir quand elle avait compris qu'il était son généreux donateur était, pour le moins, un euphémisme.

Non seulement Aigle Noir avait marché sur ses plates-bandes, mais, en le faisant, il l'avait insulté ouvertement. Aucun homme ne pouvait donner un cadeau aussi personnel à une femme qui n'était pas la sienne sans qu'il y ait volonté d'insulter son rival. Malgré sa fureur, cependant, il s'était dit que l'Indien ne savait peut-être pas que pour un Anglais un tel cadeau était une insulte. Il était conscient également que dans l'état où il se trouvait, il avait l'esprit trop embrouillé pour examiner le problème d'une façon réfléchie et raisonnable. Aussi il avait préféré tenir sa langue.

— Vous pensez que je devrais… les garder ? lui avait demandé Danny d'une voix hésitante.

— Tu as déjà accepté, avait-il répondu, le visage impénétrable. D'une façon très aimable, en plus.

Danny n'avait pas été dupe. Mais elle était eu trop tentée

par la paire de mocassins pour revenir sur son acceptation. De son côté, il aurait été une véritable brute s'il lui avait interdit d'accepter un présent aussi utile. Cela faisait des jours qu'elle marchait avec un bout de chiffon pour protéger ses pauvres pieds. Des pieds martyrisés par les cailloux, les racines et les ronces.

Ils s'étaient remis en marche et, au bout d'un certain temps, leur petit groupe s'était étiré, chacun marchant à son rythme et rejoignant les autres au moment des pauses. McDermott en tête, Adrian fermant la marche. Aigle Noir s'était laissé distancer. Volontairement. Il voulait parler avec l'homme blanc, seul à seul.

Il n'avait pas parlé tout de suite. Il avait commencé par étudier l'homme qui marchait à côté de lui. Il sentait son hostilité, même si, pour le moment, elle était bien cachée, mais ce n'était pas pour cette raison qu'il pesait ses mots. Il n'avait pas peur de l'homme blanc. Il n'avait peur d'aucun homme. Il éprouvait toutefois, malgré lui, un certain respect à son égard et il voulait choisir ses mots, afin que leur signification soit claire. Ce n'était pas facile dans son propre langage et cela l'était moins encore quand il lui fallait employer les mots de l'homme blanc.

Celle qu'il avait appelée Petit Renard Roux était devant eux, à une dizaine de pas. En l'entendant trébucher et marmonner entre ses dents, il avait souri intérieurement. Il ne s'était pas attendu à ce qu'elle soit aussi contente de son cadeau. La plupart des femmes blanches auraient dédaigné un présent aussi rustique, car les mocassins qu'il lui avait offerts n'étaient même pas décorés.

Il avait froncé les sourcils brièvement. Qu'est-ce qui avait bien pu le pousser à sacrifier l'une de ses besaces pour pouvoir offrir des mocassins à cette femme ? La fabrication des mocassins était un travail de femme. Les autres guerriers de sa tribu se moqueraient de lui s'ils venaient à l'apprendre.

Cela dit, il n'avait aucun regret. La joie qu'il avait lue sur le visage de Petit Renard Roux avait été la plus belle des récompenses.

Dès leur première rencontre, il avait vu et senti dans son cœur qu'elle était différente des autres femmes de sa race. Au début, quand il s'était approché d'elle, elle avait eu peur. Mais il n'en avait pas été surpris et il ne s'était pas senti insulté. Sa réaction avait été naturelle. Elle n'avait jamais vu d'Indiens auparavant. Lui-même, il avait eu très peur la première fois qu'il avait vu un homme blanc.

Néanmoins, elle s'était conduite avec sagesse et courage. Elle n'avait pas crié et ne s'était pas évanouie, contrairement à ce qu'auraient fait la plupart des autres femmes blanches. Malgré sa jeunesse, elle était très sage et très belle. Il n'était guère étonnant que l'homme blanc, Beaumont, la surveille aussi jalousement.

Or, elle n'était pas sa compagne, car il avait entendu l'autre femme, celle aux cheveux jaunes, dire que Petit Renard Roux était seulement sa domestique, une « engagée ». Il savait que chez les Blancs, ce terme désignait un esclave qui devait travailler pendant un certain nombre d'années pour un maître avant de pouvoir recouvrer sa liberté. Si la femme aux cheveux jaunes n'avait pas menti, il pensait que Beaumont accepterait de la lui céder. Quand le moment serait venu, il en marchanderait le prix avec lui.

— Je n'avais pas l'intention de vous blesser, Beaumont, avait-il dit finalement.

Adrian l'avait regardé, l'air surpris.

— Me blesser ?

— Je veux parler du cadeau que j'ai donné à Petit Renard Roux — la femme que vous appelez Danny. C'était pour la remercier de l'amitié dont elle m'avait honoré. Rien de plus. C'est la coutume chez les Muskogans de faire des cadeaux en signe d'amitié.

Il avait froncé les sourcils légèrement et s'était interrompu un instant, le temps de chercher les mots qui pourraient le mieux exprimer sa pensée.

— Petit Renard Roux ne me connaissait pas et pourtant elle m'a tout de suite donné son amitié… sans rien attendre en échange. Un don du cœur, sincère et sans arrière-pensée. J'aurais eu honte de moi-même si je n'avais pas trouvé un moyen de lui montrer ma reconnaissance. En agissant ainsi, je vous ai fait perdre la face. Je le sais, maintenant, et je le regrette.

Adrian était resté silencieux un long moment, puis il avait souri. Un sourire mi-figue, mi-raisin.

— Sur le moment je me suis senti blessé, c'est vrai, mais je n'ai pas eu l'impression d'avoir perdu la face. J'accepte vos excuses. Je vois que j'ai beaucoup à apprendre sur les coutumes de votre peuple.

Aigle Noir avait hoché la tête.

— Petit Renard Roux est-elle votre esclave ? avait-il demandé après un long silence.

Adrian avait sursauté et son visage s'était empourpré. S'il avait tenu Lavinia entre ses mains, il l'aurait volontiers étranglée, car il savait que c'était d'elle qu'émanait cette absurdité.

— Je l'ai engagée comme domestique, avait-il répondu, les mâchoires serrées.

Aigle Noir n'avait pas fait de commentaires, mais, à son expression, il était visible que pour lui il n'y avait pas de différence. Adrian avait senti une vague de colère l'envahir. Une vague de colère qui s'était presque aussitôt dissipée. Y avait-il une différence, au fait ? Danny avait signé son contrat d'engagement, mais elle n'avait guère eu le choix. Il avait « acheté » ses services pour une durée de cinq ans et, donc, selon la loi, elle lui appartenait. Corps et âme. Exactement comme si elle était une esclave. A cette pensée, il avait senti son estomac se nouer. Il avait toujours été un farouche adversaire de l'esclavage et la seule idée qu'il était propriétaire d'une esclave avait suffi à lui donner la nausée.

— J'y remédierai quand je serai à Charleston, avait-il marmonné entre ses dents.

Aigle Noir l'avait regardé d'un air intéressé. Un intérêt qui n'était pas seulement poli.

— Y remédier ? Cela veut dire « changer en mieux » ?

Adrian lui avait jeté un regard aigu, pénétrant.

— En quelque sorte, avait-il reparti laconiquement.

L'intérêt qu'Aigle Noir portait à sa protégée lui déplaisait profondément et il commençait à regretter d'avoir autorisé Danny à se familiariser avec la langue et les coutumes des Indiens. De la part de la jeune fille, il s'agissait d'une curiosité inoffensive, mais il ne pouvait pas en dire autant de la fascination qu'elle semblait exercer sur Aigle Noir.

Ce dernier avait hoché la tête et s'était tu.

— Vous parlez anglais remarquablement, avait dit Adrian au bout d'un moment. Jusqu'à présent, j'avais eu l'impression que vous ne connaissiez que quelques mots de notre langue.

L'Indien l'avait regardé, une lueur amusée au fond des yeux.

— Mon peuple est ami du vôtre depuis de nombreuses saisons. J'ai eu beaucoup de temps pour apprendre.

Il avait haussé les épaules.

— Mais je suis comme vous. Je suis plus à l'aise quand je parle ma propre langue.

Ils avaient trouvé la pirogue là où ils l'avaient laissée, cachée au milieu des roseaux — si bien cachée que personne n'aurait pu soupçonner sa présence. Une fois qu'ils s'y étaient assis, le bord était beaucoup trop près de l'eau pour que Danny se sente rassurée.

La mer était calme, avec une petite brise douce et légère. Cependant, il y avait une barre de nuages à l'horizon, au sud et à l'est. Une barre de nuages qui ressemblait dangereusement à celle qui avait précédé la tempête qui avait drossé à la côte la *Lady Dorinda*. En outre, il y avait eu un autre violent orage pendant leur périple à travers les forêts de la Floride et Danny n'avait aucun désir de se retrouver en mer dans un esquif aussi léger lorsque les éclairs se mettraient à craquer autour d'eux. Malheureusement, elle n'avait pas eu le choix.

Elle était montée à bord sans protester et elle avait même réussi à sourire bravement à Adrian. Lavinia, naturellement, s'était répandue en plaintes et en gémissements, mais personne n'y avait prêté attention et, finalement, elle s'était résolue à monter dans la pirogue — en s'y prenant d'une façon tellement maladroite qu'elle avait failli la faire chavirer.

Aigle Noir et McDermott firent force de rames et, bientôt, au grand soulagement de Danny, ils ne se trouvèrent pas en pleine mer, mais au milieu d'un chenal côtier avec le Continent à l'ouest et l'île de Cumberland à l'est. Fort

William était perché à son extrémité sud, mais ils ne firent que l'apercevoir et poursuivirent leur route vers le nord.

Ils avaient espéré passer la nuit au fort St. Andrew au nord de l'île, mais des averses accompagnées de tonnerre ralentirent leur progression et, pour finir, ils furent obligés de bivouaquer sur la côte. Ils ne savaient pas que, le lendemain matin, ils vivraient une ultime et terrifiante aventure avant leur retour tant espéré à la civilisation.

25.

Danny ne voyait guère l'utilité de nettoyer la fange qui la recouvrait des pieds à la tête. D'accord, elle avait l'impression d'avoir été traînée dans une bauge à cochons et Lavinia était dans un état encore plus pitoyable, si cela était possible. Mais la pluie de la nuit avait transformé les alentours en un océan de boue et dès qu'ils quitteraient ce minuscule coin de plage, ils ne pourraient faire autrement que d'être de nouveau couverts de fange.

Elle se serait donc remise en marche dans l'état où elle était, mais Lavinia avait exigé qu'on lui laisse le temps de se laver et Danny n'avait pas voulu qu'Adrian en vienne à la conclusion qu'elle *aimait* être sale.

Non pas qu'elle comprît pourquoi elle faisait le moindre effort pour plaire à Adrian, alors qu'elle l'aurait volontiers étranglé, ce matin. Ses beaux mocassins étaient tout abîmés — par sa faute. Ils auraient été comme neufs s'il l'avait laissée les enlever et les mettre dans sa chemise pour les protéger, comme elle avait voulu le faire. Mais non. Ce tyran, cette brute, l'avait obligée à les mettre à ses pieds et maintenant ils étaient tellement couverts de boue qu'ils étaient à peine reconnaissables. Elle en aurait pleuré quand elle les avait vus aux premières lueurs de l'aube. Et maintenant, elle avait envie de pleurer également, tandis qu'elle les frottait et les tapait avec un bâton pour décoller la gangue de boue séchée qui les enveloppait.

Et, pour ne rien arranger, elle était accroupie derrière un buisson, avec une chemise mouillée pour unique vêtement. Tout cela parce qu'elle avait été assez stupide pour ne pas vouloir faire mauvaise impression à Adrian.

Quand elle eut fini de gratter ses mocassins, elle jeta le bâton d'un geste rageur. Ils avaient l'air toujours aussi affreux. Elle se mordit la lèvre et renifla.

— Je ne vois pas pourquoi tu te lamentes ! dit Lavinia d'une voix aigre. Une personne de bon goût n'aurait même pas daigné mettre à ses pieds des sandales aussi rustiques. M'as-tu vue pleurer sur l'état de mes souliers ou de ma robe ? Pourtant, ils venaient des meilleurs chausseurs et des meilleures couturières de Londres.

Danny lui décocha un regard noir.

— C'est vous qui me reprochez de me lamenter, alors que vous n'avez pas cessé de gémir et de vous plaindre depuis notre naufrage ? Vous feriez mieux de déguerpir avec votre gros c… avant que je vienne vous donner la correction que vous méritez.

Lavinia, qui avait été occupée à tordre sa robe pour l'essorer, la lâcha et la toisa de toute sa hauteur — ce qui n'était pas grand-chose —, les mains sur les hanches.

— Si tu crois que tu en es capable, viens et essaie, espèce de sale petite mendigote !

Danny sourit et se leva également. Voilà un défi qu'elle était tentée de relever ! Cela mettrait un peu de baume sur les blessures d'amour-propre que Lavinia n'avait pas cessé de lui infliger.

— Une sale petite mendigote… C'est l'hôpital qui se

moque de la charité ! Le temps d'enfiler mon pantalon et je vais vous montrer ce dont je suis capable !

Prendre le temps de se rhabiller était risqué, bien sûr. Lavinia était assez mesquine pour fondre sur elle et profiter de son infériorité momentanée. Par ailleurs, quand elle serait aux prises avec elle, le bruit ne tarderait pas à attirer les autres et elle n'avait pas la fantaisie d'être surprise le derrière à l'air. Elle choisit un moyen terme, gardant les yeux fixés sur Lavinia, afin de prévenir tout mouvement intempestif, tout en enfilant son pantalon mouillé.

Elle venait de finir d'attacher la ficelle qui lui tenait lieu de ceinture lorsqu'elle vit le visage de Lavinia se décomposer. Elle la regarda avec un mélange de triomphe, de doute et de désappointement. Elle allait se dérober, refuser le combat. Mais il y avait dans ses yeux une terreur qui lui parut un peu excessive, étant donné les circonstances. En outre, elle se rendit compte que ce n'était pas elle qu'elle regardait, mais quelque chose au-dessus de ses épaules.

Elle sentit ses cheveux se dresser sur sa tête avant même d'avoir entendu un feulement sourd derrière elle. Lentement, très lentement, elle commença à se retourner.

La bête était à quelques pas d'elle seulement, au milieu des hautes herbes d'un marais. Enorme. Même à quatre pattes, sa tête était presque à la hauteur de la sienne. Une fourrure d'un noir brillant, des grands yeux jaunes et une gueule assez grande pour lui arracher la tête d'un seul coup de dents. Danny la regarda fixement, comme hypnotisée, incapable faire un mouvement.

Combien de temps elle resta là, les yeux rivés sur l'énorme félin, elle n'aurait su le dire. Derrière elle, elle entendit Lavinia émettre deux ou trois gargouillis étranglés, comme si elle essayait de crier. Pour sa part, elle n'émit aucun son. Elle ne respirait même plus ! Elle avait les oreilles qui tintaient et son esprit n'était plus qu'un vide immense, un océan de pure terreur.

Du coin de l'œil, elle aperçut une ombre qui bougeait. Adrian. Il s'approcha et, à son grand soulagement, se plaça entre elle et le félin. Un soulagement qui ne dura guère. Adrian allait-il être déchiqueté à sa place ? A cette pensée, elle sentit sa peau devenir moite et une nouvelle terreur l'envahit.

— Ecarte-toi, dit-il dans un souffle. Lentement.

Avait-elle eu l'intention de lui obéir ? Peut-être, mais un nouveau grondement sourd du félin la figea instantanément, à l'instar d'une statue de marbre.

A cet instant, elle vit Aigle Noir et McDermott. Incrédule, elle regarda l'Indien marcher vers la bête, d'un pas lent et assuré. McDermott leva son mousquet, comme s'il s'apprêtait à tirer, puis, pour l'ahurissement de Danny, il l'abaissa sans avoir fait feu. Elle le dévisagea, en essayant de comprendre ce qui se passait. En vain. Elle était sûre que même si son esprit n'avait pas été paralysé par la peur, elle n'aurait pas compris ce qu'ils avaient l'intention de faire.

Elle n'avait même pas envie d'essayer. Elle avait envie de crier. Tuez-le ! Tuez-le ! Mais elle n'osa pas. De toute façon, elle avait la gorge trop nouée pour pouvoir crier. Ils avaient chacun un couteau, Adrian une paire de pistolets et McDermott un mousquet. Des armes redoutables, mais elle n'était pas certaine qu'elles suffiraient à venir à bout d'une bête aussi formidable.

A cet instant, le félin s'accroupit. Aigle Noir s'accroupit également et, d'un seul bond, jaillit et atterrit sur le dos de l'animal. Une lutte indescriptible s'ensuivit. Grognements, feulements… Recouvrant sa voix, Lavinia se mit à hurler, comme si c'était elle et non la bête qui avait eu le couteau de l'Indien planté dans le dos. Adrian jura et s'écarta, cherchant une ligne de tir pour essayer d'abattre le félin, sans toucher Aigle Noir, mais il n'y en avait pas, l'Indien et l'animal étant enchevêtrés si intimement qu'ils ne semblaient former qu'un seul corps. Danny se mit aussi à crier… Ce pauvre Aigle Noir allait être mis en pièces ! McDermott qui avait regardé la scène sans réagir, se précipita vers Adrian.

— Non ! Laissez ! Ne tirez pas ! s'exclama-t-il en posant la main sur le bras d'Adrian et en le forçant à abaisser le canon de son pistolet.

— Vous avez perdu la tête ! Je pensais qu'il était votre ami.

— Oui, il l'est. Plus que cela même, car il est le frère de ma femme. Mais il ne vous remercierait pas si vous interveniez. Le guerrier qui tue un jaguar est auréolé d'un grand prestige dans sa tribu…

En voyant qu'Adrian n'était pas convaincu, il soupira.

— Je sais que vous ne comprenez pas. Je ne le comprends pas non plus. Mais j'ai appris une chose avec les Indiens : ils sont très susceptibles quand leur valeur guerrière est en jeu. Si la bête a l'air de prendre le dessus, j'interviendrai, que cela plaise ou non à Aigle Noir, soyez-en assuré. Mais pas avant. Sinon, il m'en voudrait à mort.

L'homme et la bête se séparèrent enfin. Aigle Noir fit une roulade et se retrouva accroupi, son couteau bien en main. Son dos, son torse et ses bras étaient labourés de sillons sanglants. Sa respiration était inégale, mais pas haletante. Il n'y avait aucune raideur dans ses mouvements. Il se mit à tourner autour du félin, l'œil vif, les gestes parcimonieux, mais d'une redoutable efficacité.

Le jaguar tournait avec lui, en crachant, en feulant et en lançant ses pattes en avant, toutes griffes dehors. A plusieurs reprises, Aigle Noir se montra plus rapide et plus agile que son adversaire, lançant son bras avec la vitesse de l'éclair et le lacérant chaque fois qu'il était à sa portée, jusqu'à ce que le sable devienne rouge autour d'eux.

Puis l'un et l'autre commencèrent à se fatiguer de ce jeu cruel et sanglant. Le jaguar cessa d'envoyer ses pattes et se ramassa pour bondir sur son tourmenteur. Aigle Noir se ramassa de même, son couteau à la main. Lorsque le jaguar bondit, Danny mit sa main sur sa bouche pour ne pas hurler. De nouveau entraîné au sol, l'Indien évita de justesse la mâchoire du fauve. Ses dents acérées comme des lames de rasoir lui égratignèrent l'épaule et il y eut une nouvelle lutte confuse, le jaguar attaquant sans relâche au visage et au cou. Des attaques que l'Indien ne parvenait à repousser qu'à grand-peine.

« Il a perdu son couteau ! Vierge Marie, il faut que quelqu'un fasse quelque chose ! Ce n'est pas possible ! »

Avait-elle parlé à voix haute ? Danny n'aurait su le dire, mais Adrian la retint d'une main de fer, comme s'il avait deviné qu'elle allait courir au secours d'Aigle Noir s'il ne faisait rien pour l'en empêcher.

Au même instant, l'Indien réussit à repousser le jaguar, arracha le couteau de son ventre et lui trancha la gorge. Le sang jaillit à flots. L'animal eut encore deux ou trois mouvements convulsifs, puis il s'écroula.

Aigle Noir, se redressa lentement, les mains posées sur les genoux, visiblement épuisé par la lutte insensée qu'il venait de livrer. Personne d'autre ne bougea. Ils étaient tous pétrifiés par la scène à laquelle ils venaient d'assister.

Il n'y avait aucun bruit, hormis la respiration sifflante de l'Indien.

Danny avait les larmes aux yeux. Elle était à la fois soulagée et fière du triomphe de son ami.

Elle regarda Aigle Noir s'approcher de l'animal vaincu et s'accroupir à côté de lui. Prenant son couteau, il psalmodia une sorte de chant dans sa langue natale et coupa les parties génitales de sa victime — un trophée ? Puis, lentement, il s'effondra sur lui-même.

Sans se rendre compte de ce qu'elle faisait, Danny dégagea son bras de la poigne d'Adrian, courut vers l'Indien et tomba à genoux à côté de lui. Brusquement, elle se rendit compte qu'elle pleurait à chaudes larmes. Elle essuya ses joues d'un revers de la main, s'assit sur les talons et regarda McDermott qui venait de s'agenouiller de l'autre côté d'Aigle Noir.

— Est-il…

Elle s'interrompit et se mordit la lèvre.

— Il ne va pas mourir, n'est-ce pas ?

McDermott leva brièvement les yeux.

— Son cœur bat régulièrement. C'est tout ce que je peux dire pour le moment. Il est dans la main de Dieu… Mon vieil ami, je crains que tu ne te sois mis dans un fichu état cette fois-ci, ajouta-t-il en secouant la tête.

Danny dévisagea l'Ecossais, puis elle regarda de nouveau Aigle Noir, en se demandant ce qu'elle pourrait faire.

— Il faut arrêter les saignements. Et, tout d'abord, nettoyer les blessures. C'est ce que disait toujours le pasteur Pugh. Il faut le porter au bord de la mer et laver les plaies.

Elle fureta autour d'elle, à la recherche d'Adrian. Elle savait qu'il était là. Il était toujours là quand elle avait besoin de lui. Elle lui adressa un regard suppliant.

Il la regarda en silence, l'expression indéchiffrable, mais, finalement, il s'accroupit et prit Aigle Noir par les épaules. McDermott prit les pieds et ils le portèrent jusqu'au bord de l'eau, le déposant doucement sur le sable. Danny déchira un pan de sa chemise et l'humecta. Au contact de l'eau salée sur ses plaies, Aigle Noir eut un sursaut et reprit conscience. En se rendant compte de ce qu'elle avait fait, Danny laissa échapper un juron.

— Mon Dieu ! J'ai oublié ce f… sel ! Il faut trouver de l'eau douce.

Elle voulut se lever, mais Aigle Noir lui agrippa le poignet avec une force surprenante.

— Non. C'est bien ainsi. Tu as été bien avisée, Petit Renard Roux. C'est une bonne médecine.

Danny se tourna vers Adrian et McDermott. L'Ecossais hocha la tête et Danny reporta son attention sur Aigle Noir. Il avait les yeux fermés, mais elle ne le croyait pas inconscient. Il voulait qu'elle continue de laver ses plaies à l'eau de mer. Il pensait que ce serait bon pour lui. Elle ignorait pourquoi il pensait cela, mais ce serait encore pire si ses blessures n'étaient pas nettoyées.

Elle trempa de nouveau son chiffon et se mit au travail courageusement. Il fallait le faire, elle devait le faire, et le plus tôt serait le mieux. Un nœud se forma au creux de son estomac. Le sang n'était pas une nouveauté pour elle. Elle avait assisté à de nombreuses bagarres sanglantes à Londres et elle avait vu des blessures aussi graves, sinon plus graves encore. Mais ce qui lui nouait le ventre, c'était de savoir qu'elle infligeait une douleur supplémentaire à un homme qui devait déjà souffrir horriblement, même s'il ne criait pas et ne montrait aucun signe de souffrance, hormis les contractions involontaires de ses muscles.

Elle s'appliqua, concentrant toute son attention sur sa tâche, au point qu'elle se rendit à peine compte du départ de McDermott et d'Adrian, l'Ecossais ayant suggéré à ce dernier de rentrer au camp pour y rassembler leurs affaires. Toutes ses pensées étaient accaparées par les entailles sanglantes qui lacéraient le corps d'Aigle Noir.

Elle n'éprouvait aucun embarras, bien qu'elle n'ait jamais touché aucun homme d'une façon aussi intime, hormis Adrian. A cet instant, à vrai dire, elle n'était pas vraiment consciente qu'il était un homme — du moins pas comme une femme a conscience du corps d'un homme. C'était seulement un être humain qui avait besoin d'être soigné, un ami. Elle le connaissait depuis quelques jours seulement, mais cela n'avait pas d'importance. Comme l'avait dit Aigle Noir avec toute l'éloquence de son peuple, leurs esprits s'étaient rejoints et une amitié sincère et profonde s'était nouée entre eux. Instantanément, dès le premier regard ou presque. Les amitiés de ce genre étaient rares, mais elle ne s'était pas posé la moindre question à son sujet. Elle l'avait accepté et Aigle Noir l'avait acceptée également, comme si c'était la chose la plus naturelle au monde.

Quand elle eut fini, elle rinça le pan de chemise et s'en servit pour panser l'entaille la plus profonde. Elle n'avait rien, cependant, pour panser ses autres plaies, sur son torse et sur son dos. L'autre pan de sa chemise ? Cela ne suffirait pas…

Avisant le jupon de Lavinia qui était en train de sécher sur un buisson, elle alla le prendre et entreprit de le déchirer en longues bandes de la largeur d'une main. Lavinia pourrait s'en passer ; elle avait une robe et la température ne nécessitait pas le port d'un jupon. Elle en serait plus légère, songea Danny avec un sourire malicieux.

Les bandes déchirées, elle les attacha ensemble et enveloppa le torse et le dos de l'Indien. Ce n'était pas un pansement parfait, mais, au moins, il l'empêcherait de perdre tout son sang.

Puis, assise sur les talons, elle le regarda en se demandant ce qu'elle pourrait faire d'autre pour lui. Ne trouvant rien, elle allait se remettre debout, lorsqu'elle sentit une main lui prendre le poignet. Elle baissa les yeux, croyant que c'était Adrian, de retour de la clairière, et découvrit que c'était la main d'Aigle Noir.

— Merci Petit Renard Roux, murmura-t-il. Tu as bien travaillé.

Riant et pleurant tout à la fois, elle lui prit la main et la frotta doucement contre sa joue. Ses doigts étaient tièdes et elle sentit un profond soulagement l'envahir. S'il était sur le point de mourir, sa peau serait froide, se dit-elle.

— Petit Renard Roux… C'est le nom que vous m'avez donné dans votre langue ?

Il hocha la tête et une lueur brilla dans ses yeux — une lueur dont elle ne comprit pas la signification.

— C'est un grand honneur…

Un éclat de rire sarcastique résonna derrière elle. Elle tourna la tête et vit que Lavinia la regardait. La colère, et non la gêne, la fit rougir.

— Je croyais que vous étiez partie avec les autres, dit-elle avec raideur.

Le sourire sarcastique de Lavinia s'élargit.

— Je suis revenue chercher mon jupon. Tu lui as trouvé un autre usage, à ce que je vois, mais dans l'affaire je n'aurai pas tout perdu. Dommage qu'Adrian n'ait pas été là pour te voir faire des caresses à ce sauvage. Il aurait été édifié. Enfin, je ne devrais pas avoir trop de peine à le convaincre que tu n'es qu'une fille des rues, une vulgaire putain. S'il n'est pas aveugle, il verra que la seule raison pour laquelle tu ne t'es pas jetée dans les bras de ce sauvage, c'est le manque d'opportunité.

Danny haussa les épaules.

— Je suis peut-être une fille des rues, mais, au moins, j'ai un cœur. Vous êtes la créature la plus mesquine et la plus méprisable que j'aie jamais rencontrée. Finalement, je ne suis pas tellement surprise que vous ne puissiez pas comprendre mes sentiments à l'égard d'Aigle Noir. Au fond, vous seriez plutôt à plaindre. Vous n'avez jamais eu un véritable ami dans toute votre vie, je suppose ?

Ce fut au tour de Lavinia de lui jeter un regard noir.

— Tu ne sais rien de moi ! Comment peux-tu faire des suppositions aussi stupides ? Nous n'avons rien en commun, absolument rien !

— J'en remercie le ciel et tous les saints. Pour rien au monde, je ne voudrais vous ressembler. En quoi que ce soit.

— Un sentiment que je comprends et que je partage, déclara Adrian en les rejoignant. Vous avez quelque chose à me dire, Lavinia ?

Lavinia le regarda, la bouche ouverte, en se demandant ce qu'il avait entendu de leur conversation. Ce n'était peut-être pas le meilleur moment pour lancer sa campagne de dénigrement…

Il reprit la parole avant qu'elle ait eu le temps de recouvrer ses esprits.

— Ne vous fatiguez pas, ce n'est pas nécessaire. Je crois en avoir entendu assez. Nous allons nous remettre en route. McDermott pense que nous devrions pouvoir atteindre Fort Frederica dans la soirée.

26.

Après avoir contourné un dernier promontoire, ils arrivèrent en vue de Fort Frederica. Tapi au sommet d'une petite colline, il étincelait de tous ses canons dans les derniers rayons du soleil couchant. Des douves l'entouraient, avec des eaux si noires que leur profondeur aurait pu être aussi bien insondables que de quelques pouces seulement. Au-dessus des douves s'élevait un talus escarpé surmonté par une palissade en rondins qui, après avoir fait le tour du fort, encerclait toute la ville de Frederica.

Au-dessus d'une tour de guet, de bois également, flottait l'« Union Jack », le drapeau du royaume d'Angleterre. En le voyant, Danny éprouva une profonde émotion — un mélange de nostalgie et de soulagement. Elle tourna la tête vers Adrian en se demandant s'il avait éprouvé la même émotion. Tout comme elle, il regardait fixement ce petit coin d'Angleterre, mais, sentant ses yeux sur lui, il se retourna vers elle et leurs regards se croisèrent. Il était toujours aussi froid et lointain, constata-t-elle avec un pincement au cœur.

Depuis leur départ, après le combat insensé entre Aigle Noir et le jaguar, il n'avait pas prononcé un seul mot. C'était peut-être mieux ainsi, se dit-elle.

Les accusations de Lavinia étaient ridicules et il fallait vraiment avoir l'esprit mal tourné pour trouver quoi que ce soit d'indécent dans le fait qu'elle ait lavé et pansé les plaies d'un homme blessé. Un homme qui pouvait encore mourir. Un homme qui s'était sacrifié pour les sauver. Elle ne l'avait pas caressé. Elle avait seulement essayé de l'empêcher de perdre tout son sang. Adrian le savait.

Oui, mais, visiblement, il la soupçonnait de porter un intérêt excessif à Aigle Noir. Un intérêt qui allait au-delà de la simple amitié. Elle y avait réfléchi longuement et n'avait pas trouvé d'autre explication à sa froideur. Comme si l'on pouvait mesurer sa sollicitude à l'égard d'un ami !

S'il le lui avait demandé, elle aurait essayé de lui expliquer ses sentiments à l'égard de l'Indien. Mais il était resté muet et, au bout d'un moment, elle s'était dit que, de toute façon, il ne pourrait pas les comprendre.

On ne peut pas comprendre la jalousie, l'amitié ou l'amour si on ne les a pas expérimentés soi-même. Et, de plus, on juge les autres à l'aune de ses propres motivations. Si une personne n'a jamais ressenti autre chose que du désir ou de l'indifférence à l'égard d'une personne du sexe opposé, elle suppose automatiquement que le monde entier ne pense qu'à la satisfaction de ses propres désirs. Il en était ainsi de Lavinia. Et, apparemment, Adrian raisonnait de la même façon.

A cette pensée, son cœur se serra. Et cette pensée en fit naître une autre. Etant donné la piètre opinion qu'Adrian semblait avoir d'elle maintenant, il avait peut-être décidé de céder son contrat d'engagement à un autre colon. Si sa décision était prise, il se débarrasserait d'elle le plus tôt possible. Ici même, à Fort Frederica, sans doute. Elle avait de la peine à considérer la petite ville où ils allaient entrer comme son futur lieu de résidence. Néanmoins, c'était une possibilité et elle commença à regarder autour d'elle avec des yeux nouveaux, en cherchant des raisons de ne pas s'abandonner complètement au découragement qui était en train de l'envahir.

Ce ne fut pas trop difficile. Certes, Fort Frederica était une petite cité très rustique, mais plus propre et plus ordonnée que les quartiers de Londres où elle avait vécu. La forteresse elle-même donnait une impression réconfortante de solidité et de permanence, alors que, selon McDermott, elle avait été construite seulement six ans auparavant.

L'unique ponton du petit port étant déjà encombré d'embarcations diverses, ils tirèrent leur pirogue sur la plage. Aigle Noir n'ayant pas l'intention de les accompagner, Danny prit le temps de lui dire au revoir et de lui souhaiter un prompt rétablissement, tandis que les autres mettaient pied à terre. A sa grande surprise, Adrian offrit sa main à l'Indien en signe d'amitié. Aigle Noir la serra chaleureusement et, s'il en fut surpris, ne le manifesta d'aucune façon. Ensuite, Danny et Adrian rejoignirent le capitaine Tyler et McDermott, tandis qu'Aigle Noir gardait la pirogue en attendant le retour de l'Ecossais.

Au fur et à mesure qu'ils approchaient du fort, Danny s'avisa qu'il était bâti en matériaux plus solides qu'elle ne l'avait d'abord cru. La porte devant laquelle ils se présentèrent était sertie au milieu d'un bloc de maçonnerie similaire à celui des missions espagnoles qu'ils avaient rencontrées en Floride. Une sentinelle leur cria « Qui vive ? » et, McDermott lui ayant donné le mot de passe, ils entrèrent et suivirent un long couloir voûté, avec des pièces de chaque côté, jusqu'à une autre porte qui, une fois ouverte, leur donna accès à la place d'armes — un quadrilatère, que des bâtiments également en dur délimitaient.

Lord Oglethorpe, le fondateur et le gouverneur de la nouvelle colonie, venait de rentrer depuis quelques heures seulement d'une inspection au fort St. Andrews. Après un bref entretien avec l'officier de garde, le lieutenant Holbrook, un homme affable, mais très strict sur le règlement, il fut décidé que l'Ecossais irait seul faire son rapport, pendant que le reste de leur troupe se « reposerait ».

En fait, Holbrook, voulait d'abord s'assurer qu'ils étaient bien ce qu'ils prétendaient être. Adrian, le capitaine Tyler et Danny n'émirent aucune protestation — ils comprenaient la prudence de l'officier — mais Lavinia commença aussitôt à se plaindre et à exiger qu'on l'emmène dans un endroit où elle pourrait faire sa toilette, se changer et se restaurer. Le lieutenant Holbrook, qui, grâce à Dieu, n'était pas dépourvu de tact, réussit à l'apaiser et à la convaincre de s'asseoir sur un banc en attendant le retour de McDermott.

Adrian rongea son frein en silence. Il savait qu'il ne pouvait pas d'emblée demander à être traité avec le respect dû à sa condition. Ayant perdu tous ses papiers lors du naufrage, il n'avait rien pour étayer ses prétentions et personne pour se porter garant de son identité, hormis ses camarades d'infortune qui étaient aussi suspects que lui-même. En outre, il savait que, pour le moment, il ressemblait plus à un boucanier — l'un de ces pirates qui écumaient la mer des Antilles — qu'au fils d'un pair du royaume. Il était donc suspect à juste titre et, même si ses manières d'aristocrates parlaient en sa faveur, ce n'était pas suffisant pour convaincre un officier de Sa Majesté, conscient de ses devoirs et de ses responsabilités.

La pièce où on les fit attendre n'était pas particulièrement plaisante, mais ils n'eurent pas longtemps à patienter. Au bout d'un quart d'heure à peine, lord Oglethorpe apparut et s'excusa pour la froideur avec laquelle ils avaient été reçus. Néanmoins, il scruta d'un regard perçant le visage d'Adrian, cherchant visiblement à s'assurer qu'il était bien le fils cadet du duc de Remming.

Adrian se gratta la barbe avec embarras.

— Je sais que j'ai beaucoup changé depuis la dernière fois où vous m'avez vu, mais j'espère que vous me reconnaissez, milord.

Un sourire éclaira le visage austère du fondateur de la Géorgie.

— Oui, Beaumont, dit-il en hochant la tête. Je connais bien votre père et, malgré votre barbe — quelque peu hirsute — votre ressemblance avec lui est indéniable. Comment va-t-il ? Et madame votre mère ?

— Ils vont bien tous les deux. Ils allaient bien, du moins, la dernière fois que je les ai vus. Après une traversée un peu mouvementée, nous avons fait une longue promenade touristique en Floride et dans le sud de votre colonie. J'ai trouvé ce pays plein de charme, mais la prochaine fois que je le parcourrai, je m'arrangerai pour le faire dans des conditions plus confortables.

Oglethorpe laissa échapper un rire amusé.

— Je conviens qu'il peut être très inhospitalier, quand on est mal équipé. Mais il a de grandes richesses potentielles. Vous êtes d'accord avec moi, je suppose ?

— Tout à fait.

Un grand sourire barra le visage de lord Oglethorpe, car il était très fier des résultats qu'il avait obtenus dans « sa » colonie. Grand humaniste et profondément tolérant, il avait formé le projet de créer un refuge pour les gens persécutés à cause de leur religion et pour les pauvres méritants des villes et des campagnes anglaises. Adversaire farouche de l'esclavage, il avait interdit l'importation des noirs d'Afrique et administrait ses sujets d'une main sévère mais juste.

— Mais j'oublie toutes mes manières. Si vous voulez bien me présenter vos compagnons de voyage ?

Aussitôt, Lavinia fit un pas en avant.

— Mme Johnson, dit Adrian laconiquement.

Nullement démontée par le ton brusque d'Adrian, Lavinia ébaucha une révérence, un sourire plein de suffisance aux lèvres.

— Lavinia Falk-Johnson, milord, corrigea-t-elle. Des Falk du Yorkshire.

Lord Oglethorpe s'inclina, comme s'il était encore dans le salon de son hôtel particulier londonien.

— Mes hommages, madame.

Un accueil poli, mais sans chaleur. Il faut dire à sa décharge que la tenue vestimentaire de Lavinia et sa coiffure échevelée ne plaidaient guère en sa faveur. Sachant que son apparence était aussi désastreuse, sinon pire, Danny resta en retrait, d'autant plus qu'elle savait qu'on ne présentait pas une fille d'une aussi basse extraction qu'elle à un pair du royaume.

Le capitaine Tyler, qui avait attendu son tour avec une impatience mal dissimulée, se présenta ensuite et fut plaint pour la perte de la *Lady Dorinda*. Le sujet lui tenait très à cœur et il passa un certain temps à se lamenter sur son sort et sur le destin tragique de son malheureux équipage. Quand il eut terminé, il demanda à leur hôte s'il pouvait raisonnablement espérer trouver un navire pour l'emmener dans l'une des colonies du Nord.

Lord Oglethorpe lui répondit qu'il devrait patienter

plusieurs semaines. Le peu de bateaux dont il disposait pour le moment avaient tous été armés afin de faire face à une attaque espagnole éventuelle. Aucun d'entre eux ne quitterait Fort Frederica tant qu'une menace pèserait sur « sa » colonie.

Après avoir rejeté la requête du capitaine, il tourna son regard vers Danny.

— Et qui est ce jeune homme ?

Danny se leva, le visage écarlate, et jeta un regard implorant à Adrian.

— Oh, mille pardons, madame ! se récria lord Oglethorpe. Je vois que votre Odyssée a été vraiment terrible. Mais, Beaumont, cette jeune personne serait-elle, par hasard, votre jeune sœur, Amelia ? J'avoue ne pas l'avoir vue depuis des années, mais les traits de son visage…

Adrian fit un pas en avant et prit la main de Danny fermement dans la sienne. Pour la rassurer ?

— Milord, j'ai l'honneur de vous présenter mademoiselle Danielle Cooper. Ma pupille.

27.

Le soleil jetait ses derniers feux sur la petite colonie anglaise. Les coudes posés sur l'appui de fenêtre, le menton dans les paumes de ses mains, Danny regardait sans le voir le petit jardin coquet et fleuri de Mme Morris. Des parterres de roses, des rangs bien alignés de poireaux et d'oignons… Ses pensées étaient ailleurs, dans les arcanes de son esprit.

Elle ne se sentait pas différente et, pourtant, elle était une autre personne. Mlle Danielle Cooper, la fille du capitaine Evelyn Cooper et de sa femme, Millicent. Après leur mort tragique lors d'une promenade en mer, comme elle n'avait pas de parents proches, elle avait été envoyée dans un orphelinat où elle avait vécu jusqu'au moment où lord Beaumont avait appris ce qu'il était advenu de la fille unique de son vieil ami. Il avait fait des démarches pour devenir son tuteur et il l'avait enlevée de l'orphelinat pour la confier à un pensionnat de jeunes filles de bonne famille où il avait espéré qu'elle resterait jusqu'au moment où il pourrait lui trouver un parti convenable. Douée — ou, plutôt, affligée — d'un caractère volontaire et indépendant, elle avait appris qu'il devait s'embarquer pour les colonies et, craignant qu'il ne l'oublie une fois au Nouveau Monde, elle s'était enfuie de son pensionnat et s'était cachée à bord de la « Lady Dorinda ».

A partir de là, Adrian s'était montré un peu évasif, mais, à l'en croire, elle avait occupé sa cabine seule, en faisant semblant d'être une domestique, afin de préserver ce qui restait de sa réputation, pendant qu'il dormait ailleurs — le plus souvent sur le pont.

L'histoire n'était pas très convaincante, mais elle avait une apparence de respectabilité et Adrian avait réussi à persuader Oglethorpe de l'aider, dans la mesure de ses moyens, à dissiper toutes les rumeurs qui pourraient entacher le renom de sa protégée et l'empêcher de trouver un bon parti.

A un autre moment, lord Oglethorpe aurait pu se montrer plus sourcilleux, mais avec les Espagnols qui menaçaient d'envahir « sa » colonie, il avait d'autres soucis en tête. Quant au capitaine Tyler et à Lavinia, Danny ne craignait pas qu'ils viennent démentir Adrian, car, après avoir passé la nuit à Fort Frederica, ils étaient repartis dès le lendemain matin.

Un véritable exploit. Danny avait été stupéfaite par la façon dont Adrian y était parvenu. Moyennant la promesse d'une forte récompense, il avait obtenu que McDermott accompagne Lavinia et le capitaine jusqu'à Savannah, en passant par l'intérieur des terres. Là-bas, ils trouveraient un bateau pour aller où bon leur semblerait. Sur le moment, Lavinia avait été tellement ébahie par l'histoire d'Adrian qu'elle en était restée muette de saisissement et, ensuite, elle n'avait pas eu le loisir de la démentir. D'autant plus que la perspective de pouvoir faire une vraie toilette, revêtir des vêtements propres et dormir dans un lit avaient trop accaparé son esprit pour qu'elle puisse penser à autre chose. Quand elle s'était levée le lendemain matin, tout était prêt pour son départ et elle n'avait trouvé personne à qui raconter la véritable histoire de Danny Cooper.

Cela n'avait pas tenu à grand-chose. Elle avait protesté quand Adrian était venu la chercher, mais il lui avait dit que si elle ne partait pas tout de suite, elle n'aurait pas d'autre opportunité avant au moins quinze jours. L'attaque des Espagnols étant sans doute imminente, elle avait préféré ne pas prendre le risque de se trouver au milieu d'une bataille dont l'issue était pour le moins incertaine.

Quant au capitaine Tyler, il n'avait jamais constitué une menace, car il était trop conscient des risques qu'il encourrait s'il s'avisait de contredire le haut et puissant lord Beaumont, dont le père, apparemment, était un ami personnel de lord Oglethorpe. Néanmoins, Adrian avait trouvé plus sûr de se débarrasser de lui également.

Depuis le soir où ils étaient arrivés, deux semaines auparavant, Danny n'avait revu ni McDermott ni Aigle Noir. Comme ce dernier commençait à avoir de la fièvre, l'Ecossais l'avait emmené en même temps que Lavinia et le capitaine Tyler dans l'intention de le laisser, au passage, dans sa tribu, chez sa femme. Sa femme qui était également la sœur d'Aigle Noir. Ayant déjà soigné des blessés, elle serait la mieux à même de le guérir.

Danny n'avait aucune inquiétude à leur sujet. Ils ne la trahiraient pas. Ils étaient ses amis et, même s'ils ne l'avaient pas été, ils n'étaient ni l'un ni l'autre du genre à colporter des rumeurs malveillantes.

Sa pseudo-respectabilité ne courait donc aucun danger pour le moment. Ce qu'elle ne comprenait pas c'était la raison pour laquelle Adrian avait jugé bon de faire d'elle une « jeune demoiselle », alors que, selon toutes les apparences, il avait résolu de se débarrasser d'elle.

Elle fronça les sourcils. Elle était injuste avec lui. Dès le début, il lui avait dit qu'il ne la garderait pas à son service et qu'il lui trouverait un autre maître quand ils seraient aux colonies. Ce n'était pas de sa faute si elle avait entretenu des espoirs absurdes. Elle devrait lui être reconnaissante. Non seulement il lui avait sauvé la vie, par deux fois au moins, mais en plus il avait sincèrement l'intention de lui trouver une bonne situation. Un mari, un foyer, des enfants… un bonheur auquel elle n'avait jamais osé rêver auparavant.

Elle aurait aimé pouvoir se sentir reconnaissante, et non misérable. Jamais elle n'aurait dû baisser sa garde. Jamais elle n'aurait dû laisser la gentillesse et l'affection de lord Beaumont ravager son cœur. Plus encore, elle aurait aimé pouvoir lui faire comprendre la nature de ses sentiments pour Aigle Noir afin de voir au moins disparaître la distance qu'il avait instaurée entre eux. Mais, surtout, elle regrettait d'avoir quitté le monde qu'elle connaissait pour aller s'aventurer dans ce Nouveau Monde où, jusqu'à présent, elle n'avait connu que le malheur et la souffrance.

Elle poussa un profond soupir et se redressa pour aller se coucher, en sachant qu'une longue nuit sans sommeil l'attendait. Cependant, au moment où elle allait s'éloigner de la fenêtre, un mouvement dans le jardin attira son regard et elle s'arrêta afin d'essayer d'identifier l'ombre qu'elle avait cru apercevoir. Comme plus rien ne bougeait, elle abandonna son poste d'observation et traversa la chambre pour aller éteindre sa lampe. Quand elle se retourna, elle retint son souffle. L'ombre était devant sa fenêtre. Un homme !

— N'aie pas peur, Petit Renard Roux. C'est moi, Aigle Noir.

Danny eut un soupir de soulagement et se précipita vers la fenêtre.

— Aigle Noir ? Tu vas bien ? Tu es guéri ? murmura-t-elle d'une voix vibrante d'émotion.

Puis elle se rendit compte qu'il n'était vraiment pas convenable de parler avec un homme à la fenêtre de sa chambre, d'autant plus que cet homme était un Indien, ce qui rendrait un tel manquement aux convenances encore plus grave s'il venait à être rapporté à lord Beaumont.

— Mon Dieu, ne reste pas là ! Entre, avant que quelqu'un ne te voie.

Il se glissa à l'intérieur de la chambre avant même qu'elle ait fini de parler et regarda autour de lui avec curiosité. Les sourcils froncés, Danny l'examina à la lueur blafarde de la lune.

— Tu n'es plus malade ? Tu es vraiment guéri ?

— Je vais bien, répondit-il laconiquement.

— J'en suis tellement heureuse ! J'étais morte d'inquiétude et je ne savais pas comment…

Elle s'interrompit brusquement. Il valait peut-être mieux ne pas lui dire qu'elle n'avait pas osé demander de ses nouvelles. La cassure que son amitié avec Aigle Noir avait provoquée entre elle et lord Beaumont était une affaire trop personnelle pour qu'elle ait envie d'en parler.

L'Indien fit un geste de la main.

— C'est bon de savoir que tu as pensé à moi, mais ce n'est pas pour cela que je suis venu.

Danny le considéra avec perplexité.

— Pourquoi, alors ?

— Je suis venu t'emmener chez les miens, dans ma tribu.

Là-bas, tu seras en sécurité quand les Espagnols viendront. Pas ici. Ils seront nombreux. Trop nombreux, peut-être.

Danny le regarda fixement, le cœur agité par un tourbillon d'émotions contradictoires.

— Lord Beaumont sait que tu es ici ?

Aigle Noir la dévisagea d'un air intrigué.

— Non, dit-il finalement. Il ne le sait pas. Il n'a pas voulu marchander pour toi, mais tu n'es pas heureuse ici. Tu seras heureuse dans ma *huti*.

Danny sourit tristement et secoua la tête.

— Dans mon cœur, je pense que tu as raison, mon ami, mais je ne peux pas partir. Lord Beaumont est venu me dire ce soir qu'il allait m'emmener loin d'ici avant que les Espagnols ne nous attaquent. Aussi, tu vois, je serai en sécurité. Et puis je… je n'ai pas vraiment envie de le quitter.

Aigle Noir la regarda un long moment, avec une expression indéchiffrable.

— Il ne fera pas de toi sa femme.

Une boule se forma dans la gorge de Danny.

— Non, admit-elle. Il ne fera pas de moi sa femme. Il ne le pourrait pas, même s'il le voulait. C'est l'une de nos coutumes que tu ne comprendrais pas et qui serait trop longue à t'expliquer. Il est déjà fiancé à une autre femme et c'est pratiquement la même chose que s'il était marié. S'il rompait leurs fiançailles, elle serait déshonorée et, lui-même, il perdrait la face. Et, de toute façon…

Elle haussa les épaules et, détournant les yeux, regarda distraitement par la fenêtre. Des nuages avaient envahi le ciel, plongeant le jardin dans l'obscurité.

Aigle Noir ne pouvait pas plus comprendre les barrières infranchissables qui séparaient la noblesse des gens du peuple en Angleterre qu'elle ne pouvait comprendre les coutumes de sa tribu.

— Mais tu resteras avec lui ? s'enquit Aigle Noir d'une voix très calme.

— Oui. Pendant un certain temps, du moins. Un jour ou l'autre, je m'en irai, mais pas maintenant. Je ne suis pas encore prête, ajouta-t-elle comme si elle se parlait à elle-même.

Aigle Noir lui prit le menton et l'obligea à le regarder.

— Je te donnerai le temps dont tu as besoin, Petit Renard Roux. Jusqu'à la pleine lune de la saison des moissons. Puis j'irai te chercher dans la ville que les gens de ton peuple appellent Charleston.

Danny soutint son regard un instant, puis poussa un profond soupir et hocha la tête, en signe à la fois de défaite et d'acceptation.

— Lord Beaumont a l'intention de partir demain pour Charleston. J'irai avec lui. Quand tu viendras à Charleston, j'irai avec toi. Si rien n'a changé d'ici là…

28.

Adrian avait les yeux fixés sur la côte, mais il ne la voyait pas. Il ne songeait qu'à la chance qu'ils avaient eue de pouvoir embarquer sur ce navire.

Un navire dont l'arrivée avait été providentielle pour la petite colonie de lord Oglethorpe. Et cela sans qu'il ait eu besoin de tirer un seul coup de canon. Le gouverneur de la Caroline l'avait envoyé vers le sud — accompagné par deux autres navires — afin de voir si Fort Frederica était tombé entre les mains des Espagnols. Le capitaine qui le commandait avait reçu l'ordre formel de ne pas engager le combat avec l'ennemi. Il devait seulement observer et retourner faire son rapport au gouverneur.

Néanmoins, sa seule présence avait suffi à sauver la colonie. Après la bataille de « Bloody Marsh » à laquelle Adrian avait participé, les Espagnols s'étaient retirés au Fort St. Simon. Sachant qu'il y avait des dissensions dans leurs rangs, Oglethorpe avait mis sa petite armée en marche dans l'intention de monter une attaque surprise et de chasser les Espagnols de l'île. Une attaque surprise qui avait échoué par la faute d'un déserteur qui avait prévenu l'ennemi.

Oglethorpe avait alors échafaudé un autre plan. Il avait

envoyé une lettre à un prétendu espion et s'était arrangé pour qu'elle tombe entre les mains des Espagnols. Dans cette lettre, il disait à cet espion d'encourager les Espagnols à attaquer immédiatement Fort Frederica en leur faisant croire qu'il était sans défense. S'il n'y parvenait pas, il devait les persuader de rester une semaine de plus au Fort St. Simon. Le gouverneur de la Caroline lui avait envoyé deux mille hommes de troupe et ces forces, combinées avec les siennes, n'auraient aucune peine à écraser les Espagnols.

Naturellement, les Espagnols s'étaient montrés sceptiques. Mais quand ils avaient vu les trois navires, ils avaient été persuadés qu'il s'agissait de l'avant-garde d'une grande flotte et ils s'étaient enfuis en toute hâte vers la Floride.

Sur un plan plus personnel, l'arrivée de ces navires avait été providentielle également pour Adrian. Cela lui avait donné la possibilité de quitter Fort Frederica et d'emmener Danny avec lui.

En ce qui concernait Danny, il savait être sur un terrain très mouvant. Il essayait de se persuader que lorsqu'il arriverait à Charleston et qu'il ferait la connaissance de sa fiancée, tout rentrerait dans l'ordre naturel des choses. Plus vite il serait marié, mieux cela vaudrait. Pour Danny et pour lui. Il ne servirait à rien de retarder un mariage qui, de toute façon, était inévitable.

« Qui se marie à la hâte, se repent à loisir. » Il connaissait le dicton, mais il pouvait difficilement se l'appliquer à lui-même. Il regrettait déjà assez d'être obligé de se marier. Il pourrait difficilement le regretter plus.

Las, il avait fait son choix depuis longtemps et il ne pouvait pas revenir sur sa parole. Il avait toujours été considéré comme une tête brûlée, mais rompre des fiançailles officielles était totalement impensable pour un gentleman digne de ce nom.

Ce n'était pas seulement sa réputation qui était en jeu. Si cela avait été le cas, il n'aurait pas hésité un seul instant. Il y avait des moments où, perdant totalement le sens des réalités, il regrettait de ne pas avoir pu choisir librement sa fiancée. Des moments où il se disait qu'il aurait été prêt à se couper de sa famille et de tous les membres de sa caste pour le seul bonheur d'être avec Danny. Mais ce ne pouvaient être que des moments de folie. Une preuve, s'il en fallait une, qu'il n'était pas capable de penser rationnellement dès qu'il s'agissait de Danny.

Non, il y avait autre chose en jeu. L'honneur de sa fiancée. Il ne la connaissait pas, mais cela ne changeait rien. C'était une jeune fille pure et innocente qui n'avait commis aucune faute, hormis le fait qu'elle n'était pas — ou, plutôt, n'était plus — la femme qu'il désirait épouser. Il n'avait pas le droit de ruiner sa réputation pour satisfaire un caprice — un caprice totalement déraisonnable.

Sa résolution, cependant, n'était pas assez forte pour qu'il souhaitât la mettre à l'épreuve. Il était donc soucieux de contracter au plus vite un mariage dont il n'avait pas envie et de trouver un parti convenable pour Danny, alors que c'était la dernière chose au monde qu'il désirait.

La première partie de ce programme était facile à réaliser. Tout avait été déjà arrangé avant son départ d'Angleterre. Il lui suffisait de se présenter à sa future belle-famille, de faire un brin de cour à sa fiancée et de demander sa main à son père. Une main qu'il lui accorderait sans la moindre hésitation.

Pour Danny, par contre, tout restait à faire. Cela ne lui plaisait guère d'arriver chez ses futurs beaux-parents avec sa

« pupille », mais il ne voyait pas d'autre solution. Ensuite, il lui faudrait leur demander leur aide pour la présenter à la bonne société locale.

S'il pouvait la marier rapidement, ce serait idéal. Ainsi, elle serait vraiment perdue pour lui et il pourrait plus facilement se réconcilier avec son propre destin. Du moins, il l'espérait.

Il n'éprouvait aucun scrupule de conscience à la faire monter dans l'échelle sociale. Peu lui importait sa naissance ; elle n'était pas une fille du peuple. Elle avait toutes les qualités de la noblesse. Des qualités innées, que rien ni personne ne pouvait lui enlever. Et cette opinion ne devait rien à l'affection qu'il lui portait. Oglethorpe ne s'y était pas trompé, lui non plus. Un seul regard lui avait suffi pour la juger.

Elle n'aurait aucune peine à s'adapter, il en était sûr. Et si, pour le moment, elle n'était pas trop heureuse de sa situation, elle finirait par comprendre qu'il faisait tout ce qui était en son pouvoir pour assurer son avenir et son bonheur.

Naturellement, il aurait préféré cent fois la garder pour lui-même. Ne pouvant pas l'épouser, il avait caressé brièvement le projet de l'installer dans une maison à Charleston — après tout, il ne serait pas le seul homme de sa famille à entretenir une maîtresse. Mais, après réflexion, il y avait renoncé. Elle méritait mieux. Elle méritait un foyer et une famille.

N'empêche, la laisser partir serait le plus dur des sacrifices qu'il aurait jamais eu à accomplir…

A cet instant, elle apparut sur le pont et regarda autour d'elle d'un air hésitant avant de se diriger vers lui. En la voyant, il sentit de nouveau son cœur se serrer. Elle avait l'air si frêle, si fragile. Et cette fragilité commençait à l'inquiéter. Malgré tous ses efforts pour se rassurer, pour se dire qu'il était le jouet de son imagination, il ne pouvait se garder d'être inquiet pour sa santé.

— Je vois que nous arrivons, dit-elle en regardant la côte et le port dont on commençait à apercevoir les maisons et les fortifications.

— Oui, nous arrivons, gamine, dit-il en l'examinant d'un œil critique.

La robe qu'elle portait était trop simple. Beaucoup trop simple. La jupe godaillait et le corsage était mal ajusté. Il allait devoir lui offrir une nouvelle garde-robe. Courir les boutiques de mode, essayer des robes, des chapeaux, des souliers… Cela lui rendrait peut-être un peu de joie de vivre. Depuis leur départ de Fort Frederica, elle n'était plus la même. Elle avait perdu tout son entrain, toute sa vivacité. Ce manque d'ardeur l'inquiétait presque autant que sa santé.

— Y aura-t-il quelqu'un pour vous accueillir ?

Il sourit. Un sourire un peu contraint.

— J'en serais surpris. J'aurais dû arriver il y a un mois. Aussi bien, on me croit mort. J'espère seulement qu'ils n'ont pas appris le naufrage de la *Lady Dorinda*. Je serais vraiment dans l'embarras si, en arrivant chez mon banquier, on venait à m'annoncer que tous mes avoirs ont été transférés en Angleterre et que ma plantation a été revendue à un autre colon. Par ailleurs, il vaut mieux que personne ne nous voie dans l'état où nous sommes. Notre prestige pourrait en pâtir. Il nous faudra du temps pour nous rendre présentable avant d'aller nous montrer à « Sweetbriar ». Je ne veux point donner à mes futurs beaux-parents l'impression que nous sommes des aventuriers sans le sou.

Une lueur espiègle brilla dans les yeux de Danny.

— Je vois. Vous voulez les impressionner. Faire une arrivée en grande pompe.

Adrian se sentit immédiatement revigoré. Elle n'avait donc pas perdu tout son humour. Machinalement, il leva la main pour lui ébouriffer les cheveux. Il arrêta son geste juste à temps.

— Les apparences comptent beaucoup dans ce monde, gamine. Etant le fils d'un lord, j'ai un rang à tenir, que cela me plaise ou non.

Leur arrivée à Sweetbriar, la plantation des Kent, fut tout, sauf discrète.

Ils s'étaient attardés à Charleston pendant deux semaines — deux semaines de préparatifs frénétiques. Naturellement, Adrian avait commencé par rendre visite à son banquier et à son chargé d'affaires. Il avait étudié avec ce dernier les plans de la demeure qu'il voulait faire bâtir sur la plantation dont il avait fait l'acquisition avant son départ d'Angleterre et donné des ordres pour en commencer incontinent la construction. Mais c'était le renouvellement de sa garde-robe et de celle de Danny qui avait pris le plus de temps. Il avait dû harceler les tailleurs et les couturières pour que tout soit prêt à temps. Enfin, il avait fait l'acquisition d'une voiture et d'un attelage — deux magnifiques chevaux bais.

Ces quinze jours resteraient à jamais gravés dans la mémoire de Danny. Jamais auparavant elle n'avait été autant choyée. Par moments, elle avait eu l'impression de vivre un conte de fées.

Bien sûr, tous ces préparatifs, pour frénétiques qu'ils

eussent été, n'avaient pas empêché Adrian d'annoncer leur arrivée imminente à ses futurs beaux-parents. Pour ce faire, il avait seulement attendu de connaître le jour précis où Danny et lui pourraient raisonnablement espérer se mettre en route pour « Sweetbriar ».

C'était la moindre des courtoisies, mais ni l'un ni l'autre ne furent particulièrement satisfaits du résultat. Leur arrivée n'aurait pas causé un plus grand bouleversement si Adrian avait été le roi George II en personne. Tout le personnel de la plantation avait abandonné son travail pour venir les accueillir.

Quand leur voiture s'engagea dans l'allée majestueuse qui conduisait à « Sweetbriar », les esclaves noirs faisaient la haie de chaque côté, leur chapeau à la main. Sur le perron de la belle demeure coloniale, la future belle-famille d'Adrian attendait, entourée par leurs domestiques.

Impressionnée par tout ce monde, Danny se recroquevilla dans un coin de la voiture, en regrettant de ne pas pouvoir se faire encore plus petite. Si elle en jugeait par l'expression de son visage, Adrian n'était pas non plus ravi d'être accueilli d'une façon aussi solennelle. Néanmoins, il ne fit aucun commentaire et mit pied à terre dès que leur voiture se fut arrêtée. Puis il se retourna et lui tendit la main. Après une brève hésitation, elle mit sa main dans la sienne et descendit de voiture, le visage pâle et les jambes flageolantes.

Une véritable mer de visages noirs entourait la famille de planteurs, une mer qui ondulait tout autour de l'escalier à double révolution.

Des colonnes blanches, une façade ornée de balcons ouvragés… Jamais encore Danny n'était entrée dans une demeure aussi somptueuse. Mais ce fut surtout la famille qui l'impressionna. Un couple âgé, les cheveux grisonnants, mais encore très alertes, en dépit des ans. Et, derrière eux, trois jeunes gens. Deux gentlemen, copies conformes de leur père en plus jeunes, et une jeune demoiselle, belle et élégante. Danny était presque plus terrorisée que lorsque les marins de la *Lady Dorinda* lui avaient donné la chasse. Une peur qu'elle s'efforça de dominer, redressant avec détermination les épaules et le menton, pendant qu'elle gravissait les marches de l'escalier à côté d'Adrian.

Au fur et à mesure qu'elle avançait, elle sentit un étrange détachement l'envahir. Il lui semblait être en dehors d'elle-même ; de ne pas être actrice, mais spectatrice. C'était probablement dû à l'irréalité de la situation. C'était comme un rêve — jamais elle n'aurait imaginé qu'elle serait un jour présentée à la future belle-famille d'un lord, non pas en qualité de domestique, mais comme une jeune demoiselle fraîchement émoulue de son pensionnat.

Le propriétaire de la plantation, M. Aaron Kent, accueillit Adrian avec un mélange de curiosité et de retenue.

— Lord Beaumont, je suppose ?

Adrian lui sourit et serra la main qu'il lui tendait.

— Et vous êtes mon cousin, sir Aaron Kent ?

Le visage de M. Kent se détendit immédiatement et une lueur amusée brilla dans ses yeux.

— Votre cousin… C'est trop d'honneur, milord. Nous avons peut-être une parenté, mais elle est fort lointaine et jamais je n'aurais osé m'en prévaloir. Cependant, si cela vous agrée, milord…

Adrian se mordit la lèvre.

— Cela m'agrée, mais, je vous en prie, ne m'appelez pas milord à chaque bout de phrase. Sinon, je vais me sentir horriblement gêné.

M. Kent battit des cils, puis s'esclaffa, achevant de se détendre.

— Il vous faudra peut-être le supporter, au moins pendant un certain temps, milord. Depuis trois mois, mon épouse n'a pas cessé de me rebattre les oreilles à ce sujet et, maintenant qu'elle a réussi à me le faire entrer dans la tête, je ne suis pas sûr qu'elle m'autorise à m'adresser à vous d'une façon plus familière.

Adrian rit et, se tournant vers Claudia Kent, il prit la main qu'elle lui tendait et la porta à ses lèvres.

— Mes hommages, madame.

Claudia Kent, qui n'était pas plus insensible au charme d'Adrian que n'importe quelle autre femme avant elle, rougit, bredouilla et décocha un regard indigné à son époux.

— Je... je n'ai jamais... c'est un affreux mensonge, Aaron ! Je t'ai seulement dit que lord Beaumont pourrait être choqué si tu l'appelais d'emblée Adrian, comme si tu l'avais connu depuis le berceau, ce qui n'est pas le cas, évidemment. Et tu le sais très bien !

— Je n'aime pas être obligé de contredire une dame, ma cousine, intervint Adrian, mais je dois vous dire que votre mari m'a effectivement connu quand j'étais encore au berceau. Pour autant que je sache, c'est même la seule fois où il m'a vu jusqu'à aujourd'hui. Il n'y a donc aucune raison pour qu'il y ait la moindre formalité entre nous — sauf, naturellement, le respect que je dois à son âge.

— C'est vrai, acquiesça M. Kent. Vous étiez déjà un beau petit gaillard ! Votre père était fier comme un paon !

— Aaron ! s'exclama son épouse, choquée. Pour l'amour du ciel ! Sa Grâce, le duc de Remming...

Adrian rit de nouveau.

— Je crains que vous ne me confondiez avec l'un de

mes frères, cette fois-ci, sir. Car mon père qui, comme vous le savez peut-être, est un grand amateur de pêche, a déclaré en me voyant qu'on ferait mieux de me rejeter à l'eau, tellement j'étais petit et malingre.

M. Kent rit à gorge déployée et tapa amicalement sur l'épaule d'Adrian.

Son épouse faillit avoir ses vapeurs.

— Oh mon Dieu... mon Dieu !

Adrian s'effaça légèrement et fit avancer Danny devant lui.

— Permettez-moi de vous présenter ma pupille, Mlle Danielle Cooper. Danielle, mes cousins, M. et Mme Kent...

En voyant l'expression étonnée de leurs hôtes, Danny rougit et jeta un regard apeuré à Adrian. Il lui pressa la main subrepticement et, rassemblant tout son courage, elle réussit à sourire.

— Bon... bonjour, bredouilla-t-elle.

M. Kent fut le premier à reprendre ses esprits. Il lui prit la main et s'inclina galamment.

— Je suis très heureux de vous accueillir à Sweetbriar, mademoiselle.

Mme Kent se reprit également.

— Quelle agréable surprise ! Vous êtes la bienvenue, mademoiselle.

— M...merci. Vous êtes trop gentille, madame...

Danny se sentit rougir encore un peu plus et jeta un regard désespéré à Adrian. Il lui sourit. Un sourire qui se voulait rassurant. Comme pour lui dire : Ne t'inquiète pas. Tout ira bien.

— Mon père vous a prévenus, n'est-ce pas, que je viendrais avec ma pupille ? s'enquit Adrian, sachant que la meilleure défense était encore l'attaque.

— Euh…

Mme Kent regarda son mari.

— Je… je ne me souviens pas… Il t'en a parlé ?

M. Kent fronça les sourcils pensivement, puis secoua la tête.

— Non, je ne m'en souviens pas non plus. Je suppose qu'il avait d'autres soucis en tête. Il n'a pas dû y penser. De toute façon, cela n'a pas d'importance. Il ne faudra pas longtemps pour faire préparer une chambre et je suis sûre que Sophie sera enchantée d'avoir de la compagnie. Depuis que ses sœurs se sont mariées, il n'y a plus de jeunes filles de son âge à la maison et cela lui manque. Viens, Bouboule, que je te présente à ton cousin, lord Beaumont, et à sa charmante pupille, ajouta-t-il en se tournant vers sa fille.

— Papa, je t'en prie ! protesta Sophie en riant. J'ai vingt-quatre ans ! Je ne suis plus une gamine !

« Bouboule ». Le surnom affectueux que M. Kent avait donné à sa fille n'aurait pas pu être plus inapproprié. Elle était peut-être un peu grande pour une femme, mais elle était trop svelte et trop belle pour que cela puisse être considéré comme un désavantage. Des longs cheveux blonds, un visage ovale, des grands yeux bleus plein de douceur… Aucun homme ne pouvait rester longtemps insensible à son charme et Danny sentit son cœur se serrer tandis que ses derniers espoirs de garder Adrian s'envolaient inexorablement.

L'expression de Sophie était légèrement réservée, mais elle tendit la main à Adrian sans hésitation.

— Je vous autorise à ne pas m'appeler « Bouboule », cousin, dit-elle en souriant.

Adrian lui rendit son sourire, bien qu'il fût cruellement conscient de ce que devait ressentir Danny.

— Vous me coupez l'herbe sous le pied, chère cousine. Je m'apprêtais justement à vous demander le privilège de vous appeler ainsi…

Les yeux de Sophie pétillèrent joyeusement.

— Exactement ce que je craignais !

Puis elle se tourna vers Danny, lui prit les mains et la serra impulsivement dans ses bras.

— Adorable ! Tout simplement adorable ! Nous allons être amies, n'est-ce pas ? Il faut absolument que l'on se tutoie et que tu m'appelles Sophie. Ici, nous ne sommes pas à la Cour du roi d'Angleterre. On ne s'embarrasse pas de formalités. De toute façon, je te préviens, j'ai l'intention de te tutoyer et de t'appeler Danny. Tu y vois un inconvénient ?

Adrian se détendit. Il avait eu peur que Danny soit regardée de haut ou, au moins, reçue fraîchement par sa fiancée et par sa future belle-famille. En voyant Danny hésiter, il lui sourit, un peu gauchement.

— Sophie a raison, poupée. Nous sommes dans un monde neuf, à quatre mille kilomètres de l'Europe et de ses manières guindées et étriquées. Il serait absurde de vous vouvoyer et de vous appeler « mademoiselle ». D'autant plus que vous allez passer beaucoup de temps en compagnie l'une de l'autre — jusqu'à ce que nous t'ayons trouvé un parti convenable, naturellement.

Sophie haussa un sourcil intrigué.

— Un parti ?

Adrian hocha la tête, tout en commençant à ressentir une sensation désagréable au creux de l'estomac.

— Ce n'est pas vrai ?

Sophie se retourna et regarda Danny plus attentivement.

— Mon Dieu ! Tu vas être furieuse contre moi, Danny ! J'étais persuadée que tu avais quinze ans — seize, tout au plus ! Et voilà que lord Beaumont parle de te marier !

Les yeux d'Adrian se posèrent sur Danny. Lui aurait-elle menti sur son âge ? Elle évita son regard et, tout d'un coup, il eut l'impression que sa cravate l'étranglait. Il lui fallut faire un effort pour ne pas l'arracher. Mais il ne put empêcher son visage de changer au moins trois fois de couleur.

Elle ne perdait rien pour attendre ! se dit-il.

— Elle ne fait pas son âge, n'est-ce pas ? réussit-il à marmonner, les dents serrées. C'est difficile à croire, mais selon des sources tout à fait dignes de foi elle a dix-huit ans passés de quelques mois.

M. Kent laissa échapper un petit rire embarrassé.

— Là, je suis vraiment épaté ! J'étais persuadé que cette petite demoiselle avait tout au plus quatorze ans !

Adrian blêmit et regarda Danny d'un air horrifié.

— Seigneur Dieu ! Sûrement pas !

Danny secoua la tête, mais cela ne suffit pas à rassurer Adrian. Ses yeux étincelèrent. Si jamais…

Se rendant compte vaguement qu'il y avait de la tension dans l'air, Mme Kent eut un rire nerveux.

— Moi aussi, je suis épatée, ma chère Danny. Mais il ne faut pas nous en vouloir. Quand vous atteindrez notre âge, vous verrez combien il est difficile d'estimer l'âge des jeunes gens. Si on me le demandait, je serais prête à jurer que votre tuteur n'a même pas trente ans !

— Vous êtes trop aimable, madame, dit Adrian en réussissant à conserver un calme olympien.

Sophie se mordit la lèvre.

— Peut-être est-ce parce qu'il n'en a que vingt-huit, maman.

— Oh, bonté divine ! Enfin, vous voyez ce que je voulais dire…

Rouge de confusion, elle se tourna désespérément vers ses deux fils.

— Robin, William, venez donc vous présenter à votre cousin !

Les deux garçons de M. et Mme Kent étaient aussi bien faits et élégants que leur sœur. L'aîné, Robin, était à peu près de l'âge d'Adrian. Très grand, il dominait son père d'une bonne tête. La taille mince, mais les épaules larges, et solidement bâti. Des cheveux châtain clair, à peine plus foncés que ceux de son frère. Un visage ouvert et joyeux, des yeux bleus pétillant d'humour et de joie de vivre…

Il serra la main que lui tendait Adrian. Une poigne solide et franche.

— Bienvenue à Sweetbriar, cousin. Si vous le permettez, comme nous sommes du même âge, je vous appellerai simplement Adrian.

— Je te le permets, Robin. Tu peux me tutoyer, également. Ici, j'ai l'intention de devenir un planteur, comme ton père et comme tous les autres colons, sans distinction de castes ni de titres.

Se retournant vers Danny, Robin lui prit la main et, après l'avoir portée à ses lèvres, la garda dans la sienne sans se soucier des usages et des convenances.

— Adorable ! Ma sœur a trouvé le mot parfait pour vous décrire. Soyez sûre que c'est avec le plus grand plaisir que mon frère et moi-même nous vous accueillons à Sweetbriar.

Danny lui sourit nerveusement.

— Vous êtes trop aimable. Je suis confuse…

Sophie donna un coup de coude à son frère.

— Arrête, grand dadais ! Tu ne vois pas que tu es en train de l'intimider avec ton galimatias ? Elle est toute pâle… Elle se remet à peine d'un voyage très mouvementé et à peine arrivée dans une maison où elle ne connaît personne, tu te jettes sur elle pour lui conter fleurette ! C'est vraiment trop.

Robin lâcha la main de Danny et fit un pas en arrière à contrecœur, non sans avoir décoché un regard noir à sa sœur.

William s'avança et prit à son tour la main de Danny.

— Puis-je vous dire que je partage les sentiments de mon frère ?

— Non, tu ne peux pas ! s'écria Sophie en le repoussant avec son coude et en enlaçant la taille de Danny. Vous êtes vraiment incorrigibles, tous les deux ! Ne fais pas attention à eux, Danny, poursuivit-elle en emmenant sa protégée vers la porte. Ils ne sont pas comme cela d'habitude ! Mais tu es tellement jolie qu'ils ne savent plus ce qu'ils disent. Cela ne t'ennuie pas que je te tutoie et que je t'appelle Danny, n'est-ce pas ? Je ne voudrais pas que cela te rende mal à l'aise…

— Non, non, pas du tout.

— Moi aussi, je peux vous appeler Danny ? s'enquit Robin d'une voix charmeuse.

Danny rougit de nouveau.

— Euh, je…

— Tu peux l'appeler « mademoiselle », répliqua Sophie en lui décochant un regard mi-censeur, mi-affectueux. Si jamais il devient trop entreprenant avec toi, n'hésite pas à le gifler. Et si tu n'arrives pas à t'y résoudre, je le ferai pour toi, ajouta-t-elle en riant.

— Une véritable duègne, murmura Robin sur un ton de conspirateur. J'aime bien ma sœur, mais dès que l'on fait un brin de cour ou même que l'on sourit à une jeune fille, elle s'imagine que l'on veut attenter à sa vertu. Elle ne peut pas s'en empêcher. Ce n'est pas de sa faute. Maman l'a laissée tomber sur la tête quand elle était bébé et, depuis lors, elle ne s'en est jamais totalement remise.

Malgré elle, Danny ne put s'empêcher de pouffer de rire. Sophie rit également et, en guise de réponse, tira la langue à son frère.

Mme Kent s'indigna.

— Quelle absurdité ! Je n'ai jamais laissé tomber ma fille. Que va penser lord Beaumont ? Vraiment, milord, vous pouvez voir par vous-même que Sophie est une fille tout à fait sensée et raisonnable.

M. Kent posa une main apaisante sur le bras de sa femme.

— Rassérène-toi, ma chérie. Adrian a des frères et des sœurs. Il doit bien y avoir des petites piques entre eux de temps à autre. N'est-ce pas, milord ?

Il y en avait, naturellement, mais Adrian n'était pas d'humeur à l'apprécier chez les Kent et, surtout, il appréciait encore moins la façon dont Robin et William tournaient autour de Danny, la bouche en cœur. Néanmoins, au prix d'un violent effort sur lui-même, il parvint à répondre, tout sourire, que c'était la même chose chez ses parents et qu'il n'était pas du tout choqué.

En voyant que Sophie entraînait Danny à l'intérieur, Mme Kent se souvint brusquement de ses devoirs de maîtresse de maison.

— Mon Dieu, qu'allez-vous penser de moi, milord ? Vous laisser ainsi debout sur le perron ! Je suis impardonnable. Je vous en prie, entrez. Nous serons beaucoup plus à l'aise pour parler dans le salon. Mais, peut-être, avez-vous d'abord envie de vous rafraîchir ? John, où êtes-vous ? Ah, vous voilà… Faites immédiatement monter les bagages de lord Beaumont dans sa chambre ! Betsy…

29.

— J'aime bien les Kent. Je ne m'attendais pas à ce qu'ils soient aussi ouverts et accueillants ! Quant à Sophie — jamais je n'aurais pensé qu'elle serait aussi gentille ! Et… et aussi belle. Mais elle n'est pas du tout fière ou méprisante pour autant. Elle m'a donné la chambre à côté de la sienne. Ainsi, chaque soir nous pourrons parler chiffons, soirées…

Danny rit nerveusement.

— Vous savez, quand ils ont commencé à se taquiner entre eux lors de notre arrivée, cela m'a rendue un peu triste. Mais, en même temps, je me suis sentie beaucoup plus à l'aise, si vous voyez ce que je veux dire ? ajouta-t-elle un peu hors d'haleine, car elle avait de la peine à suivre les grandes enjambées d'Adrian et à parler en même temps.

Adrian ne ralentit pas avant d'être arrivé à la petite maison d'été au fond du jardin. Après avoir jeté un regard autour de lui, il prit Danny par le bras et l'entraîna à l'intérieur. Les persiennes étant fermées, il y faisait frais et il y régnait une demi-obscurité. Danny se mordit la lèvre et regarda le lord avec un mélange d'inquiétude et de circonspection.

Il l'examina un long moment avant prendre la parole.

— Quel âge as-tu exactement, Danny ? s'enquit-il enfin, d'une voix dangereusement calme.

Danny ne s'y trompa pas. Il était furieux.

— Je — hum — je ne le sais pas exactement. Je vous l'ai déjà dit, non ?

Adrian jura entre ses dents.

— Tu m'as dit que tu pensais avoir dix-sept ans.

— Plus ou moins, lui rappela-t-elle en faisant un pas en arrière.

— Combien de moins ?

— Si je l'avais su, je vous l'aurais dit ! répliqua-t-elle avec hauteur.

Il avança d'un pas. Elle recula de nouveau et se retrouva le dos au mur.

— C'est étrange, mais je n'arrive pas à te croire totalement.

Elle haussa les épaules.

— Quelle différence cela fait-il ? Une année de plus ou de moins…

Il empêcha toute retraite en posant ses mains sur le mur, de chaque côté de sa tête.

— Pour une fille de ton âge ? C'est la différence entre une enfant et une femme.

— Je ne suis pas de cet avis, repartit-elle en refusant de croiser son regard. Vous n'en avez peut-être pas conscience, mais la moitié au moins des putains de Londres n'ont pas plus de douze ou treize ans. Certaines, moins encore. C'est un métier qui ne nécessite pas un long apprentissage, vous savez…

— J'en suis parfaitement conscient, rétorqua-t-il. Je le déplore, mais cela n'a rien à voir avec ce qui nous occupe. Tu le sais très bien.

Il lui prit le menton et l'obligea à lever les yeux vers lui. En voyant sa mine apeurée, il sentit sa colère s'évanouir. Il aurait aimé que son dégoût de lui-même puisse disparaître aussi facilement. Il savait qu'elle lui avait menti, mais, malgré tous ses remords, cela ne faisait effectivement aucune différence. Il avait toujours aussi envie d'elle. Une envie presque douloureuse.

— Je ne vais pas te battre, mon trésor. Dis-moi seulement que tu n'as pas…

— Douze ans ? murmura-t-elle avec un sourire indécis. Oh non ! Je suis beaucoup plus vieille que cela, j'en suis sûre !

Cette réponse ne soulagea en rien Adrian.

— Combien de plus ? Quel âge penses-tu avoir ? Essaie de ne pas me mentir, pour une fois.

— Je pourrais avoir dix-sept ans, suggéra-t-elle avec prudence.

— Mais tu ne les as pas, n'est-ce pas ?

Elle secoua la tête lentement et Adrian sentit des gouttes de sueur froide perler sur son front.

— Seize ans ?

Elle haussa les épaules.

— Quinze ?

Elle se mordit la lèvre inférieure.

Adrian se passa la main dans les cheveux.

— Quinze ? répéta-t-il.

Une lueur rebelle brilla dans les yeux de Danny.

— Sacré bon Dieu ! Je vous ai dit que je ne le savais pas ! Quinze ou dix-sept, quelle différence cela fait-il ?

— Quinze ? fit Adrian d'une voix étranglée. Danny !

Elle se passa la langue sur les lèvres et détourna les yeux.

— Probablement pas. De toute façon, je ne vois pas ce que cela change pour vous. Le mal est fait… Même si, pour moi, il n'y a rien eu de mal.

— Ne me le rappelle pas ! grommela Adrian en se mettant à marcher de long en large. Petite folle ! Qu'est-ce qui t'a pris de faire une chose aussi irréfléchie ? As-tu songé un seul instant que j'aurais pu te faire un enfant ? Alors que tu es à peine sortie de l'enfance !

A cette pensée, il revint vers elle et reprit son menton dans sa main.

— Je ne t'en ai pas fait un, au moins ?

Danny s'empourpra.

— Je… je ne pense pas.

Adrian fronça les sourcils.

— Pour l'amour du ciel, tu devrais le savoir maintenant ! As-tu eu tes règles ou non ?

— Vous m'avez dit que je ne devais pas parler de ce genre de choses avec un gentleman !

Adrian grinça des dents et résista avec peine à son envie de l'étrangler.

— Ce n'est pas le moment de faire des manières de petite pensionnaire, Danny.

— Euh… alors, non.

— Non, quoi ? Non, tu n'as pas eu tes règles ? Non, tu n'attends pas un enfant ? Non, tu ne sais pas ?

— Non, je n'attends pas un enfant.

— Jure-moi que c'est la vérité, Danny.

Elle lui jeta un regard noir et laissa échapper l'une de ces litanies de jurons dont elle avait le secret.

— Pourquoi me le demandez-vous, puisque, de toute façon, vous n'avez pas l'intention de me croire ? A vous entendre, tout ce que je dis n'est que mensonges ou affabulations.

— Arrête de jurer, Danny, sinon je vais céder à la tentation, te prendre sur mes genoux et t'administrer la fessée que tu n'as déjà que trop méritée !

— C'est vous-même qui m'avez demandé de jurer, objecta-t-elle sur un ton faussement innocent.

— Ce n'est pas le moment de faire de l'humour !

Danny soupira.

— Je ne comprends pas pourquoi vous vous mettez dans un état pareil. Qu'est-ce qu'une année de plus ou de moins ?

Pour toute réponse, Adrian serra les poings et lui décocha un regard meurtrier. Puis il se remit à marcher de long en large.

— Seigneur Dieu, que vais-je faire de toi maintenant ? marmonna-t-il. Que vais-je faire de toi ?

Danny le suivit des yeux, le visage blême. Avant même qu'il eût commencé à parler, elle savait qu'il était en colère contre elle parce qu'elle ne lui avait pas dit la vérité sur son âge. Mais elle n'avait pas imaginé que cela le mettrait dans une telle rage. Et elle n'avait pas imaginé non plus qu'il pourrait la renvoyer à cause de cela.

— Que voulez-vous dire par là ? s'enquit-elle d'une voix blanche.

Il lui jeta un regard distrait — et vit immédiatement qu'il lui avait fait peur. En trois enjambées, il la rejoignit et la serra impulsivement dans ses bras.

— Ne me regarde pas comme cela, ma chérie. As-tu donc aussi peu confiance en moi ?

Elle leva les yeux vers lui et soupira.

— J'ai confiance en vous, mais je ne comprends pas ce qui vous chagrine tant.

Il sourit. Un sourire pâle et dépourvu de gaieté.

— Le contraire m'aurait étonné.

Il déposa un petit baiser sur son front et desserra son étreinte à contrecœur.

— Va maintenant, mon trésor. Rentre à la maison, avant que je fasse une nouvelle folie. Il faut que je réfléchisse et je ne le peux pas quand tu es auprès de moi.

— C'est une enfant étrange, dit Sophie d'une voix pensive, tout en regardant Danny prendre une leçon d'équitation.

Adrian fronça les sourcils.

— Comment cela ?

Sophie se mordit la lèvre, afin de dissimuler un sourire.

— Vous n'avez pas besoin de le prendre de haut. Je n'ai pas dit cela pour la critiquer ou pour la dénigrer.

Avant de poursuivre, elle réfléchit un instant, cherchant les mots qui pourraient le mieux traduire sa pensée.

— Parfois, elle a l'air d'être une gamine, presque un bébé, et elle me donne envie de la materner, mais l'instant d'après c'est moi qui ai l'impression d'être une gamine. Elle a une façon très bizarre de regarder les choses. C'est déconcertant.

Elle eut un petit rire amusé.

— Une chose est certaine. Elle est imprévisible et on ne s'ennuie jamais quand on est avec elle.

— C'est vrai, acquiesça Adrian avec un sourire contraint. On ne s'ennuie jamais avec elle.

Il reporta son attention sur Danny et Sophie en profita pour l'examiner à la dérobée.

Il avait été une surprise pour elle. Elle ne s'était pas attendue à éprouver une quelconque affection à son égard. Elle aurait aimé lui trouver tous les défauts possibles et imaginables. Malheureusement, elle avait découvert très vite qu'elle ne pouvait pas s'empêcher de le trouver sympathique. Derrière une façade froide et réservée, elle avait entraperçu un homme totalement différent et les deux combinés avaient piqué sa curiosité féminine.

C'était malheureux, parce qu'elle n'avait jamais été capable de dissimuler ses sentiments. Il allait être très difficile d'expliquer à ses parents que les sentiments qu'elle éprouvait pour Adrian n'étaient pas du genre de ceux qu'une femme devrait éprouver pour son mari. Ils y verraient un caprice et elle était obligée d'admettre que les apparences seraient contre elle. Adrian avait toutes les qualités pour rendre une femme heureuse.

Il était beau. D'une beauté sculpturale. Ses manières et sa façon de parler étaient irréprochables. Pas la moindre vanité — ou il la cachait bien. Jamais méchant ou cruel. Au contraire, malgré ses efforts pour ne pas le montrer, elle le soupçonnait d'être un sentimental, au moins en ce qui concernait les gens qui lui étaient proches. Jamais grossier, toujours calme et mesuré. Un parangon de vertu. Comment allait-elle pouvoir convaincre ses parents qu'elle préférait Thomas Clanton à lord Beaumont ? Thomas Clanton, avec sa gaucherie et toutes ses petites imperfections… Contre le fils d'un duc, d'un pair du royaume d'Angleterre.

Avant qu'ils ne connaissent Adrian, elle avait eu beaucoup de mal à plaider la cause de Thomas. Maintenant qu'ils le connaissaient, ils étaient tellement en admiration devant lui qu'ils n'accorderaient aucun crédit à ses objections. Aussi bien, ils n'accepteraient même pas de les écouter.

Thomas n'était pas très beau. Il lui arrivait de bredouiller et d'être un peu balourd, mais, malgré cela, elle l'aimait. Il faisait naître en elle un farouche sens maternel, tout en lui inspirant en même temps des désirs qui, eux, n'avaient rien de maternels.

Naturellement, elle ne se trouverait pas dans cette impasse maintenant, s'il n'avait pas été aussi lent à lui déclarer sa flamme. C'était l'inconvénient lorsque l'on donnait son cœur à un homme timide. Il lui avait fallu presque un an pour convaincre ce grand dadais de lui faire la cour. Au point qu'elle s'était demandé si elle n'allait pas finir vieille fille, car, en attendant qu'il se déclare, elle avait refusé tous les autres partis qui lui avaient été proposés.

Finalement, il s'était déclaré. Trop tard. Quand il avait trouvé le courage de venir demander sa main, son père avait déjà reçu la demande du duc de Remming pour son fils. Elle avait eu envie de crier et de s'arracher les cheveux.

Si toute l'affaire n'avait pas été aussi frustrante, elle aurait pu être comique. A présent, cependant, elle avait de la peine à apprécier le comique de la situation.

Certes, elle n'avait aucune difficulté à garder Adrian à distance. C'était un soulagement, même si elle trouvait son manque d'empressement quelque peu déconcertant. Mais elle savait aussi que cela ne pourrait pas durer. Tôt ou tard, il demanderait sa main formellement en mariage et elle serait obligée d'accepter — sauf si elle trouvait une raison valable pour décliner sa demande.

Elle se retourna et regarda Danny. Au début, elle avait pensé qu'elle avait peur de son tuteur. Cela avait fait naître chez elle un besoin de la protéger, tout en renforçant ses préjugés négatifs à l'encontre d'Adrian. Il ne lui avait pas fallu longtemps pour se rendre compte que sa peur de lui déplaire n'avait rien à voir avec une quelconque angoisse d'être punie ou de devoir subir ses remontrances. Elle nourrissait, visiblement, une véritable adoration pour Adrian. La question était de savoir quelle était la nature exacte de cette adoration ? Pourrait-elle en tirer parti à son avantage ?

A cette pensée, elle éprouva un sentiment de culpabilité, car elle aimait bien Danny. Sincèrement. Elle se dit qu'elle ne ferait rien, en tout cas, pour l'encourager à séduire son tuteur. Cela risquerait de provoquer un désastre — sauf si Adrian pouvait être amené à considérer Danny comme une femme et non comme une enfant.

Elle avait constaté à maintes reprises qu'il éprouvait une grande affection pour sa pupille. Il se souciait sans cesse de son bien-être et, non sans un certain amusement, elle s'était aperçue qu'il s'arrangeait pour déjouer toutes les tentatives de ses frères pour la courtiser. Des tentatives tout à fait sérieuses, au moins de la part de Robin. Ce pauvre Robin… Il était de plus en plus frustré et ne comprenait vraiment pas pourquoi Adrian refusait de le laisser approcher de sa pupille.

Un refus qui, en soi-même, n'était pas suffisant pour l'aider à atteindre le but qu'elle s'était fixé. Pour cela, il faudrait qu'il commence à considérer Danny différemment — ne plus voir en elle seulement une enfant. Ils allaient bien ensemble, en tout cas. Elle l'avait constaté à maintes reprises. C'était au moins une raison de ne pas perdre entièrement espoir. Après tout, son père pourrait-il lui en vouloir si l'affection que son fiancé portait à sa pupille venait à se transformer en amour ? Ainsi, elle pourrait se marier avec son cher Thomas et Danny avec Adrian.

Néanmoins, ses plans durent être remis à plus tard, car le lendemain Adrian quitta Sweetbriar pour aller visiter la plantation qu'il avait achetée au bord de la Savannah et superviser les travaux de la demeure qu'il était en train d'y faire bâtir. Avant de partir, il promit aux Kent d'être de retour trois semaines plus tard, pour le bal qu'ils avaient décidé de donner afin de le présenter formellement aux membres de la « gentry » locale.

Sophie en fut un peu déçue, mais elle se dit que cela lui donnerait le temps de parachever son plan. Tout d'abord en rendant Danny absolument éblouissante. Quand elle en aurait fini avec elle, aucun homme ne pourrait résister à ses charmes, pas même son très flegmatique tuteur.

30.

— Vous êtes ravissante ce soir, dit Adrian en baisant la main de Sophie.

Un compliment sincère, car il avait remarqué que sa fiancée était particulièrement à son avantage, mais étrangement froid et dépourvu de passion, car Danny accaparait ses pensées.

Il ne l'avait pas revue depuis son retour, au début de l'après-midi, et il se demandait si elle l'évitait ou si elle était tellement accaparée par sa nouvelle vie qu'elle ne s'était pas rendu compte qu'il était revenu.

Kent lui avait tenu la jambe pendant plus d'une heure pour lui raconter les exploits de sa pupille pendant son absence. Il l'avait écouté avec impatience, car cela retardait sa joie de la revoir. Apparemment, elle avait eu beaucoup de succès auprès de la « gentry » locale. Les soupirants commençaient déjà à papillonner autour d'elle, malgré le fait qu'elle n'aurait qu'une dot des plus modestes. Croyant lui plaire, Kent avait tenu à en informer Adrian.

Sophie baissa les yeux modestement, en résistant avec peine à la tentation de lui donner un coup de pied dans les tibias. Elle avait l'habitude d'être admirée ; bien qu'elle ne fût pas vaniteuse, elle savait très bien qu'elle était belle.

Par contre, elle n'avait pas l'habitude qu'un homme la regarde sans la voir, tout en lui débitant un compliment de ce genre. Ce n'était pas qu'elle en fût contrariée. Elle n'avait aucune inclination à séduire son « fiancé ». Toutefois, c'était un peu vexant.

— Vous me flattez, je le crains. Mais je vous remercie, répondit-elle sèchement.

L'ombre d'un sourire erra sur les lèvres d'Adrian. Malgré son humeur détestable, il ne pouvait s'empêcher d'être amusé en voyant qu'elle n'avait pas réussi à dissimuler son irritation. Mais, presque aussitôt, son humeur noire revint en force et il soupira intérieurement. Il se rendait compte que toutes ses tentatives pour lui faire la cour restaient sans réponse. Soit il avait perdu son charme légendaire, soit elle n'était pas plus attirée par lui qu'il ne l'était par elle. Oh, certes, il éprouvait de l'affection à son égard — l'affection d'un frère pour une sœur, mais rien de plus.

Il fallait qu'il fasse un effort. Leur mariage était un mariage arrangé, mais il se devait de lui faire la cour.

— Au contraire. Je fais tout ce que je peux pour rendre justice à votre beauté. Hélas, ce n'est pas grand-chose.

— Effectivement, repartit-elle avec une pointe de sarcasme.

Puis, en voyant qu'il fronçait les sourcils, elle lui décocha un sourire radieux.

— Il faudra vous montrer plus convaincant quand vous verrez Danny. Cette enfant est beaucoup trop modeste. En dépit de tous mes efforts, je n'ai pas réussi à la persuader qu'elle allait être la reine de la soirée. Pour elle, ce sera son premier bal. Ses débuts dans le monde. Vous lui demanderez l'honneur de vous accorder sa première danse, je suppose ?

Adrian haussa les sourcils.

— Sûrement pas ! Vous devez savoir que les convenances exigent que j'ouvre le bal avec ma fiancée.

C'était la première fois qu'il mentionnait leurs fiançailles et, malgré elle, elle sentit son estomac se nouer.

— Oh, vous n'avez pas à vous inquiéter pour cela, affirma-t-elle avec une feinte légèreté. Personne ne sait encore que nous sommes fiancés.

— Comment cela ?

— J'ai pensé qu'il valait mieux ne pas répandre la nouvelle avant que ce soit officiel. Après tout, nous ne nous étions même pas rencontrés. Que se serait-il passé si nous avions découvert que nous ne pouvions pas du tout nous entendre ?

— Je vois.

Sophie risqua un coup d'œil vers lui, derrière ses paupières mi-closes. Elle fut déçue. L'expression de son visage était indéchiffrable. Elle n'aurait su dire si la nouvelle l'avait soulagé ou contrarié.

— De toute façon, il n'y a aucune raison de précipiter les choses, ajouta-t-elle en espérant le faire réagir.

— Non, vous avez raison, répondit-il avec circonspection. Nous devrions peut-être descendre dans le salon, maintenant. Les invités de vos parents vont commencer à arriver et je ne voudrais pas embarrasser votre mère en étant en retard pour les présentations.

— Un instant. Je vais d'abord aller voir ce qui retient Danny.

Adrian fronça les sourcils.

— Elle n'est pas encore descendue ?

— Non… Je… sa robe n'était pas tout à fait prête. Attendez-nous ici. Nous descendrons ensemble. Elle sera plus à l'aise si nous sommes là tous deux pour la soutenir — un premier bal, c'est toujours très intimidant.

Elle n'avait pas l'intention de lui dire qu'il avait fallu retoucher la robe de Danny parce qu'elle avait grossi pendant son absence — oh, juste un peu, mais suffisamment pour devoir élargir la taille d'un pouce ou deux. La pauvrette avait été en larmes quand elle s'était rendu compte que la belle robe de bal qu'Adrian lui avait fait faire à Charleston était devenue trop petite. Un contre-temps qui avait ajouté encore à sa nervosité…

Sophie avait été surprise qu'elle ait grossi. Pendant tout le temps où Adrian n'avait pas été là, elle avait mangé du bout des lèvres, comme si son absence l'avait rendue mélancolique.

Quand elle entra dans la chambre, Danny lui jeta un regard anxieux. Sophie congédia la camériste et vint elle-même donner les dernières touches de finition à la coiffure de sa protégée, tout en l'examinant d'un œil critique dans la glace. Elle fut soulagée de voir que les traces de ses larmes avaient disparu.

— Quelle chance tu as ! Si j'avais pleuré comme toi tout à l'heure, j'aurais encore le nez et les yeux rouges.

Danny laissa échapper un éclat de rire embarrassé.

— Je ne sais pas comment j'ai pu me conduire d'une façon aussi stupide !

— Ce n'était pas du tout stupide. Les femmes ont le privilège de pouvoir pleurer quand elles sont confrontées à un désastre, même mineur. Là ! C'est terminé. Lève-toi, que je te regarde.

Danny obéit et tourna lentement sur elle-même.

— Alors ?

Sophie soupira.

— Cela ira.

En voyant l'air dépité de Danny, elle rit.

— Petite idiote ! Tu sais très bien que tu es éblouissante !

— La robe est éblouissante, en tout cas, concéda Danny modestement. Mais je n'y ai aucun mérite.

Elle baissa les yeux et caressa du bout des doigts la soie rose pâle de sa jupe. Une caresse où il y avait à la fois de la jouissance et de la vénération.

— Cela vaut presque la torture que j'ai endurée pour y entrer !

Sophie rit de nouveau.

— Va maintenant, ma chérie. Je te rejoindrai dans une minute. Le temps d'aller chercher mon collier dans ma chambre.

— Je t'attendrai en haut de l'escalier ?

Les yeux de Sophie pétillèrent.

— Oui, c'est cela. A tout de suite.

Danny le vit juste au moment où elle sortait de sa chambre. D'un seul coup, son cœur s'arrêta de battre. Il était encore plus beau — et encore plus inaccessible — que lorsqu'il était parti. Chaque fois qu'elle le revoyait, elle espérait revoir Adrian, son Adrian, l'homme qu'il avait été pendant leur long et dangereux périple à travers les forêts de la Floride et de la Géorgie. Au lieu de cela, elle retrouvait un étranger froid et poli.

Il tourna la tête vers elle et elle se força à marcher d'un pas nonchalant.

Quand elle était apparue, Adrian s'était figé et un torrent de lave s'était mis à couler dans ses veines. Elle était, si c'était possible, encore plus belle que dans ses souvenirs. Sa robe était magnifique, mais peu lui importait la façon dont elle était habillée. Il la dévora des yeux, tandis que tout son être vibrait de désir. Un désir si violent qu'il empêchait toute pensée rationnelle. Il aurait voulu la prendre dans ses bras, mais, heureusement, il était trop paralysé pour faire un mouvement.

— Je… tu es d'une beauté resplendissante, gamine, dit-il d'une voix rauque quand il eut réussi à reprendre un peu ses esprits. Tu vas briser des cœurs, ce soir…

« Le mien en premier », se dit-il avec un sourire un peu de travers.

Le seul fait de la regarder suffisait à le remuer jusqu'au plus profond de lui-même, si douloureusement qu'il avait de la peine à respirer. Il savait qu'il ne devait pas la toucher. Il savait que ce serait la pire erreur de sa vie, mais il ne put pas s'en empêcher. Comme un somnambule, il leva la main et lui caressa la joue.

Elle posa sa main sur la sienne et la retint pressée contre sa joue, bien qu'il n'ait aucune envie de l'enlever.

— Vous pensez que j'ai l'air présentable ?

Il retira sa main et lui tapota le bout du nez en badinant.

— Ne l'ai-je pas déjà dit ? Mais je vois que tu as un appétit insatiable pour les compliments. Oui, poupée, tu es présentable. Plus que présentable. Je serai fier, très fier, ce soir, quand j'ouvrirai le bal avec ma belle pupille.

— Vous allez ouvrir le bal avec moi ? s'écria-t-elle, à la fois surprise et le cœur débordant de bonheur. Même si je ne suis pas…

Il posa un doigt sur ses lèvres.

— Ne dis rien, mon trésor. N'importe quel homme serait fier d'avoir l'honneur de danser avec toi. Tu es adorable, Danielle Cooper. Une vraie demoiselle, pas par je ne sais quel artifice de ma part, mais par ce que tu es vraiment. Ne l'oublie jamais.

Elle le dévisagea un instant, puis elle détourna les yeux.

— Je… Vous m'avez manqué, milord.

Adrian sentit son cœur se serrer derechef et il réprima avec peine une brusque envie de lui ébouriffer les cheveux. Ce n'était vraiment pas le moment de défaire sa coiffure !

— Toi aussi, tu m'as manqué, murmura-t-il finalement.

Sophie, qui avait entrouvert sa porte pour voir si sa ruse avait marché, referma doucement le battant et mit ses mains sur ses joues enflammées.

— Dieu me garde, Thomas ! dit-elle à voix basse. Si jamais il venait à me regarder comme cela, je pourrais bien perdre la tête.

Quelques instants plus tard, elle sortit dans le couloir, son collier à la main.

— Serez-vous assez gentil pour m'aider à l'agrafer, milord ? demanda-t-elle à Adrian en minaudant.

Adrian passa derrière elle et s'exécuta obligeamment. Elle remarqua, sans aucune surprise, que ses doigts tremblaient légèrement.

— Vous m'aviez promis cette danse, je crois ? dit Adrian en prenant la main de sa « pupille » et en l'entraînant sur la piste avant que quiconque ait eu le temps de protester.

Danny jeta un coup d'œil embarrassé au jeune homme à qui elle venait d'accorder une danse, tandis qu'Adrian la prenait dans ses bras et l'entraînait sur la piste.

— Oui, je sais. C'était très impoli de t'enlever ainsi à ton cavalier. Tu veux que je te ramène ?

Danny scruta son visage, sans réussir à déterminer s'il était de bonne ou de mauvaise humeur.

— Non. Je préfère danser avec vous, répondit-elle ingénument.

Adrian grimaça un sourire.

— Alors, tu n'éprouves aucun intérêt pour le jeune Richards ?

Elle secoua la tête.

— Tant pis, reprit-il d'une voix neutre. Ce ne sont pas les prétendants qui manquent. Tu auras le choix. Je suis sûr que tu en trouveras un qui te conviendra. Tu as plusieurs saisons devant toi. Tu es encore jeune. Rien ne presse. Il vaut mieux que tu prennes ton temps. Ce serait absurde si tu te jetais dans les bras du premier venu.

Danny le regarda avec curiosité, avant de fixer ses yeux sur sa cravate.

— Vous pensez que je devrais attendre un an ou deux ?

Elle le sentit se détendre.

— Non, je voulais seulement dire que tu ne dois pas te sentir obligée d'accepter la première offre de mariage qui se présentera. Tu es la reine de la soirée. Une reine a le droit de se montrer difficile.

Danny rougit jusqu'à la racine de ses cheveux.

— Vous me flattez, milord. Il y a bien d'autres jeunes filles ce soir et la plupart sont aussi jolies, sinon plus jolies que moi.

Adrian eut un rire sans joie, presque grinçant.

— Détrompe-toi, Danny. Tu es la plus belle. Avant ce soir, je n'avais jamais vu autant de blancs-becs faire la roue et essayer de se faire remarquer. Si nous n'étions pas entre gens de bonne compagnie, ils se battraient pour avoir l'honneur de danser avec toi.

— Vous n'êtes pas content, murmura Danny, brusquement très mal à l'aise.

— Au contraire, mentit Adrian. Je suis très content que tu aies autant de succès.

Pour rien au monde, il n'aurait avoué qu'il était dévoré par la jalousie, au point d'avoir envie de provoquer en duel tous ces godelureaux qui avaient le front de vouloir marcher sur ses plates-bandes.

Danny lui jeta un regard inquisiteur, mais elle ne dit rien et ils finirent leur danse en silence. Il la ramenait vers la table des rafraîchissements quand Sophie les rejoignit pour faire une nouvelle présentation.

— Ah, Danny ! s'exclama-t-elle gaiement. J'ai ici quelqu'un qui meurt d'envie de faire ta connaissance. Il est venu rendre visite à des parents à Charleston et doit reprendre le bateau pour l'Angleterre la semaine prochaine, aussi nous sommes particulièrement heureux qu'il ait bien voulu venir ce soir pour nous faire ses adieux avant son départ. Sir, j'ai l'honneur de vous présenter Mlle Danielle Cooper, la pupille de lord Beaumont. Mademoiselle Cooper, George Sheldon.

Danny se retourna, un sourire poli aux lèvres. Puis, d'un seul coup, son sourire se figea et tout le sang se retira de son visage. Elle se rendit vaguement compte qu'Adrian la regardait d'une façon bizarre, mais toutes ses pensées étaient accaparées par l'apparition aussi brutale qu'inattendue de ce fantôme de son passé.

— Mon… monsieur Sheldon. Je suis très heureuse de faire votre connaissance…

31.

Les invités étaient repartis, chacun s'était retiré dans sa chambre et Sweetbriar était plongée dans le silence et l'obscurité, mais Danny ne parvenait pas à trouver le sommeil. Ses pensées étaient trop chaotiques. Elle n'avait jamais imaginé revoir un jour Sheldon et sûrement pas à l'autre bout du monde. Mais l'impensable s'était produit et elle craignait le pire. Elle craignait qu'il se souvienne d'elle et qu'il la dénonce pour ce qu'elle était — une fille des rues.

Finalement, elle se leva et alla ouvrir la fenêtre pour parcourir du regard le parc et, tout au fond, la petite maison d'été. Cette petite maison où Adrian avait failli l'embrasser, songea-t-elle tristement. Seulement failli. Il en avait eu la tentation. Elle le savait. Elle l'avait senti dans son cœur. Comme elle sentait qu'il avait été tout près de l'aimer.

Elle ferma les yeux et inspira profondément l'air parfumé de la nuit.

Non, se dit-elle. Tout cela n'avait été qu'un rêve. Une chimère. Mais il avait de l'affection pour elle et il se souciait de son avenir. Elle le savait et — cela lui semblait très loin maintenant — il l'avait aimée avec son corps et cela avait été presque aussi bon que d'être véritablement aimée.

Elle rouvrit les yeux et appuya sa joue contre le montant de la fenêtre, tout en regardant les cimes des arbres se balancer doucement dans la brise. Elles avaient l'air de l'appeler, de lui dire : « Viens, ne reste pas toute seule… »

Au bout d'un moment, elle quitta la fenêtre, traversa la chambre et se glissa dans le couloir. Quelques instants plus tard, elle émergea dans le parc et traversa la pelouse en direction de la petite maison d'été où elle avait l'impression qu'elle trouverait la consolation dont elle avait si cruellement besoin.

Un rayon de lune éclairait la porte entr'ouverte, dessinant un triangle argenté et fantomatique sur le dallage de pierre. Au-delà, la pénombre régnait en maître et Danny hésita un instant avant de faire un pas à l'intérieur. Presque aussitôt, elle sentit une présence et s'arrêta de nouveau, le cœur battant à se rompre. Une ombre se détacha alors et elle retint son souffle.

— Aigle Noir ? murmura-t-elle, en sentant tout à la fois une pointe d'inquiétude et de joie à l'idée de revoir son ami.

Elle n'avait pas envie de partir. Pas tout de suite. Elle n'était pas prête… Mais, en même temps, elle était presque soulagée de penser que le moment était venu de mettre un terme à sa comédie. Une comédie qui ressemblait trop à une imposture.

Au son de sa voix, l'inconnu s'arrêta et, pendant un moment, il ne dit rien.

— Tu l'attendais ? questionna-t-il finalement.

Elle ressentit un mélange d'embarras, de crainte et de joie. Cette joie un peu honteuse qui l'envahissait chaque fois qu'elle entendait la voix de l'homme qui l'avait initiée aux secrets de l'amour.

— Adrian ? réussit-elle à murmurer d'une voix étranglée.

— Devrais-je être flatté ? Oui, je n'arrive pas en dernier, au moins. A qui aurais-tu pensé ensuite ? A Sheldon ?

Elle ne trouva rien à dire. Du moins, rien pour dissiper ses horribles soupçons. Elle resta donc muette, tout en essayant en vain de percer la pénombre.

En trois pas rapides, il la rejoignit et la saisit par les épaules.

— Tu ne le nies pas ? questionna-t-il, la voix rendue rauque par la fureur.

Danny sentit une bouffée de colère monter en elle. Elle se redressa et lui fit face, le menton pointé.

— Nier quoi ?

Il la secoua.

— Tu le connais.

— Oui.

Il la regarda, puis il la lâcha brusquement, se passa la main nerveusement dans les cheveux et se mit à marcher de long en large, comme un lion en cage.

Quand il s'arrêta de nouveau devant elle, ce fut elle qui rompit le silence.

— Vous croyiez que je le nierais ? J'aurais pu, si je ne m'étais pas rendu compte que vous ne vous souveniez de rien. Vous ne vous en souvenez toujours pas, n'est-ce pas ?

Cela faisait mal. Très mal. Savoir qu'elle avait eu aussi peu d'importance pour lui. Savoir qu'il l'avait aussi vite oubliée. Alors que le souvenir de leur première rencontre resterait à jamais gravé dans sa mémoire. Un souvenir qu'elle avait chéri pendant une année entière. Un souvenir qui lui avait redonné espoir, un souvenir qui l'avait empêchée de sombrer définitivement.

Il haussa les sourcils. Visiblement, il ne comprenait toujours pas.

Un sourire amer incurva les lèvres de Danny.

— J'aurais dû m'y attendre, mais j'avais espéré...

Elle haussa les épaules.

— C'était stupide de ma part. C'est cette nuit-là que j'ai appris, à mes dépens, qu'il valait mieux me déguiser en garçon. En fait, c'est Jimmy qui en a eu l'idée. Et cela a marché. Vous ne savez toujours pas à quoi je fais allusion, je suppose ?

Elle lui tourna le dos et, gagnant le seuil de la porte, elle regarda sans le voir le parc éclairé par les rayons blafards de la lune.

— C'était il y a plus d'un an, maintenant, marmonna-t-elle en reprenant son accent cockney. J'avais le visage en sang — pas seulement le visage. J'étais une fille des rues, comme il y en a des milliers à Londres... Le gibier favori des jeunes gandins quand, après s'être enivrés dans les tavernes et les tripots, ils se mettent en chasse pour « tirer un coup », comme ils disent.

Adrian la rejoignit d'un pas rapide, lui saisit le menton et inspecta son visage. Ses yeux n'eurent aucun mal à retrouver les cicatrices. Il les avait déjà remarquées, mais il ne s'était posé aucune question à leur sujet. Grâce à Dieu, elles étaient minuscules et n'altéraient en rien sa beauté.

Il jura.

— C'était toi cette nuit-là, quand Sheldon et Brookfield...

Il y en avait eu un troisième, tout aussi ivre que ses

compagnons, mais Adrian ne connaissait pas son nom. Trois jeunes lords en goguette qui avaient essayé de « persuader » une gamine de leur faire une « faveur ».

Il comprenait maintenant pourquoi le visage de Danny lui avait été vaguement familier. Un visage ensanglanté. Sa propre mère aurait eu du mal à la reconnaître.

La fureur qu'il avait ressenti alors revint en force et le submergea. Il aurait dû tuer ces bâtards, au lieu de se contenter de les rosser.

Une autre pensée lui traversa l'esprit. Une pensée qui lui noua l'estomac et qui lui fit oublier momentanément sa fureur.

— C'était donc cela, murmura-t-il. Seulement cela.

Danny battit des cils.

— Que voulez-vous dire ?

Il jura avec violence.

— Ne fais pas semblant de ne pas comprendre ! De la gratitude. C'était seulement de la gratitude. Rien d'autre, n'est-ce pas ?

Elle comprit brusquement de quoi il voulait parler.

— Je suppose que ce n'était pas grand-chose… Mais, après tout, c'était mon seul trésor. Il devait bien avoir une certaine valeur… minime, certes. Mais c'était déjà mieux que rien.

Il la rejeta loin de lui.

— N'ajoute plus un mot, Danny. J'ai trop envie de te battre en ce moment.

Il s'enfonça dans la pénombre, les poings serrés, en luttant contre la douleur qui menaçait de le suffoquer.

Danny le regarda fixement une seconde ou deux, puis elle soupira.

— Ce n'était pas du tout cela.

Il se retourna vers elle.

— Non ?

Elle secoua la tête et, s'approchant de lui, leva la main et lui caressa la joue.

— Après cette nuit-là, je vous ai suivi, milord. Je vous ai suivi partout. Le soir où vous vous êtes embarqué sur la *Lady Dorinda*, je vous ai suivi jusqu'aux quais. Je savais que vous partiez pour toujours. Que vous quittiez l'Angleterre. Il fallait que je vous vois une dernière fois. Juste une fois. J'avais très peur sur les quais la nuit. Je n'ai jamais eu réellement l'intention de vous suivre au Nouveau Monde. Pas consciemment, du moins. J'étais fatiguée et je me suis endormie dans la chaloupe. Mais je n'ai pas regretté ma mésaventure. Et je l'ai encore moins regrettée quand vous avez décidé de me prendre à votre service. Je vous suis reconnaissante. Je vous dois la vie, au moins deux fois. Et je vous dois également cette nouvelle vie que vous avez bien voulu me donner. A moi, la petite bâtarde. La petite mendigote. Mais, si je me suis donnée à vous, ce n'est pas par gratitude. Je n'y ai pas pensé un seul instant.

Adrian sentit monter en lui une vague de désir et d'espoir qui lui donna presque le vertige. Il essaya de la refouler, de tempérer la violence de ses émotions.

— Peut-être, répondit-il finalement avec raideur. Mais aussi bien tu t'es abusée sur les véritables raisons qui t'ont poussée dans mes bras.

Danny secoua la tête lentement. Comment pouvait-il encore douter de son amour ? Elle s'était donnée à lui librement, totalement, sans la moindre arrière-pensée. N'était-ce pas une preuve suffisante ?

— Adrian…

Il lui prit le menton et la regarda au fond des yeux.

— Dis-le-moi. Je ne veux plus de mensonges, Danny. J'en ai trop entendu. Toutes ces femmes qui ont couché avec moi par calcul, parce que je suis un lord… M'aimes-tu vraiment ?

Elle sourit douloureusement.

— Oui, Adrian. Je t'aime. Je t'aime plus que tout, plus que moi-même. Je t'ai toujours aimé et je t'aimerai toujours.

Il la prit dans ses bras et la serra comme un fou contre lui, en la couvrant de baisers passionnés.

— Oh, mon amour… Dis-le-moi encore. Dis-moi que tu m'aimes…

— Oui, je t'aime. Mais tu m'étouffes.

Elle se dégagea en riant et un long soupir s'échappa de ses lèvres.

— Je sais que tu m'aimes Adrian, mais, hélas, cela ne change rien, n'est-ce pas ? Tu es fiancé. Tu vas te marier…

Il grimaça.

— J'ai donné ma parole, mon amour. Si je la retirais maintenant, je ne pourrais plus jamais me regarder dans une glace.

Danny hocha la tête.

— C'était un rêve, murmura-t-elle. Un beau rêve. Mais comme pour tous les rêves, il y a le retour à la réalité. Bonne nuit, Adrian. Il vaut mieux que je m'en aille, avant que nous ne fassions de nouveau des bêtises.

— Bonne nuit, Danny. Pardonne-moi…

— Il n'y a rien à pardonner, Adrian. C'est dans tes bras que j'ai vécu les plus beaux moments de ma vie.

Sur ces mots, elle s'enfuit en courant.

Adrian la suivit des yeux. Elle était si légère, si aérienne… Jamais il n'avait autant regretté d'être un lord. Les titres, l'argent, c'était tellement peu de chose comparés à une seule nuit d'amour.

32.

C'était une belle journée d'octobre pour une promenade à cheval. Néanmoins, Danny ne fut pas mécontente quand ils décidèrent de s'arrêter pour déjeuner sur l'herbe. Si, au fil des jours et des leçons d'équitation, elle était devenue une assez bonne cavalière, elle n'était pas encore aussi expérimentée que Sophie, qui montait à cheval depuis son plus jeune âge.

Thomas sauta à terre et lui donna la main pour l'aider à descendre de son cheval. Puis il prit le panier qui avait été attaché derrière sa selle et le porta à l'emplacement que Sophie avait choisi, à l'ombre d'un grand chêne. Les deux jeunes filles étalèrent une couverture par terre et commencèrent à déballer les provisions, tandis qu'Adrian et Thomas emmenaient les chevaux boire à la rivière.

Une fois installés, ils mangèrent, tout en bavardant de choses et d'autres, à bâtons rompus. Le ciel bleu et la douceur de l'air invitaient au farniente, un farniente d'autant plus agréable qu'ils étaient entre amis et qu'ils n'avaient plus besoin de faire de manières entre eux.

Quand ils eurent fini de déjeuner, Sophie fouilla dans son panier et en sortit un paquet enveloppé dans du papier argenté. Elle se leva et le posa en souriant dans le creux de la robe de Danny.

— Bon anniversaire, Danny !

Danny rougit si fort qu'elle eut l'impression que ses joues étaient en feu.

— Mon… mon anniversaire ! bredouilla-t-elle en tournant le paquet entre ses mains. C'est vraiment trop gentil…

Sophie rit et ses yeux pétillèrent.

— Je savais que tu serais surprise. Et pour une fois, j'ai réussi à garder le secret ! Si tu l'ouvrais ? Ce n'est pas juste un paquet avec rien dedans, tu sais.

Danny rougit derechef et se mordit la lèvre.

— Bien sûr… Le paquet est déjà tellement joli que je n'osais pas le défaire.

Les doigts tremblants, elle dénoua le ruban. A l'intérieur, il y avait un écrin. Quand elle l'ouvrit, elle demeura quelques instants sans voix, hypnotisée par la beauté du petit médaillon et par la finesse de sa chaîne en or.

— Oh, Sophie… Tu n'aurais pas dû ! Tu n'aurais vraiment pas dû !

— Il te plaît ?

— S'il me plaît ? Il est magnifique ! Je n'ai jamais vu quelque chose d'aussi beau. Mais je ne peux pas l'accepter. Il est trop précieux…

Sophie s'assit à côté d'elle et la serra dans ses bras.

— Ne sois pas stupide ! Bien sûr que tu peux l'accepter. Autrement, je serais affreusement vexée. Et puis regarde, il s'ouvre, exactement comme le mien, ajouta-t-elle en se penchant vers elle.

En découvrant le minuscule portrait qui se trouvait à l'intérieur, Danny resta muette de stupéfaction. Le portrait d'Adrian…

Sophie sourit et lui fit un clin d'œil de connivence, tout en refermant le médaillon et en le mettant avec fermeté dans sa main.

— Notre secret, chuchota-t-elle.

Puis elle l'embrassa sur la joue et se leva.

— Je vais aller ramasser un bouquet de fleurs des champs dans la prairie au bord de la rivière. Tu veux bien m'accompagner, Thomas ?

— Est-ce vraiment ton anniversaire ? s'enquit Adrian d'une voix neutre quand Thomas et Sophie se furent suffisamment éloignés.

Danny secoua la tête misérablement, refusant de croiser son regard.

— Pourquoi lui as-tu dit que c'était aujourd'hui ?

Elle haussa les épaules et se mordit la lèvre, au bord des larmes.

— Elle me l'a demandé, dit-elle finalement. Je ne souhaitais pas lui dire que je ne connaissais pas la date de ma naissance. D'ailleurs, comment aurais-je pu le lui dire ? Je suis supposée être une fille de bonne famille maintenant. Aucune personne bien née n'ignore la date de sa naissance. Ce n'est pas concevable.

— Ainsi, tu en as inventé une.

Elle renifla et secoua de nouveau la tête.

— Le pasteur Pugh m'a donné une date d'anniversaire. Il a dit que je devais en avoir une et il l'a choisie pour moi. Mais ce n'est pas la mienne ! Ce n'est pas la mienne ! J'ai essayé de m'en souvenir, mais je n'y ai pas réussi.

Elle leva enfin les yeux vers lui.

— J'aimerais tellement pouvoir rentrer chez moi. J'aimerais tellement…

Sa voix se brisa et, sans trop savoir comment, elle se retrouva dans les bras d'Adrian.

— Où est-ce, Danny ? questionna-t-il d'une voix pressante en sachant qu'elle allait enfin lui raconter toute son histoire. Où est-ce chez toi ?

Elle soupira et se mit à sangloter.

— Je ne sais pas. Chez papa et maman…

Adrian la serra plus fort contre lui, en luttant contre la fureur aveugle qui était en train de l'envahir.

— Qui sont-ils ? Connais-tu leurs noms ? Dis-le-moi, mon trésor. Dis-moi seulement qui ils sont et je les retrouverai pour toi, je te le promets.

— Je ne sais pas, répéta-t-elle en sanglotant de plus belle. Je me souviens seulement qu'ils m'ont chassée de leur maison. Ils ne voulaient plus me revoir. Jamais.

— Quand était-ce, mon amour ? Tu te souviens de cela, au moins ?

— Je… j'étais toute petite. Je parlais à peine. C'était avant que je sois recueillie par le pasteur Pugh.

— De quoi te souviens-tu, mon cœur ? Que s'est-il passé ? Pourquoi t'ont-ils chassée ?

— Ils… ils se sont disputés.

— A cause de toi ?

Elle hocha la tête.

— Mon père a dit qu'il avait vu Fitzgerald et que je lui ressemblais. Avec la couleur de mes cheveux, il n'y avait pas d'erreur possible. Il refusait d'être la risée de toute la bonne société. Cocu, cocu… Il a répété le mot je ne sais pas combien de fois, en hurlant comme un possédé. Il était hors de question que je reste un instant de plus sous son toit. Ma mère lui a répondu : « Bon, fais comme tu veux ! Tu n'as qu'à t'en débarrasser. De toute façon, je ne la voulais pas. » Ils m'ont fait jeter dans la rue par un domestique et ils ont refusé que je revienne. Toutes mes larmes n'ont servi à rien. Une pauvresse m'a recueillie. Je suis restée chez elle pendant quelque temps. Puis elle m'a confiée au pasteur Pugh — elle était trop pauvre pour nourrir une bouche de plus.

— Calme-toi, ma chérie. Ne pleure plus. Je les retrouverai.

— A quoi bon ? Ils ne me laisseront pas revenir chez eux.

Adrian resta silencieux un long moment. Il n'aurait jamais imaginé qu'une mère puisse abandonner son enfant de cette façon.

— Je ne te laisserai pas retourner chez eux, pas après ce qu'ils t'ont fait. Mais je les retrouverai.

Pour Fitzgerald, ce ne serait pas difficile. La ressemblance avec Danny était frappante et il se demanda comment il ne s'en était pas avisé plus tôt. Malheureusement, c'était un véritable don Juan et il avait semé des bâtards dans tout le royaume. Il lui faudrait du temps, beaucoup de temps, pour retrouver la mère indigne et le « cocu ».

Peu importe. Il écrirait à son père. Le duc de Remming n'aurait aucune peine à lui trouver cette information.

Oh, certes, il ne pourrait pas effacer les années terribles que Danny avait vécues dans les rues de Londres. Il ne pourrait pas non plus faire d'elle une enfant légitime ; elle serait toujours une bâtarde. Mais elle pourrait au moins porter le nom de sa mère et connaître son âge et la date de son anniversaire. La date réelle.

Ce ne serait pas grand-chose, mais si cela pouvait mettre un peu de baume sur les blessures de son cœur…

33.

— Il monte bien la garde autour d'elle, dit Robin d'une voix soigneusement indifférente, tout en suivant des yeux Danny qui était en train de danser avec le fils de l'un de leurs voisins, Peter Shelly.

— Il est son tuteur, fit observer Sophie. C'est son devoir de la surveiller. Tu trouves qu'il en fait trop ? Pour ma part, je pense qu'il a raison. Elle est encore bien jeune… Et même si je pense que Peter ne constitue pas une grande menace pour elle, il y en a d'autres qui pourraient abuser de son ingénuité et de son manque d'expérience.

— Ce n'est quand même pas à moi que tu fais allusion, ma chère sœur ? s'enquit Robin, tout innocence.

Sophie se mordit la lèvre, tout en scrutant son visage attentivement.

— Seigneur Dieu ! Me prêterais-tu des intentions malhonnêtes ?

— Oh non ! Bien sûr que non ! se récria Sophie. Je te connais assez pour n'avoir aucune crainte à ce sujet, mais c'est une adolescente, presque une enfant. Elle pourrait mal interpréter…

— Il y a peu de chances pour qu'elle interprète mal mes intentions, du moins pas comme tu l'imagines.

Sophie écarquilla les yeux et un sourire mi-figue mi-raisin incurva les lèvres de son frère.

— Tu aurais tort, ma chère sœur, d'en tirer des conclusions aussi hâtives qu'inconsidérées. J'ai seulement dit qu'elle ne pourrait pas mal interpréter mes intentions. Son cerbère m'ayant poliment, mais fermement, fait comprendre que je perdais mon temps, je ne vois guère comment je pourrais faire avancer ma cause, de quelque façon que ce soit.

— Il t'a interdit de lui faire la cour ? fit Sophie, déchirée entre son indignation devant un tel diktat et l'espoir qu'un tel refus pourrait signifier pour elle.

— Pas d'une façon aussi directe…

Le petit orchestre de chambre venait d'attaquer une valse. Les yeux mi-clos, il regarda Danny virevolter sur la piste dans les bras de son tuteur.

— Apparemment, il partage ton opinion. Il m'a laissé entendre qu'elle n'était pas prête pour une relation stable. Il estime qu'il serait préférable qu'elle attende la saison prochaine.

— Sur ce point, je suis entièrement d'accord avec lui. Tu ne peux pas la garder uniquement pour toi. Elle a besoin de sortir, de rencontrer des gens, avant de se décider pour un parti ou pour un autre. Le mariage est une décision trop grave pour la prendre à la légère, sans avoir mûrement réfléchi.

— Je ne vois pas comment tu peux m'accuser de vouloir la garder pour moi, protesta Robin. Au cours des six dernières soirées où nous sommes allés, j'ai dû danser tout au plus quatre fois avec elle !

Sophie dissimula avec peine un sourire. Avec sa beauté virile et le charme de sa jeunesse, son frère n'avait jamais été en mal de conquêtes féminines. Un échec ne pouvait que lui être salutaire — en le rendant un peu moins sûr de lui.

— Tu n'as peut-être pas beaucoup dansé avec elle, mais, après tout, elle habite chez nous. Tu peux la voir autant que tu veux à la maison.

Robin grimaça.

— Oui… C'est tellement intime. Juste nous deux, Adrian, William, papa, maman et toi la moitié du temps. Sans parler de Thomas qui vient te voir tous les jours. A propos, quand vas-tu te décider à rendre sa liberté à ce pauvre diable ?

Sophie lui décocha un regard noir.

— M. Clanton n'a rien d'un pauvre diable et je ne vois vraiment pas ce que tu veux dire.

Robin haussa les épaules.

— Oh, allons Sophie, tu ne le sais que trop bien. Ce n'est pas ton genre d'être cruelle. Tu devrais aller lui dire, avec tact, qu'il n'y a rien de possible entre vous. Il serait préférable de le prévenir avant l'annonce officielle de tes fiançailles.

Sur ces mots, il lui tourna le dos et s'éloigna.

Sophie lui lança de nouveau un regard noir, tout en luttant pour ne pas éclater en sanglots. Heureusement, elle aperçut Thomas qui venait vers elle. Aussitôt, elle reprit courage et sourit, les lèvres un peu tremblantes.

— Thomas… Tu viens me chercher pour la danse que je t'ai promise ?

Les yeux gris de Thomas pétillèrent et un sourire radieux envahit son visage.

— Bien sûr, ma chérie. J'attends ce moment depuis le début de la soirée.

Elle laissa échapper un petit rire de gorge et dissimula son émoi derrière son éventail.

— Oh, Thomas…

Elle ne trouva rien d'autre à dire, mais le gratifia du plus beau de ses sourires. Un sourire qui le fit rougir. Sa timidité était l'un de ses traits les plus attachants. Il rit, et elle sentit une vague de chaleur monter en elle. Elle aimait ses rires, ses sourires. Elle aimait tout chez ce grand dadais. Jusqu'à sa façon de parler ou de marcher. Il était un peu balourd, parfois, mais elle ne l'aimait pas moins pour cela, au contraire.

En tout cas, elle n'avait aucunement l'intention de « lui rendre sa liberté » !

Sophie essaya de ne pas avoir l'air aussi atterrée qu'elle l'était intérieurement. Mais elle redoutait terriblement ce qui l'attendait et elle avait de la peine à conserver son calme ou même seulement à penser.

— Molly m'a dit que vous désiriez me parler, milord ? dit-elle en entrant dans la bibliothèque de son père. Il y a quelque chose qui ne va pas ?

Adrian lui sourit, mais elle vit que son visage était d'une pâleur inhabituelle et, immédiatement, son cœur se mit à battre douloureusement.

— Pas que je sache. Cependant il y a un sujet dont je veux vous entretenir et j'ai pensé que nous serions plus à l'aise ici. Asseyez-vous, je vous en prie…

Il lui avança un fauteuil courtoisement et, quand elle se fut assise, il s'assit également.

— La maison est aussi calme qu'une tombe, dit Sophie

en ouvrant et en fermant nerveusement son éventail. Je me demande où tout le monde est parti ?

Adrian fronça légèrement les sourcils.

— Je crois que votre père est allé régler des affaires à Charleston et que vos deux frères l'ont accompagné. Quant à votre mère, elle est allée rendre visite à vos voisins, les Shelly. Je suppose qu'elle a emmené Danny avec elle.

Sophie secoua la tête.

— Non. J'ai vu maman partir depuis la fenêtre de ma chambre. Elle était seule. Danny doit être quelque part dans la maison. A moins qu'elle ne soit partie faire une promenade à cheval ?

Adrian eut l'air contrarié.

— Vous êtes vraiment certaine qu'elle n'est pas partie avec votre mère ? Pourtant, votre mère m'a dit qu'elle avait l'intention de l'emmener avec elle.

Sophie écarta les bras en signe d'ignorance.

— Je ne l'ai pas vue avec elle, en tout cas. Elle n'a peut-être pas eu envie d'aller chez les Shelly. En y réfléchissant, ajouta-t-elle, je ne pense pas non plus qu'elle soit partie faire une promenade à cheval. Si elle a fait des progrès depuis quelque temps, je ne la crois pas assez sûre d'elle-même pour partir toute seule. Elle est peut-être tout simplement allée se promener à pied. J'ai remarqué qu'elle semble avoir une prédilection pour la petite maison au fond du parc. Vous voulez que j'envoie quelqu'un voir si elle s'y trouve ?

— Non, ce n'est pas nécessaire, répondit Adrian, le visage fermé. Pour le moment, je pense que nous pouvons nous dispenser de sa compagnie. Vous l'avez peut-être oublié, ajouta-t-il d'une voix un peu sèche, mais si je vous ai demandé de venir me rejoindre, c'est parce que je désire avoir une conversation avec vous. Seul à seule.

— Ah oui, c'est vrai ! s'exclama Sophie, comme si elle venait brusquement de s'en souvenir. A quel sujet, milord ?

L'entrée de John, le maître d'hôtel, apporta une diversion bienvenue.

— Oh, le thé ! C'est gentil d'y avoir pensé, milord. Je ne sais pas pourquoi, mais j'ai la gorge affreusement sèche…

Les paupières mi-closes, Adrian la suivit des yeux pendant qu'elle se levait pour faire le service.

— Je ne me souviens pas de l'avoir commandé, mais cela n'a pas d'importance. Il m'arrive d'être distrait, ces temps-ci.

Sophie lui tendit une tasse en rougissant.

— Ce n'est pas grave. Il m'arrive aussi d'avoir l'esprit ailleurs, de temps à autre.

— Y aurait-il quelque chose qui vous tracasse ? demanda Adrian en posant sa tasse sur un guéridon sans y avoir touché. Quelque chose, peut-être, dont vous désireriez m'entretenir ?

Sophie ouvrit de grands yeux.

— Non, rien… milord. Auriez-vous oublié que c'était vous qui désiriez me parler ? Le sujet dont vous vouliez m'entretenir vous aurait-il échappé ?

Elle posa sa tasse et fit mine de se lever.

— Peu importe. Vous pourrez toujours m'en entretenir plus tard. Rien ne presse, après tout…

Adrian posa la main sur son bas.

— Il ne m'a pas échappé et je pense que vous savez très bien ce que je désire vous demander.

— Vous le désirez vraiment ?

Adrian haussa les sourcils en points d'interrogation.

— Quelle curieuse question. Vous pourriez peut-être m'éclairer sur sa signification ?

— Allons, milord, ne faites pas semblant de ne pas m'avoir comprise ! Je vous demande seulement si vous désirez vraiment m'entretenir de ce sujet pour lequel vous m'avez fait venir. N'y êtes-vous pas plutôt contraint — au moins indirectement — par votre père et par le mien ?

Le visage d'Adrian se durcit et ses yeux étincelèrent.

— Personne ne m'a jamais contraint à faire ce que je n'avais pas envie de faire !

— Les circonstances, alors ! suggéra Sophie en commençant elle aussi à s'échauffer.

— Nous sommes tous contraints par les circonstances, chère amie. C'est la vie. Que l'on soit un homme ou une femme, on est obligé de se conformer à un certain nombre de règles imposées par la vie en société. Oh, je sais, on a parfois besoin de se rebeller. Cela m'est arrivé souvent, pour ma part. Mais il y a toujours un moment dans la vie où l'on est obligé de rentrer dans le rang. Sinon, ce serait le chaos, la fin de la civilisation.

— C'est absurde ! s'indigna Sophie. Vous voulez dire que nous sommes obligés d'accepter le destin qui nous est offert sans jamais lutter pour l'accorder avec nos désirs ? Nous n'avons qu'une seule vie, après tout ! Cela nous donne le droit de la vivre comme nous le souhaitons !

— Dans la limite du raisonnable, dit Adrian avec lassitude.

— Je ne vois pas ce qu'il y a de raisonnable dans tout cela ! objecta Sophie avec véhémence.

— Vous avez donc l'intention de refuser ma demande, avant même qu'elle ait été formulée ?

Elle lui décocha un regard noir.

— Vous savez très bien que je ne peux pas !

Adrian hocha la tête.

— Parce que vous y êtes contrainte.

Sophie se leva et se mit à marcher nerveusement de long en large. Adrian la regarda un instant, puis il se leva, alla vers elle et lui prit les mains.

— Allons, ce n'est sûrement pas aussi terrible que cela ! dit-il avec un sourire embarrassé. Nous nous entendons plutôt bien tous les deux. Je ne parle que pour moi-même, naturellement, mais, jusqu'à présent, j'ai toujours pris plaisir à être en votre compagnie. Vous ne me trouvez pas répugnant, n'est-ce pas ?

Sophie haussa les épaules et fit la moue.

— Vous savez très bien que non. Je ne vois pas comment une femme saine d'esprit pourrait vous trouver répugnant — à moins d'avoir des goûts contre nature. Vous le savez très bien.

En voyant Adrian rougir jusqu'à la racine de ses cheveux, elle fut à la fois surprise et amusée.

— Vous m'embarrassez ! A vous entendre, je suis un parangon de beauté virile et toutes les femmes devraient tomber à mes pieds. C'est trop. Je suis un homme modeste et simple.

Sophie scruta son visage et décela une lueur moqueuse dans ses yeux. Il la taquinait ! Elle laissa échapper un petit rire étouffé, puis, presque aussitôt, elle recouvra toute sa gravité.

— Est-ce que vous m'aimez, Adrian ? Au moins un peu ?

Il rougit de nouveau, mais d'une façon beaucoup moins apparente.

— Comment pouvez-vous douter de l'estime que je vous porte ? Depuis mon arrivée, vous avez bien dû vous rendre compte que j'avais conçu une très grande affection pour vous.

Sophie soupira et détourna les yeux.

— Vous ne m'avez jamais embrassée.

Adrian lui prit le menton et, se penchant vers elle, déposa un chaste baiser sur ses lèvres.

Quand il redressa la tête, elle le regarda avec un mélange de soulagement et de déception. Son baiser avait été… quelconque, à la vérité. Elle avait éprouvé une sensation agréable, mais pas plus que ce qu'elle ressentait quand elle embrassait ses frères ou son père.

— Vraiment, Adrian, vous ne pouvez pas m'embrasser mieux que cela ? dit-elle calmement, tout en rougissant de sa hardiesse.

— Je vous demande pardon ?

Elle posa ses mains sur son torse, remonta lentement et lui enlaça le cou.

— Si nous devons nous marier, si vous m'aimez vraiment, vous n'avez aucune raison de m'embrasser comme si j'étais votre sœur. Je ne vais pas défaillir, je vous l'assure. Embrassez-moi comme vous embrasseriez la femme que vous aimez.

Le visage d'Adrian se ferma et une lueur se mit à briller dans ses yeux. Une lueur qui fit frissonner Sophie.

— Comme la femme que j'aime ?

— Oui, répondit-elle avec une pointe de défi. Cela ne doit pas être très dur. Il vous suffit de fermer les yeux et de m'embrasser en pensant à elle.

Il n'avait pas eu l'intention de la prendre au mot. Il avait voulu simplement lui donner une leçon, lui apprendre à fouiller dans une partie de lui-même qu'il aurait voulu garder secrète. Mais ce qui commença dans un accès de colère, prit très vite un tour totalement différent. Malgré ses efforts pour les bannir de son esprit, ses paroles firent apparaître Danny. C'était comme si elle s'était métamorphosée, comme si elle était devenue Danny.

Ce fut un petit gémissement qu'elle émit qui le ramena à la réalité. Il s'écarta brusquement et la regarda fixement, tout en s'efforçant de reprendre son souffle.

Il fallut un moment à Sophie pour recouvrer ses esprits.

— C'était un vrai baiser, cette fois-ci, commenta-t-elle, les jambes encore flageolantes. Vous pensiez à Danny, n'est-ce pas ? ajouta-t-elle d'une voix triomphante.

Il resta un moment silencieux, puis il jura entre ses dents. A quoi bon le nier ? Cela ne servirait à rien. Dès le début, elle avait deviné qu'il y avait quelque chose entre Danny et lui.

— Vous…

Un coup frappé à la porte l'empêcha de terminer sa phrase. Sophie se retourna avec un soupir de soulagement, même si elle commençait à se dire que son plan n'était peut-être pas aussi judicieux qu'elle l'avait cru. L'entrée en lice de Danny risquait d'être prématurée…

Elle alla ouvrir et fronça les sourcils en découvrant que Carmen, la caméristе de Danny, était toute seule.

— Où est Mlle Cooper ? s'enquit-elle à voix basse.

— Elle est partie, mademoiselle, répondit Carmen, le visage impassible.

— Partie ? répéta Sophie en élevant la voix, malgré les

mimiques de la camériste. Que veux-tu dire ? Partie où ? N'est-elle pas dans sa chambre ?

Carmen secoua la tête.

— Elle est partie pour de bon. Définitivement.

34.

Sophie regarda fixement la cameriste. Ce n'était pas possible. C'était inconcevable…

— Qui est parti ? fit Adrian en la rejoignant.

— Danny, repartit Sophie dans un souffle.

Adrian devint subitement blême. Sans un mot, il la poussa de côté, traversa le hall à grands pas et monta l'escalier d'honneur presque en courant.

Après une brève hésitation, Sophie leva le bord de ses jupes et le suivit. Quand elle arriva dans la chambre de Danny, tout essoufflée, elle trouva Adrian debout devant la penderie, les yeux fixés sur les robes qui frémissaient encore dans le courant d'air provoqué par l'ouverture brutale des portes.

— Toutes ses robes sont là, apparemment, marmonna-t-il en se retournant vers Sophie. Regardez s'il manque quelque chose.

Elle fit le tour de la chambre rapidement.

— Non. Il ne manque rien. Carmen a dû se tromper. Elle est peut-être allée avec maman, finalement.

Adrian ne répondit pas. En se retournant, elle vit qu'il tenait une feuille de papier à la main.

— Une lettre ? Que dit-elle ? C'est une lettre de Danny, n'est-ce pas ?

Il la regarda, mais elle vit qu'il ne l'entendait pas.

— Je peux la lire, Adrian ?

Il cligna des yeux, comme s'il revenait à lui après un étourdissement.

— Pourquoi pas ? répondit-il en la lui jetant presque avec violence. Il n'y a rien là-dedans qui ne puisse être lu par n'importe qui. Il n'y aurait pas de différence si elle avait été écrite à un inconnu, ajouta-t-il avec un éclat de rire amer.

Sophie la ramassa et la parcourut des yeux.

« Cher Monsieur,

» Je suppose que vous allez trouver que je manque à tous les usages en partant de cette façon, mais j'ai pensé que c'était mieux ainsi. Comme cela, il vous sera plus facile de dire à tout le monde que j'ai eu le mal du pays et que vous m'avez renvoyée en Angleterre — ou une autre explication, si vous en trouvez une meilleure.

» Vous serez peut-être en colère contre moi. Si vous l'êtes, j'en serai désolée. Je serai désolée également si mon départ vous attire des ennuis. Mais comme vous le savez, je vous ai promis de rester seulement aussi longtemps que vous auriez envie de moi et, apparemment, ce n'est plus le cas.

» Ne vous inquiétez pas pour moi. Vous n'avez sûrement pas oublié que je me suis débrouillée toute seule pendant des années. J'ai décidé d'aller chez notre ami commun, celui que nous avons rencontré sur les rives de la rivière Ste Mary. Il prendra soin de moi. Je me fais une joie d'aller vivre avec son « peuple ». Vous connaissez mon intérêt pour les us et coutumes des Indiens.

» Quand nous étions à Fort Frederica, notre ami m'a proposé de m'emmener dans sa tribu, mais je n'étais pas encore prête à le suivre. Il m'a dit alors qu'il viendrait me chercher à la saison des moissons. Je lui ai répondu que je serais alors probablement plus disposée à l'accompagner, car je savais que vous auriez besoin, un jour ou l'autre, de ne plus me traîner comme un boulet derrière vous. Depuis quelque temps, je commençais à croire qu'il m'avait oubliée, mais, finalement, il a tenu parole et est venu me chercher. Vous n'avez donc pas à vous faire du souci pour moi.

» Je sais que vous voulez ce qu'il y a de mieux pour moi et que vous trouvez que je n'apprécie pas suffisamment vos efforts. Vous vous trompez. Je vous suis très reconnaissante pour tout ce que vous avez fait. Mais cela n'aurait pas été juste. En restant, j'aurais fini par vous embarrasser. Tôt ou tard, mon imposture aurait été découverte.

» Transmettez toute mon affection à Sophie et aux Kent et dites-leur que j'ai beaucoup apprécié leur gentillesse à mon égard. Merci pour tout ce que vous avez fait pour moi. Je vous en serai éternellement reconnaissante.

Danny. »

« P.S. J'espère que Sophie ne m'en voudra pas d'avoir emporté le médaillon qu'elle m'a offert, mais c'est le seul cadeau d'anniversaire que j'aie jamais reçu et je n'ai pas pu me résoudre à le laisser. Pour le reste, j'ai pris seulement la robe que vous m'aviez offerte à Fort Frederica. Ne m'en veuillez pas, de grâce. Je sais tout ce que je vous dois et si un jour j'ai de l'argent, soyez sûr que je vous rembourserai le prix de cette robe ainsi que l'autre dette que j'ai contractée à votre égard. Vous avez été assez gentil pour l'effacer, mais moi jamais je ne l'oublierai. »

Sophie regarda Adrian d'un air perplexe.

— Je ne comprends pas.

Adrian avait repris quelque peu ses esprits.

— Qu'est-ce que vous ne comprenez pas ? C'est assez clair pourtant. Elle a souhaité partir et elle est partie.

— Que veut-elle dire en écrivant que vous n'avez plus envie d'elle ? fit-elle en sentant une colère sourde monter en elle.

Elle ne connaissait pas le fin mot de l'histoire, mais elle pressentait que c'était de la faute d'Adrian si Danny avait décidé de partir.

Adrian la regarda, puis haussa les épaules avec indifférence.

— Vous avez droit à une explication. Vous pourrez même aller tout raconter à vos parents, si cela vous chante. Franchement, je n'en ai cure, maintenant. Quand j'étais à bord de la *Lady Dorinda*, j'ai acheté un passager clandestin, un jeune garçon que le capitaine voulait — au mieux — mettre aux fers, à fond de cale, au pire pendre à la grande vergue. Appelez cela un caprice, mais, sur le moment, j'ai pensé qu'il pourrait m'amuser, d'autant plus que j'avais deviné que c'était, en fait, une mendigote déguisée en garçon. Mon intention était de la revendre à mon arrivée dans le Nouveau Monde. Une fille a une certaine valeur dans un pays où les hommes sont en écrasante majorité. Ensuite j'ai pensé que cela pourrait être drôle de la faire passer pour une demoiselle de bonne famille. Elle était très douée pour imiter les manières des dames de la haute société — un don qui lui venait sans doute du fait qu'elle était la bâtarde d'un lord.

Sophie l'avait écouté, les yeux écarquillés de stupeur.

— Danny ?

Il hocha la tête.

— Elle est remarquablement douée, n'est-ce pas ?

Sophie le dévisagea un long moment.

— Vous avez fait cela pour vous amuser ? murmura-t-elle en dissimulant mal sa colère et son mépris.

Les yeux d'Adrian étincelèrent comme des aiguilles de glace sur la banquise.

— Ce n'était pas très joli de ma part, je le sais. Mais ces voyages en mer sont affreusement fastidieux. Il faut bien trouver quelque chose pour tromper son ennui.

Sophie lui tourna le dos et alla à la fenêtre.

— Ainsi, quand vous en avez eu assez d'elle, vous avez décidé de vous amuser aux dépens de quelqu'un d'autre. Dites-moi, aviez-vous réellement l'intention de mener votre « farce » jusqu'au bout et de marier votre « pupille » à un fils de famille ?

Adrian resta silencieux un moment. Quand il se retourna vers elle, il souriait. Un sourire qu'elle trouva franchement déplaisant.

— Cela aurait été divertissant, vous ne croyez pas ? La voir mariée à un rejeton d'une noble et ancienne lignée… Imaginez le scandale. Ce serait trop drôle.

— En somme, vous auriez cocufié ce malheureux avant qu'il soit marié, fit observer Sophie d'une voix neutre.

— Comme vous dites. Mais le fin du fin c'était d'avoir réussi à faire passer une mendigote pour une « jeune demoiselle » pure et innocente.

— Cela aurait-il été aussi amusant quand, au printemps

prochain, elle aurait donné le jour à votre bâtard ? Auriez-vous éprouvé un peu de commisération lorsque le mari cocu l'aurait battue à mort pour se venger de son infidélité ?

Elle le vit, sans trop de surprise, devenir blême, tandis que l'expression de son visage passait tour à tour de l'incrédulité à la douleur, puis à la colère.

— Vous vous trompez, marmonna-t-il en serrant et desserrant les poings nerveusement.

Elle secoua la tête.

— Depuis plus d'un mois, nous avons eu assez de mal, Carmen et moi, à dissimuler son état. J'ai fait semblant de ne pas l'avoir remarqué, naturellement, sinon elle ne se serait pas confiée à moi.

Elle rit. Un petit rire contraint.

— Le plus amusant c'est que j'ai cru sincèrement que lorsque je vous l'annoncerais — j'entendais le faire aujourd'hui — vous feriez ce que tout gentleman à le devoir de faire en pareille circonstance. C'est drôle, n'est-ce pas ?

Les yeux d'Adrian s'étrécirent.

— Si elle attend un enfant, ce dont je doute, vous vous trompez en pensant que c'est le mien.

— Vous en êtes certain ?

— Raisonnablement.

— De qui serait-il, alors ?

— Vous devriez peut-être aller le demander à notre « ami commun », répliqua Adrian, le visage fermé.

— Aigle Noir ?

— Vous connaissez son nom ?

— Oui, elle m'a parlé de lui. Elle m'a tout dit à son sujet. Ce n'est pas lui le père de son enfant.

Adrian haussa un sourcil étonné.

— Vous la défendez avec un acharnement qui vous fait

honneur, chère amie. Cependant, si elle vous a tout dit, vous devez admettre que c'est une éventualité que l'on ne peut pas écarter a priori. Une probabilité, même, en fait.

— Je sais que c'est totalement impossible, rétorqua Sophie avec colère.

Une lueur cynique dansa dans les yeux gris d'Adrian.

— Je me demande comment vous pouvez en être aussi certaine ? Vous n'avez pas tenu la chandelle, pour autant que je sache…

Sophie rougit malgré elle, mais elle n'était pas décidée à se laisser démonter pour si peu.

— En premier lieu, mendigote ou pas, Danny est une jeune fille pure et sincère. Jamais elle n'aurait fait une chose pareille, alors qu'elle vous aimait. Car elle vous aimait. Dieu seul sait pourquoi, car vous ne le méritez pas ! En deuxième lieu parce qu'Aigle Noir est un ami pour elle, un frère, rien de plus.

Adrian fit la moue.

— C'est un peu juste. Vous avez autre chose pour sa défense ?

— Oui. Quand avez-vous rencontré Aigle Noir ?

— Il y a trois mois, trois mois et demi, peut-être. Je ne vois pas où vous voulez en venir. Quoi qu'elle ait pu vous dire, elle s'est entichée immédiatement de ce sauvage. Cela vous amusera peut-être de le savoir, mais j'en ai été le premier surpris. Je ne m'étais pas rendu compte à quel point elle était perfide.

Sophie le regarda droit dans les yeux.

— Vous voulez savoir où je veux en venir ? Oh, c'est tout simple… Danny est enceinte de cinq mois au moins. Allez-vous l'accuser d'avoir couché avec le capitaine et avec tout l'équipage de la *Lady Dorinda* ?

Adrian la regarda d'un air tellement stupéfait que cela aurait été ridicule, si la situation n'avait pas été aussi dramatique.

— Vous... vous devez vous tromper, murmura-t-il d'une voix rauque.

Sophie soupira.

— J'aurais pu me tromper, effectivement, mais Carmen est catégorique. Elle a une grande expérience de ce genre de choses. Danny accouchera au plus tard en janvier ou au début février.

Un long moment, il resta comme paralysé, l'air incrédule, puis, brusquement, son visage s'empourpra.

— Je vais la tuer ! dit-il en serrant les poings. Je vais lui tordre son joli petit cou ! Je vais les tuer tous les deux ! Emmener mon enfant pour être élevé chez les sauvages !

En le voyant se diriger vers la porte, Sophie ravala sa peur et lui barra le passage.

— Que vouliez-vous qu'elle fasse, grand ballot ? Vous auriez préféré qu'elle donne le jour à votre bâtard ici, dans cette maison ? Elle n'a pas voulu vous embarrasser ! Où aurait-elle pu aller, alors qu'elle savait que vous ne vouliez plus d'elle ?

— Allez au diable ! s'exclama-t-il. Je n'ai jamais cessé d'avoir envie d'elle. Jamais ! Otez-vous de mon chemin, Sophie !

— Une envie bestiale. Purement bestiale ! s'exclama-t-elle avec dégoût, sans bouger d'un pouce.

— Qu'en savez-vous ? cria-t-il en donnant un coup de poing dans la porte, avec une telle violence qu'elle fut surprise de ne pas entendre le panneau craquer. Je l'aimais, par le Christ ! Je l'aimais !

Sophie le considéra d'un air dubitatif. Etait-il vraiment

sincère ? Peu à peu, elle vit l'expression de son visage se transformer, la colère cédant la place à une douleur intense, inexprimable. Elle posa la main en hésitant sur son bras, s'attendant à ce qu'il la repousse, mais il n'en fit rien.

— Je l'aimais, murmura-t-il de nouveau, d'une voix étouffée.

— Vous l'aimez encore.

Il grimaça et se mit à marcher de long en large, tel un lion en cage.

— C'était de la folie, n'est-ce pas ? Mais cela a été plus fort que moi…

— De la folie ? Pourquoi ? Elle vous aime, vous savez.

— Si elle m'aimait, elle ne serait pas partie, objecta-t-il en grimaçant de plus belle.

— Au contraire. Si elle est partie, c'est parce qu'elle vous aime.

Adrian soupira.

— Même si elle m'aimait, cela ne changerait rien à notre situation. Nous sommes fiancés, Sophie. Nous allons nous marier…

Sophie le regarda fixement.

— Nous marier, alors que c'est Danny que vous aimez ? Avez-vous perdu la tête ? Vous êtes peut-être assez fou pour vouloir vous marier avec une femme, alors que vous en aimez une autre, mais il est hors de question que je vous épouse, alors que c'est Thomas que j'aime !

Une lueur d'espoir brilla dans les yeux d'Adrian.

— Vous allez rompre nos fiançailles ?

— Personne ne sait que nous sommes fiancés, fit-elle observer d'une voix calme. Si nous allons voir mon père ensemble et que nous lui expliquons la situation, je suis sûre qu'il comprendra. Il n'est pas stupide et il m'aime trop pour ne pas vouloir mon bonheur. Certes, maman sera un peu dépitée… Elle aurait aimé avoir un lord pour gendre. Mais, avec le temps, elle se fera une raison.

Adrian réfléchit, les sourcils froncés.

— Il y a mon père également. Il ne sera peut-être pas aussi facile à convaincre…

Sophie sourit.

— Je croyais que vous étiez capable de lui tenir tête… Quelles étaient vos paroles déjà ? Ah oui : « Personne ne m'a jamais contraint à faire ce que je n'avais pas envie de faire ! »

Malgré lui, Adrian ne put s'empêcher de rire.

— Touché ! Je lui écrirai une lettre dès que nous aurons parlé à votre père. S'il me déshérite, tant pis. Ce pays est plein d'opportunités. Je trouverai bien à faire fortune tout seul, sans son maudit argent !

— Vous avez donc l'intention d'aller chercher Danny ?

— Oui, aujourd'hui même.

— Et de l'épouser ?

— Oui. Si elle veut encore de moi.

Sophie éprouva une brusque et horrible inquiétude.

— Oh, Adrian ! Je viens de me rendre compte. Nous ne savons pas où elle est partie ! Comment allez-vous faire pour la retrouver ?

— McDermott sait où elle est, répondit-il avec assurance. Je saurai le persuader de m'y conduire.

35.

Adrian s'arrêta pour contempler avec surprise les champs cultivés. McDermott s'arrêta également et jeta un coup d'œil circulaire aux hommes qui travaillaient la terre avec des charrues rudimentaires. Il en vit un qu'il connaissait et l'appela d'un signe de la main, avant de se retourner vers Adrian.

— Oui, je sais ce que vous pensez. Les Creeks sont un peuple civilisé. Ils cultivaient ces terres bien avant l'arrivée de l'homme blanc.

L'Indien que McDermott avait appelé s'approcha d'eux et regarda Adrian avec curiosité, tout en parlant avec l'Ecossais en utilisant ce mélange de mots et de signes dont les Indiens se servaient pour se faire comprendre par les Blancs. De son côté, Adrian l'examina à la dérobée avec tout autant de curiosité.

Il était plus sombre de peau qu'Aigle Noir et, s'il en jugeait par les traits de son visage, il devait avoir du sang africain dans les veines. Les esclaves qui s'échappaient des plantations allaient souvent se réfugier chez les Indiens où, le plus souvent, ils étaient bien accueillis et traités comme des hommes libres. Comme eux également, il était plus grand que la plupart des hommes blancs — six pieds au moins — et solidement bâti.

Après avoir palabré un long moment avec McDermott, l'Indien se retourna et indiqua avec la main une palissade en rondins, au loin, à l'écart des champs cultivés. L'Ecossais le remercia et ils poursuivirent leur chemin.

— Sont-ils ici ? s'enquit Adrian quand ils furent de nouveau seuls.

— Oui, ils sont ici.

Pendant quelques instants, ils marchèrent en silence, puis l'Ecossais mit Adrian en garde.

— Vous n'oublierez pas ce que je vous ai dit, n'est-ce pas ? Ils ont des codes de conduite très rigides. En les provoquant ou en les offensant, vous n'arriverez à rien. Si vous avez un doute, regardez-moi et imitez-moi, dans la mesure du possible. Ainsi, nous devrions pouvoir repartir avec nos scalps sur la tête.

Adrian opina.

— N'ayez crainte. Vous m'avez dit quelles étaient vos conditions et je les ai acceptées. Cependant, je vous préviens, je ne repartirai pas sans Danny.

McDermott grimaça un sourire.

— A ce propos, d'après ce que cet Indien vient de me dire, vous ne devriez pas avoir trop de difficultés. Elle n'habite pas chez Aigle Noir, mais dans une autre maison, la case où sont hébergés les étrangers de passage.

Lorsqu'ils arrivèrent à proximité de la palissade en rondins, Adrian vit que la fortification n'avait rien à envier à celles de Fort Frederica et de toutes les autres petites colonies de la « frontière ». Des douves, un talus, des tours de guet, des archères... Rien ne manquait. Visiblement, les

Indiens avaient beaucoup appris au contact des Européens. Au moins en matière de défense.

Le village, par contre, était fort différent. Il était disposé autour d'une place. Chaque habitation comportait plusieurs bâtiments séparés. Deux pour les plus pauvres — ou pour les familles établies plus récemment. Une maison d'été qui était un simple plancher surélevé, coiffé d'un toit en chaume, et une maison d'hiver avec des murs en adobe et un toit en bardeaux. Les habitations les plus prospères comportaient en outre un ou plusieurs bâtiments annexes, pour le stockage des provisions d'hiver, des armes et du matériel agricole.

La maison commune, la *tcokofa*, donnait sur la place. Contrairement aux autres maisons, qui étaient rectangulaires, elle était ronde et beaucoup plus vaste. Cette structure, d'une vingtaine de mètres de diamètre, pouvait accueillir plusieurs centaines de personnes. C'était là que la tribu se réunissait pour les cérémonies et lorsqu'il y avait une décision importante à prendre.

La place, la *tcoko-thlako,* était un vaste espace rectangulaire, avec une sorte de préau recouvert de chaume de chaque côté. Quand il faisait beau, les Indiens s'y rassemblaient pour leurs danses rituelles.

Sans doute prévenu de leur arrivée, Aigle Noir les accueillit au milieu de cette place. Adrian l'examina, le visage impassible, tandis qu'il parlait dans sa langue avec l'Ecossais. Puis Aigle Noir se retourna vers lui et lui tendit la main. Un geste plein de noblesse et de dignité.

— Bienvenue, ami Beaumont.

Après une brève hésitation, Adrian toucha sa main.

— Je suis venu pour Danny, dit-il sans autre préambule.

Aigle Noir acquiesça, sans rien révéler de ses pensées.

— Je le sais. J'attendais votre venue.

— Et Danny ?

L'Indien secoua la tête.

— Petit Renard Roux ne sait pas que vous alliez venir. Si elle était à moi, je ne renoncerais pas à cette femme, aussi je savais que vous ne renonceriez pas à elle. C'est mieux pour Petit Renard Roux. Mon cœur est lourd à l'idée de la voir partir, mais je sais ici et ici — il frappa successivement sa tête et son torse, à l'emplacement du cœur — qu'elle ira avec vous, ami Beaumont.

Adrian le considéra en silence, tout en s'efforçant de surmonter sa jalousie et sa méfiance. En dépit de tous ses préjugés, il savait qu'Aigle Noir était un homme honnête et honorable.

— Merci, ami Aigle Noir, pour avoir pris soin de Danny. Je sais que tout ce que vous avez fait, c'est par amitié pour elle et sans aucune arrière-pensée.

L'Indien inclina la tête, d'une façon presque royale.

— Votre visite nous honore. Venez. Nous allons sceller notre amitié en buvant le « breuvage noir » et en fumant le calumet de la paix.

Heureusement, McDermott avait mis Adrian au courant de cette « formalité » et il ne fit pas de difficultés, même s'il aurait de loin préféré aller simplement chercher Danny et s'en aller. Il contint son impatience et se prépara à affronter une épreuve qui, d'après ce que lui avait dit l'Ecossais, pouvait durer plusieurs heures.

Il fut accueilli tour à tour par le chef de la tribu et par les membres du conseil, puis on le fit asseoir à la place d'honneur. Autour de lui, les guerriers parlaient entre eux à voix basse, avec noblesse et dignité. De la nourriture fut apportée et ils festoyèrent. Les heures passèrent. Lentement. Puis ce fut la cérémonie du « breuvage noir », servi dans des carapaces de tortues de mer. En même temps, le calumet de la paix fut allumé et passa de main en main.

Adrian but à contrecœur une gorgée du « breuvage noir ». Cela ressemblait à du café ou à du thé très fort, mais cela n'avait le goût ni de l'un ni de l'autre, si ce n'est que c'était amer. McDermott lui avait dit qu'il était confectionné à partir des feuilles d'un arbuste, le *yaupon,* une sorte de houx commun dans la région. Après en avoir bu, il se sentit la tête légère et plein de vitalité, ce qui accrut son impatience.

Mais il lui fallait encore attendre. Et passer la nuit dans ce village. Le soleil était couché et, de toute façon, McDermott lui avait fait comprendre qu'Aigle Noir et toute sa tribu seraient profondément offensés s'il refusait leur hospitalité.

Enfin, la cérémonie du calumet de la paix prit fin et il put quitter la *tcokofa*, accompagné par Aigle Noir et par McDermott.

Le tabac et le « breuvage noir » lui avaient donné la nausée, mais l'air frais eut un effet bénéfique et il put regarder de nouveau autour de lui avec curiosité. Après avoir traversé le *tcoko-thlako,* ils s'engagèrent dans une ruelle étroite et parvinrent bientôt devant une *huti* plus grande que les autres, composée d'une grande maison d'été, une maison d'hiver et deux bâtiments à étage, à usage d'entrepôts.

— Nous nous séparons ici, ami Beaumont, dit Aigle Noir cérémonieusement.

Puis, sans un mot de plus, il s'éloigna avec McDermott.

Adrian les suivit des yeux. Quand ils eurent disparu, il entra en hésitant dans la *huti* et suivit un couloir long et étroit. Tout au bout, il y avait une porte. Il l'examina d'un air dubitatif, car elle n'avait guère que cinq pieds de haut. Finalement, il haussa les épaules, se pencha et entra. Une fois à l'intérieur, il attendit quelques instants, le temps que ses yeux s'habituent à la pénombre.

Il la vit alors, assise en tailleur sur un tapis. La tête penchée en avant, elle examinait quelque chose dans le creux de sa main. Etant, apparemment, plongée dans ses pensées, elle ne s'était pas rendu compte de sa présence et il prit le temps de la regarder à la lumière blafarde de la lune qui filtrait à travers l'unique ouverture de la pièce, un trou au sommet du toit.

— Danny ? appela-t-il à voix basse, afin de ne pas l'effrayer.

Elle releva la tête brusquement et il vit que l'objet qu'elle avait regardé avec tellement d'attention était le médaillon que Sophie lui avait offert. La seule chose qu'elle avait emportée avec elle.

— Est-ce vous, milord ? fit-elle d'une voix hésitante.

Il s'avança vers elle. Le visage de Danny s'illumina de bonheur.

— Oui, c'est moi.

Elle se leva d'un bond et se jeta dans ses bras en riant et en pleurant tout à la fois.

— Vous êtes venu me voir ! s'écria-t-elle. Je croyais ne plus jamais vous revoir.

Il la serra contre lui et enfouit son visage dans ses cheveux.

— Tu ne croyais tout de même pas que tu allais pouvoir te débarrasser de moi aussi facilement, gamine ? Nous sommes liés l'un à l'autre pour le restant de notre vie dans cette vallée de misère et, si Dieu — ou le diable — le permet, pour toute l'éternité. Je suis revenu te chercher. Ta place est avec les tiens, pas au milieu de ces sauvages, même s'ils sont plus civilisés que je le croyais.

Elle se raidit et tâcha de se dégager, mais il la retint fermement dans ses bras.

— Je ne peux pas, milord ! protesta-t-elle. J'attends un enfant. Je suis désolée. Je n'ai pas…

— De quoi es-tu désolée ? l'interrompit-il en lui prenant le menton et en la regardant au fond des yeux.

Elle rougit et se troubla.

— De… de vous l'avoir caché. De vous avoir menti. Pas pour l'enfant, bien sûr. Il ne souffrira pas trop d'être un bâtard. Les Indiens adorent les enfants. Tous les enfants. Ils le traiteront bien. C'est la raison pour laquelle je suis venue me réfugier ici.

Elle soutint son regard, une lueur de défi au fond des yeux.

— J'espère que vous ne m'en voudrez pas, mais, si c'est un garçon, je lui donnerai le nom de son père.

Adrian avala avec peine la boule qui s'était formée au fond de sa gorge.

— Et si c'est une fille ? Ce sera Danielle ?

— Oh non ! J'ai toujours détesté ce prénom !

— Caroline, alors, suggéra Adrian. C'est le prénom de ma mère.

Danny le regarda d'un air éberlué.

— Le prénom de votre mère ? Vous voudriez que je lui donne le prénom de votre mère ?

Adrian sourit.

— Pourquoi pas ? Il est de bon ton, dans ma tribu, du

moins, qu'une bru fasse honneur à sa belle-mère en donnant son prénom à l'aînée de ses filles. Pour les cadettes, bien sûr, je te laisserai libre de ton choix.

— Une bru… Vous… vous me demandez de vous épouser ?

— Oui. Faut-il que je vous fasse une demande formelle, à genoux, mademoiselle ?

— M'épouser ? répéta-t-elle. Avez-vous perdu la tête, milord ? Vous seriez déshérité par votre père et renié par toute votre famille ! Je ne peux pas le permettre !

— C'est vrai, j'ai perdu la tête, concéda-t-il. Je t'aime, petite idiote ! Si tu m'aimes, tu accepteras de m'épouser — et au diable ma famille et le qu'en-dira-t-on ! D'ailleurs, je ne suis pas trop inquiet pour mes parents. Au début, ils feront un peu la grimace, certes, mais très vite ils me pardonneront. D'autant plus facilement que j'ai l'intention de m'établir définitivement dans ce pays, à quatre mille kilomètres de l'Angleterre et de ses préjugés.

Danny le regarda fixement.

— Vous êtes vraiment sérieux ?

Il rit et la serra impulsivement contre son torse.

— On ne peut plus sérieux ! Sinon, ce serait trop cruel. Dis-moi que tu m'aimes et que tu veux bien m'épouser.

— Et Sophie ? objecta-t-elle.

— Quand je suis parti, elle rayonnait de bonheur dans les bras de Thomas Clanton. Nous serons invités à leur mariage. Les Kent ont été un peu ennuyés quand nous leur avons fait part de notre intention de rompre nos fiançailles, mais ils se sont fait une raison. On ne peut rien contre l'amour, tu sais… A propos, tu ne m'as toujours pas dit si tu m'aimais ?

Elle se blottit contre lui.

— Bien sûr que je t'aime, Adrian ! Je t'aime à la folie… Je n'ai jamais cessé de t'aimer et je t'aimerai jusqu'à mon dernier souffle.

— Et tu veux bien m'épouser ?

Elle rougit de confusion.

— Oui. Comment pourrais-tu en douter ? Mais je n'ai rien à t'apporter, tu sais. Je ne suis qu'une fille des rues, une petite mendigote…

— Tu as tout à m'apporter, au contraire. Ta beauté, ta fierté, ta noblesse de cœur, ton amour et cet enfant que tu portes. Notre fils ou notre fille. Ne t'inquiète pas, ce ne sera pas un bâtard. Nous annoncerons sa naissance avec un peu de retard, voilà tout. Ainsi, les apparences seront sauves. Nous ne serons pas les premiers, tu sais, à fêter Pâques avant les Rameaux.

— Oh, Adrian…

HARLEQUIN

Collection *Les Historiques*

PROCHAINS RENDEZ-VOUS LE

1er juin 2008

LA CAPTIVE DE BLACKSTONE, ***d'Elizabeth Mayne • n°405***

Angleterre, 841. Depuis qu'une attaque viking a décimé sa famille, ses vassaux – toutes les femmes du village ont été tuées – et détruit son château, lord Roderick, un seigneur saxon, nourrit une obsession : rebâtir au plus vite le château de Blackstone et le transformer en une citadelle imprenable. Mais un problème se pose. Comment ses hommes, isolés en pleine forêt, pourront-ils vivre sans compagnes ? Ils ne sont pas des moines ! La solution s'impose : il faut enlever des femmes…

L'HÉRITIÈRE DES MAC DOUGALL, ***de Terri Brisbin • n°406***

Ecosse, 1301. Héritière du clan Mac Dougall, Nuala, la dame du château de Lorne, sait que son rang lui impose de convoler par raison plutôt que par amour, mais elle n'a cependant jamais envisagé de devoir se marier sous la contrainte. C'est pourtant ce qui lui arrive quand son château est assiégé par les troupes d'un farouche guerrier, Sebastian de Cleish, auquel le roi, peu réputé pour sa clémence, a posé cet ultimatum : s'il n'épouse pas sur l'heure la maîtresse du donjon, Sebastian mourra avant la fin du jour…

LA DAME DE CŒUR, ***de Helen Dickson • n°407***

Angleterre, 1864. Henry Barrington et Marcus Reresby, deux aristocrates que tout oppose, s'affrontent lors d'une partie de cartes à l'enjeu dramatique : persuadé que Barrington est l'assassin de son père, Marcus Revensby s'est juré de le ruiner, puis de l'obliger à avouer sa culpabilité. Mais les choses tournent mal : il perd la dernière manche… et se retrouve contraint d'honorer son pari en épousant la fille de son ennemi juré. D'abord furieux, il se résigne cependant à ce mariage forcé, pensant n'avoir aucun mal à dominer sa jeune épouse. Mais il se heurte vite à l'indomptable fierté de Catherine, qui, amoureuse d'un autre homme, s'enfuit peu après leurs noces pour aller le rejoindre…

HARLEQUIN

Collection *Les Historiques*

SCANDALE À LONDRES, ***de Georgette Heyer*** **•** ***n°408***

Angleterre, Régence. Contraint d'assurer sa lignée, sir Richard Wyndham se résout enfin à demander la main de miss Melissa Brandon, à laquelle il est officieusement promis depuis des années. Certes, la froideur de Melissa ne l'inspire guère, mais, comme son entourage se plaît à le lui répéter : « puisque aucune femme ne te conviendra jamais, celle-ci fera l'affaire aussi bien qu'une autre. » Le soir même, alors qu'il rentre de son club où il a noyé sa contrariété dans l'alcool, Richard voit avec stupeur une silhouette gracile s'échapper d'une maison par la fenêtre, à l'aide de draps noués…

DUEL AU MANOIR, ***de Juliet Landon*** **•** ***n°409***

Angleterre, 1812. Faute d'avoir rencontré l'homme idéal, Caterina Chester, une jeune aristocrate au caractère bien trempé, éconduit tous ses soupirants. Un caprice inacceptable aux yeux de son père qui, respectueux des conventions, entend bien marier sa fille aînée avant la cadette. Or, cette dernière, Sarah, a un amoureux très empressé. Dès lors, lord Chester met Caterina au pied du mur : elle doit accepter l'offre de lord Chase Boston, son dernier prétendant en date…

UN BÉBÉ À SAUVER, ***de Debra Cowan*** **•** ***n°410***

Quand son beau-père, un notable influent, tue sa mère dans l'un des accès de violence dont il est coutumier, Emma Douglas s'enfuit du foyer familial avec une seule idée en tête : protéger sa demi-sœur Molly, un bébé d'un an. Mais comment survivre, sans argent ni travail ? En désespoir de cause, elle rédige une lettre où elle affirme être la mère du bébé, n'avoir pas de mari, et souffrir d'une maladie incurable. Puis elle dépose Molly, avec la missive, devant la porte d'un inconnu fugitivement aperçu le matin même, et dont la physionomie lui inspire confiance. Avec un peu de chance, espère-t-elle, il n'aura pas le cœur d'abandonner l'enfant et se mettra en quête d'une nurse pour s'en occuper. Elle n'aura plus alors qu'à postuler sous une fausse identité…

Collection *Les Historiques*

- 6 titres inédits tous les 2 mois -

À paraître le 1er mai

Best-Sellers n°327 • thriller

Un terrifiant secret - Chris Jordan

La vie de Kate Bickford bascule le jour où Tommy, son fils adoptif, est enlevé. Mais alors qu'elle croyait revoir Tommy après avoir versé la rançon, elle découvre qu'elle est tombée dans un piège : car, pour la faire accuser, le kidnappeur a tué le chef de la police locale dans la propre maison de Kate. Aux yeux de tous, la criminelle, c'est elle. Mais le vrai coupable, lui, détient toujours le petit Tommy, pion essentiel pour réaliser son plan macabre. Avec pour seul soutien Randall Shane, un enquêteur spécialisé dans les enfants disparus, Kate va devoir découvrir le terrifiant secret du kidnappeur…

Best-Sellers n°328 • thriller

Le lys rouge - Karen Rose

Tess, psychiatre renommée, est bouleversée en apprenant le suicide de l'une de ses patientes. Mais de curieux et macabres indices sont retrouvés dans l'appartement de la victime, comme si quelqu'un avait joué avec la fragilité psychique de la jeune femme. Des indices qui, tous, semblent accuser Tess d'avoir soigneusement programmé la mort de sa patiente…

Best-Sellers n°329 • suspense

La crypte mystérieuse - Heather Graham

Leslie a vu son fiancé mourir dans une terrible explosion lors d'une réception donnée dans une vieille demeure chargée d'histoire. Depuis, elle se consacre à son métier d'archéologue et a développé une intuition hors du commun pour dialoguer avec les époques révolues. Lorsqu'on lui propose de venir travailler sur les lieux du drame, Leslie espère alors, en secret, pouvoir renouer avec les fantômes de son passé…

Best-Sellers n°330 • suspense

Le triangle maudit - Stella Cameron

Trois adolescents prisonniers d'une secte échappent de justesse au massacre perpétré par Colin, le chef de leur communauté. Depuis, ils ont refait leur vie et changé d'identité. Mais dix-sept ans après le drame, la police retrouve les lieux du crime et compromet la sécurité des trois amis. Car Colin, toujours en vie, est prêt à tout pour détruire les seuls témoins de son crime…

Best-Sellers n°331 • roman

Au fil d'un été - Debbie Macomber

Le jour où Brad, son fiancé, lui annonce que, pour le bien de son fils, il accepte de donner une nouvelle chance à son ex-femme, de retour à Seattle, Lydia est désemparée. Pour surmonter cette épreuve, elle peut heureusement compter sur le soutien de ses nouvelles amies, membres de l'atelier de tricot qu'elle anime dans sa boutique de Blossom Street : Courtney, adolescente solitaire, Bethanne, épouse modèle qui se remet mal d'un divorce inattendu, et Elise, sexagénaire qui voit resurgir dans sa vie son ex-mari, vingt ans après leur rupture…

Best-Sellers n°332 • historique

La maîtresse du rajah - Rosemary Rogers

Angleterre, Jamaïque et Inde, 1888

Lady Madison Westcott, une jeune aristocrate rebelle, crée le scandale lors de son premier bal à Londres en dévoilant un autoportrait qui la représente nue. Pour tenter de sauver sa réputation, ses parents l'exilent à la Jamaïque, dans la plantation de lady Moran, la tante de la jeune fille. Là, Madison noue d'emblée une relation orageuse avec l'énigmatique Jefford Harris, l'intendant de lady Moran. Mais, bientôt, des révoltes mettent l'île à feu et à sang. Contraints de fuir, tous trois se réfugient en Inde où lady Moran possède un somptueux palais. Eblouie, lady Madison est reçue à la Cour du rajah…

Best-Sellers n°333 • roman

Trahison - Erica Spindler

Lorsque, à 17 ans, Becky Lynn quitte sa bourgade natale du Mississippi, elle n'a qu'une idée en tête : fuir la misère, l'alcoolisme de son père, l'ignominie de ces riches adolescents qui l'ont violée en toute impunité. A Los Angeles, où elle se réfugie, elle réussit une ascension fulgurante : apprentie coiffeuse, mannequin, photographe de mode. De hasard en rencontre, son talent éclate, enfin reconnu. Jusqu'au jour où les révélations d'un homme surgi de son passé l'obligent à assumer la cruelle vérité…

L'ASTROLOGIE EN DIRECT
TOUT AU LONG
DE L'ANNÉE.

(France métropolitaine uniquement)

Par téléphone 08.92.68.41.01

0,34 € la minute (Serveur JET MULTIMÉDIA).

Composé et édité par les
éditions Harlequin
Achevé d'imprimer en mars 2008

BUSSIÈRE
GROUPE CPI

à Saint-Amand-Montrond (Cher)
Dépôt légal : avril 2008
N° d'imprimeur : 80086 — N° d'éditeur : 13433

Imprimé en France